বন্দীদের নীরবতা

ভর্গীস বী দেবস্য

Ukiyoto Publishing

সমস্ত বিশ্বব্যাপী প্রকাশনা অধিকার দ্বারা সংরক্ষিত

Ukiyoto Publishing

২০২৩ সালে প্রকাশিত

কন্টেন্ট কপিরাইট © ভর্গীস বী দেবস্য

ISBN 9789358461824

প্রথম সংস্করণ

সমস্ত অধিকার সংরক্ষিত।

প্রকাশকের পূর্বানুমতি ব্যতিরেকে এই প্রকাশনার কোনো অংশ পুনরুৎপাদন, প্রেরণ, বা পুনরুদ্ধার ব্যবস্থায় সংরক্ষণ করা যাবে না।যে কোনো উপায়ে, ইলেকট্রনিক, যান্ত্রিক, ফটোকপি, রেকর্ডিং বা অন্য কোনোভাবে প্রতিলিপি করা যাবে না।

লেখকের নৈতিক অধিকার নিশ্চিত করা হয়েছে।

এটা একটা অলীক কাজ। নাম, চরিত্র, ব্যবসা, স্থান, ঘটনা, লোকেল এবং ঘটনাগুলি হয় লেখকের কল্পনার পণ্য বা কাল্পনিক পদ্ধতিতে ব্যবহৃত হয়। প্রকৃত ব্যক্তি, জীবিত বা মৃত, বা বাস্তব ঘটনার সাথে কোন সাদৃশ্য সম্পূর্ণ ভাবে কাকতালীয়।

এই বইটি এই শর্ত সাপেক্ষে বিক্রি করা হচ্ছে যে এটি ব্যবসার মাধ্যমে বা অন্যভাবে, প্রকাশকের পূর্ব সম্মতি ব্যতিরেকে, ধার দেওয়া, পুনঃবিক্রয় করা, ভাড়া করা বা অন্যভাবে প্রচার করা হবে না, এটি যেটিতে রয়েছে তা ব্যতীত অন্য কোন প্রকার বাঁধাই বা কভারে প্রকাশিত করা যাবে না। এই শর্ত লঙ্ঘিত হলে উপযুক্ত আইনি ব্যবস্থা গ্রহণ করা হবে।

www.ukiyoto.com

"The Prisoner's Silence" - এই বইটি নিম্নলিখিত ভাষায় Ukiyoto Publishing দ্বারা অনুবাদিত এবং প্রকাশিত:

ফরাসি, বাংলা, জার্মান, স্প্যানিশ, ইতালিয়ান, পর্তুগীজ, মালায়লাম, তামিল এবং ফিলিপিনো

স্বীকৃতি

এই উপন্যাস লেখার জন্য আমার অনুপ্রেরণা জন্মেছিল যখন আমি নাগপুরের কেন্দ্রীয় কারাগারে দুইশ বিশজন যাবজ্জীবন সাজাপ্রাপ্ত আসামিদের নিয়ে গবেষণা করি। এটি একটি বেদনাদায়ক উপলব্ধি ছিল যে তাদের মধ্যে কেউ কেউ যে অপরাধের জন্য অভিযুক্ত করা হয়েছিল তা করেনি, এইভাবে তাদের পরিবার ছেড়ে এবং কারাবাসের মধ্য দিয়ে তাদের অকথ্য দুর্দশার শিকার হতে হয়েছে। কারা কর্মকর্তারা জানতেন যে ফাঁসির মঞ্চে ঝুলানো কয়েকজন বন্দী নির্দোষ এবং অন্য কারো অপরাধে মারা গেছে; তাই প্রতারণার কারণে তারা বেঁচে থাকার অধিকার হারিয়েছে। তারা ছিল সমাজের কণ্ঠহীন এবং বিস্মৃত ব্যক্তি, প্রধানত আদিবাসী, দলিত এবং সংখ্যালঘু। সুতরাং, অনেকাংশে, ভারতে ফৌজদারি বিচার ব্যবস্থা একটি প্রতারণা হিসাবে রয়ে গেছে। কেন্দ্রীয় কারাগার, কান্নুরে আমার দেখা দুই আসামির সাথে, আমি ভারতীয় দণ্ডবিধি, ফৌজদারি কার্যবিধি এবং সাক্ষ্য আইন সম্পর্কে যা শিখেছি তা পুনরায় লিখতে বাধ্য করে।

আমি মহারাষ্ট্রের প্রায় সব কারাগার, কেরালার কিছু, দিল্লির তিহার এবং তামিলনাড়ু ও অন্ধ্রপ্রদেশের কয়েকটি কারাগার পরিদর্শন করেছি। আমি কৃতজ্ঞ কারা আধিকারিকদের ব্যবস্থা করার জন্য যাতে আমি সেই কারাগারে যাবজ্জীবন দণ্ডিতদের সাথে দেখা করতে পারি।

জিলস ভর্গীস, নান্দনিকতা এবং ন্যায়বিচারের পরিমার্জিত অনুভূতির অধিকারী একজন ব্যক্তি, পাণ্ডুলিপিটি পড়েন; আমি তার পাণ্ডিত্যপূর্ণ এবং দার্শনিক মন্তব্যের জন্য কৃতজ্ঞ। আমি জোসে লুকের কাছে তার মূল্যবান ওভারভিউয়ের জন্য ঋণী।

উৎসর্গ

সেই সব নামহীন, কণ্ঠহীন এবং বন্ধুহীন আসামিদের প্রতি যাদের ফাঁসি দেওয়া হয় অন্যদের অপরাধের জন্য ।

মানব অস্তিত্বের উপর একটি ধ্যান, দ্য প্রিজনার'স সাইলেন্স আইন, রাজনীতি, ধর্ম এবং ঈশ্বরের ভীতিকর চেহারাকে হাইলাইট করে, ফাঁসির মঞ্চে নিয়ে যাওয়া প্রাথমিক পরাধীনতার উৎস। মানব বা ঐশ্বরিক শক্তি হিংস্রতা এবং বশ্যতা থেকে উদ্ভূত হয়, চাটুকারিতার সাথে বিকাশ লাভ করে এবং দাসত্বের মাধ্যমে পবিত্রতা অর্জন করে। গভীরভাবে দার্শনিক, সূক্ষ্মভাবে মনস্তাত্ত্বিক, লোভনীয়ভাবে মানবিক এবং সর্বজনীন সমাজতাত্ত্বিক, উপন্যাসটি মানবতার বন্ধন, দ্বন্দ্ব, বিচ্ছিন্নতা এবং প্রত্যাশার সংক্ষিপ্ত বিবরণ।

জোস লুক, কলকাতা।

"বন্দীদের নীরবতা" একটি অস্তিত্বমূলক, আন্তঃসাবজেক্টিভ উপন্যাস যা মৃত্যুদণ্ডে দণ্ডিত দুই আসামিকে নিয়ে, কিন্তু উভয়েই ঈশ্বরের মুখোমুখি হয়েছিল।

থোমা কুঞ্জ নির্দোষ ছিলেন, মানুষ হওয়ার একটি অটোলজিকাল দ্বন্দ্ব। মৌলিক অধিকার প্রত্যাখ্যান করে, তিনি উপলব্ধি করেছিলেন যে এই অধিকারগুলি শক্তিশালী, ধনী এবং প্রভাবশালীদের জন্য। তিনি ভয় পেয়েছিলেন এবং আইন সম্পর্কে অজ্ঞ ছিলেন এবং আদালতে, কারাগারে এবং ফাঁসির মঞ্চে গভীর নীরবতা পালন করেছিলেন, কারণ তিনি একা ছিলেন।

রাজাকও একা ছিল। তেরো বছর বয়সে, তিনি কেরালা থেকে পালিয়ে যান এবং আকিমের হারেমে পরিবেশন করার জন্য সৌদি আরবের একটি মরুদ্যানের খেজুর চাষী মুহাম্মদ আকিম তাকে কাস্টেট করেছিলেন। রাজাক উনিশ বছর সন্ত্রাসের পর পালিয়ে নিজ গ্রামে ফিরে আসেন। তার সবচেয়ে বড় হতাশা ছিল যে তিনি পাকিস্তানী মেয়ে আমিরাকে বাঁচাতে পারেননি, এগারো বছরের জেনানায় তার সাথে প্রথম দেখা হয়েছিল। তারা একে অপরকে ভালবাসত এবং পালিয়ে বাঁচতে চেয়েছিল। যদিও সেক্স করতে অক্ষম, তিনি আমিরার সাথে সাহচর্য কামনা করেছিলেন এবং তিনি ইচ্ছুক ছিলেন। পোনানীতে রাজাক এক মেয়েকে বিয়ে করেন কালিকট, তিনি নপুংসক হওয়ার বিষয়টি গোপন করেন। তিনি এক বছরের মধ্যে মালাপ্পুরম তরোয়াল দিয়ে তার স্ত্রী এবং তার প্রেমিকাকে হত্যা করেছিলেন।

রাজাক আল্লাহকে প্রশ্ন করেছিলেন কেন তিনি মুহাম্মদ আকিমকে তাকে নির্বাসনের অনুমতি দিলেন। তিনি আকিম ও

আল্লাহর প্রতি প্রতিশোধ নিতে চেয়েছিলেন; একমাত্র বিকল্প ছিল আকিমের মত বিকশিত হওয়া। ফাঁসির মঞ্চে, মুখোশধারী থমা কুঞ্জ রাজাকের ক্ষীণ কান্না, মানবতার যন্ত্রণা, কিন্তু আল্লাহর কাছে নির্ভীক চ্যালেঞ্জ শুনেছিল।

শব্দকোষ

১. আবায়া (আরবি): আরব বিশ্বের মহিলাদের দ্বারা পরিধান করা একটি পোশাকের মতো পোশাক।
২. আল-জাহিম (আরবি): জাহান্নাম।
৩. আরাক (আরবি): একটি পাতিত অ্যালকোহল।
৪. আক্কি ওটি (কোদাগু): রান্না করা চাল এবং চালের আটার খামিরবিহীন রুটি।
৫. বাহিয়া (আরবি): একটি সুন্দর মেয়ে।
৬. চেমেমিন (মালায়ালম): থাকাজির একটি বিখ্যাত মালায়ালম উপন্যাস এবং একই নামের একটি মালায়ালম চলচ্চিত্র।
৭. ঘরারা (হিন্দি/উর্দু): ভারত ও পাকিস্তানের মহিলাদের দ্বারা পরিধান করা একটি ঐতিহ্যবাহী পোশাক।
৮. গুরসান (আরবি): মাংস সহ একটি পাতলা রুটি।
৯. হারাম (আরবী): হারাম।
১০. হারেম (আরবি): বহুবিবাহী পুরুষের উপপত্নীদের জন্য একটি ঘর।
১১. Houri (আরবি): একজন কুমারী যিনি জান্নাতে বিশ্বস্ত পুরুষ বিশ্বাসীর জন্য অপেক্ষা করছেন।
১২. ইবলিস (আরবী): শয়তানদের নেতা।
১৩. জাহান্নাম (আরবি): জাহান্নাম।
১৪. জালামাহ (আরবি): ভেড়ার মাংসের একটি থালা।
১৫. জান্নাত (আরবি): জান্নাত, স্বর্গ।
১৬. কাফির (আরবী): ধর্মত্যাগী, অবিশ্বাসী।

১৭. খামর (আরবি): ওয়াইন।
১৮. খুদা (উর্দু): প্রভু, আল্লাহ।
১৯. লক্ষ্মণ রেখা (সংস্কৃত): উজ্জ্বল-রেখার নিয়ম।
২০. মাগরেব (আরবি): উত্তর-পশ্চিম আফ্রিকা।
২১. মাশাক (আরবি): ছাগলের চামড়া দিয়ে তৈরি জলের ব্যাগ।
২২. মাশরাবিয়া (আরবি): ইসলামী বিশ্বের ঐতিহ্যবাহী স্থাপত্য।
২৩. মাশরিক (আরবি): আরবি বিশ্বের পূর্ব অংশ।
২৪. মোফাতা-আল-দাজাজ (আরবি): বাসমতি চালের সাথে মুরগির ঐতিহ্যবাহী খাবার।
২৫. মুলহিদ (আরবী): নাস্তিক।
২৬. নবাব (হিন্দি/উর্দু): একজন মুঘল ভাইসরয় বা ব্রিটিশ ভারতের একজন স্বাধীন শাসক।
২৭. Padachon/Padachone (মালায়ালাম): সৃষ্টিকর্তা।
২৮. পোদা পাট্টি (মালয়ালম): হেরে যাও, হে বখাটে।
২৯. পোরোমপোক্কু (মালয়ালম): রাস্তা, রেলপথ, ইত্যাদির কাছে অব্যবহৃত সরকারি জমি।
৩০. সাগওয়ান (আরবি): Teakwood।
৩১. Sjambok (আরবি): ধারালো ধাতু টুকরা সঙ্গে ভারী চামড়া চাবুক.
৩২. থেম্মাদি কুঝি (মালয়ালম): গির্জার কবরস্থানে পাপীদের কোণ।
৩৩. তু কাহান হ্যায় (হিন্দি/উর্দু): তুমি কোথায়।
৩৪. উম্মা (মালয়ালম): মা।
৩৫. ভেশ্য (মালয়ালম/সংস্কৃত): বেশ্যা।
৩৬. ইউসুফ জাইদান (আরবী): একটি শুকনো কূপ।

সূচীপত্র

প্রথম অধ্যায়: নিরবতা	১
দ্বিতীয় অধ্যায়: কারাগার	৫১
তৃতীয় অধ্যায় : প্যারেড	৯৯
চতুর্থ অধ্যায় : কালো কাপড়	১৪৪
পঞ্চম অধ্যায় : ফাঁসি	১৯৩
ষষ্ঠ অধ্যায় : ফাঁসির জন্য দড়ি	২৪৭
লেখক প্রসঙ্গে	২৭৭

ভর্গীস বী দেবস্য

প্রথম অধ্যায়: নিরবতা

জর্জ মুকেনের কবরস্থানে গিলোটিনের ঝাঁকুনির মতো ভারী পায়ের শব্দ ছিল, এবং থমা কুঞ্জ তার বাম কানটি সেলের মেঝেতে রেখে সেগুলি গণনা করেছিল; একটি পূর্বাভাস যে তার জন্য ফাঁসির মঞ্চ প্রস্তুত ছিল। তার মা, এমিলি, তাকে গর্ভপাত করতে অস্বীকার করেছিলেন; তবুও, চব্বিশ বছর পরে, একজন বিচারক তাকে মৃত্যু পর্যন্ত গলায় ফাঁসিতে ঝুলানোর সিদ্ধান্ত নেন। থমা কুঞ্জ কখনই জানতেন না যে বিচারক তার জৈবিক পিতা।

তিনি ছিলেন পঁয়ত্রিশ বছর বয়সী, সুস্থ ও বুদ্ধিমান।

আওয়াজগুলো ছিল স্বতন্ত্র, পাঁচ জন, চারজন সুগঠিত, বুট পরা, এবং একজন ক্ষুদ্র মানুষ, সম্ভবত স্যান্ডেল পরা। থমা কুঞ্জ তাদের জন্য এক বছর অপেক্ষা করেছিলেন যখন রাষ্ট্রপতি তার চূড়ান্ত আবেদন প্রত্যাখ্যান করেছিলেন। তিনি তিনটা পর্যন্ত নীরবে ঘুমিয়েছিলেন, এবং যখন তিনি জেগে উঠলেন, তিনি রাতের সবচেয়ে ছোট শব্দ শোনার চেষ্টা করতেন। সাধারণত, ভোর পাঁচটার দিকে মৃত্যুদণ্ড কার্যকর হতো। রোজ রাত তিনটা থেকে সাড়ে পাঁচটা পর্যন্ত সে পায়ের আওয়াজ আশা করে।

২ বন্দীদের নীরবতা

যেহেতু একশ একর জমির ওপর কারাগারটি ছিল এবং প্রধান রাস্তা থেকে যথেষ্ট দূরে, আরব মরুভূমির মাঝখানে একটি হারেমের মতো একটি ভয়ঙ্কর নীরবতা এটিকে গ্রাস করেছিল। মোহাম্মদ রাজাক, একজন যাবজ্জীবন সাজাপ্রাপ্ত আসামি, থোমা কুঞ্জকে কাসিমের উনাইজাহতে তার অভিজ্ঞতা বর্ণনা করেছেন, যেখানে তিনি তার কৈশোর ও যৌবন এবং একটি হারেমে শয়তান নীরবতা কাটিয়েছেন। এটি ছিল মুহাম্মদ আকিম এবং তার ছেলে আদিলের মালিকানাধীন খেজুরের বাগানে, যেখানে তারা মালয়েশিয়া, পাকিস্তান, লেবানন, ইরাক, তুরস্ক, আজারবাইজান এবং মিশর থেকে মহিলাদের রেখেছিল। আমিরা, প্রায় এগারো বছর বয়সী, সবুজাভ চোখ এবং করুব মুখের পাকিস্তানি মেয়ে, রাজাকের সাথে উর্দুতে কথা বলতে পছন্দ করত। তার দাদা-দাদির পূর্বপুরুষ, লখনউয়ের নবাব, ভারত ভাগের সময় ইসলামাবাদে পালিয়ে গিয়েছিলেন, তাদের ঘরার নীচে সোনার চাদর লুকিয়ে রেখেছিলেন। তিনি সম্ভবত উপপত্নীদের মধ্যে সর্বকনিষ্ঠ ছিলেন, বৈধ ভিসা ছাড়াই একজন অবৈধ অভিবাসী। কিন্তু আকিম তাকে পেয়ে খুশি হয়েছিল কারণ সারা আরবে তার অনেক যোগাযোগ ছিল এবং যখনই অল্পবয়সী মেয়ে পাওয়া যেত তখনই এজেন্টরা তার সাথে যোগাযোগ করত। একসময় গণিকারা পঁয়ত্রিশ পার করে চল্লিশ পর্যন্ত, আকিম তাদের আন্ডারওয়ার্ল্ডে বিক্রি করে, প্রধানত রিয়াদে।

আকিম তার প্রাসাদের মাশরাবিয়া এবং প্রতিটি ডক্সি বাহিয়া নামে একটি সুন্দর মেয়ে বলে ডাকে।

এটি সাধারণ ইসলামিক স্থাপত্যের একটি মাশরিক-শৈলীর মাশরাবিয়া ছিল, যেখানে খোদাই করা কাঠের কাজ এবং দাগযুক্ত চশমাগুলির একটি ঘেরা অরিয়েল জানালা ছিল। মাশরাবিয়ার তিনটি তলা ছিল এবং মহিলারা দুটি উপরের তলা দখল করেছিলেন। রাজাকের প্রাথমিক দায়িত্ব ছিল খাবার পরিবেশন করা যা তিনি পুঙ্খানুপুঙ্খভাবে উপভোগ করতেন। তিনি মহিলাদের গন্ধ এবং শব্দ এবং তাদের রঙিন পোশাক পছন্দ করতেন।

রাজাক দীর্ঘক্ষণ তাদের সঙ্গে তাস খেলেন। গান গাওয়া পাপ বা হারাম বলে বিবেচিত হত, কিন্তু মিশর, আজারবাইজান এবং মালয়েশিয়ার মহিলারা একে অপরের হাততালি দিয়ে লোকগান গেয়েছিলেন। আকিম যখনই দূরে থাকতো রাজাক প্রায়ই তাদের সাথে যোগ দিত। তাদের গান ছিল মূলত প্রেমের গল্প, বিচ্ছেদ, জন্মভূমিতে ফিরে যাওয়ার আকাঙ্ক্ষা এবং প্রিয়জনের সাথে দেখা। তারা রাজাকের হৃদয়ের গভীরে গিয়ে দুঃখ, দুঃখ, যন্ত্রণা ও বিচ্ছেদের অনুভূতি সৃষ্টি করে। তাদের জন্য মালায়ালাম গান গেয়েছেন রাজাক Chemmeen এবং অন্যান্য সিনেমা.

বিস্তীর্ণ খেজুরের বাগান, যা তিনি ওরিয়াল জানালা থেকে দেখেছিলেন, আকিমের বাবা রোপণ করেছিলেন, যিনি ছোটবেলায় ইয়েমেন থেকে এসেছিলেন। বৃক্ষরোপণটি তার সম্পূর্ণ মালিকানাধীন মরূদ্যানে ছিল, উনাইজাহ থেকে প্রায় একশ কিলোমিটার দূরে। তিন স্ত্রীর মধ্যে বারোটি কন্যার মধ্যে আকিম ছিলেন তাঁর একমাত্র পুত্র।

হারেম মহিলারা গসিপ করেছিল যে আকিমের বাবা শিকার উপভোগ করতেন এবং বন্ধু এবং তার ছেলের সাথে মরুভূমিতে অনেক দিন কাটিয়েছিলেন। এমনই এক শিকার অভিযানে আকিম তার আটচল্লিশ বছর বয়সী বাবাকে হত্যা করে; কাঠকয়লায় ভাজা গজেল মাংস খেতে গিয়ে পেছন থেকে একটি বর্শা তার হৃদয়ে ছিদ্র করে। একটি শক্তিশালী আটলাট নিক্ষেপকারী, তিনি প্রায় বিশ মিটার থেকে একক নিক্ষেপের মাধ্যমে একটি আরবীয় তাহর বা একটি অরিক্সকে হত্যা করতে পারেন। আকিমের বয়স মাত্র সাতাশ বছর যখন সে তার পিতার খেজুরের জমি, হারেম এবং তার তৈরি করা সম্পদ দখল করতে চেয়ে তার বাবাকে হত্যা করেছিল।

সপ্তাহে দুবার, আকিম তার উপপত্নীদের সাথে খাবার খেতেন এবং তারা খাওয়া-দাওয়া করে উদযাপনের জন্য উন্মুখ হয়ে থাকতেন। তারা যা পছন্দ করত। খামর, মাশরাবিয়ায় তৈরি একটি ওয়াইন, মোফাতাহ আল-দাজাজের সাথে নেওয়া হয়েছিল, এলাচ, দারুচিনি, শুকনো লেবু, আদা এবং শাইবা শিকড় দিয়ে রান্না করা

সুগন্ধযুক্ত বাসমতি চালের উপর মুরগির টুকরা পরিবেশন করা হয়েছিল। ভোজের দিনে, তারা জালামাহ, পেঁয়াজ দিয়ে রান্না করা ছোট ভেড়ার মাংস এবং মশলার মিশ্রণ, প্রধানত কালো মরিচ লালন করত। তাদের সবচেয়ে সুস্বাদু খাবার ছিল গুরসান, মাংসের সাথে পাতলা রুটি, শাকসবজি এবং আরাক, একটি অ্যালকোহল যা গাঁজানো গম, কিশমিশ এবং গুড় থেকে তৈরি।

আকিম সবসময় তার প্রেমিকদের সাথে দেখা করে আনন্দ প্রকাশ করতেন এবং তাদের সঙ্গ পছন্দ করতেন। বিদেশ সফর থেকে ফিরলেই তিনি তাদের এবং রাজাককে দামী উপহার দিতেন। তার সেরা মানের খেজুর রপ্তানি করার জন্য ইউরোপ এবং আমেরিকায় ভ্রমণ করে, তিনি তার খেজুর বাগানের জন্য অত্যাধুনিক যন্ত্রপাতি আমদানি করেন, পাশাপাশি হিকরি, রেড ওক এবং বর্শার খাদের জন্য বাবলা কাঠ। ছয় মাসে অন্তত একবার তিনি আরবের বিভিন্ন অঞ্চল ঘুরে মেয়ে কেনাবেচা করতেন।

মাঝে মাঝে, তিনি হিংস্র এবং নিষেধকারী ছিলেন এবং অধিকাংশ মহিলা তাদের অন্তরে তাকে ঘৃণা করতেন। প্রধানত রাতে, যখন এজেন্টরা চল্লিশ পেরিয়ে যাওয়া মহিলাদের কিনতে আসত, তখন যারা যেতে অস্বীকৃতি জানায় তাদের সে জাম্বোক, একটি ভারী চামড়ার চাবুক দিয়ে বেধড়ক মারতে থাকে এবং দীর্ঘক্ষণ বেত্রাঘাত চলতে থাকে, চিৎকার ও চিৎকার দিয়ে রাজাকের ঘুম ভেঙে যায়।

রান্নাঘরের কাছে ঘর। বছর অতিবাহিত হওয়ার সাথে সাথে আকিম সীমান্তের ওপারে নতুন মেয়েদের প্রলুব্ধ করে এবং পুরানোরা অদৃশ্য হয়ে যায়। রাজাক সেখানে পৌঁছানোর মাত্র কয়েক মাস আগে আমিরা মাশরাবিয়ায় হাজির হন এবং সাপ্তাহিক ডিনারের পরে আকিমের প্রিয় ছিলেন।

আকিমের দুটি স্ত্রী ছিল, স্বাধীন মহিলা, একজন ইয়েমেন এবং অন্যটি ইরাক থেকে এবং তারা হারেম সংলগ্ন মাগরেব শৈলীতে নির্মিত বিভিন্ন যমজ প্রাসাদে বসবাস করতেন। আদিল ছিল ইয়েমেনি স্ত্রীর ছেলে, তাকে হারেমে যেতে দেওয়া হয়নি।

আকিম রাজাককে মাগরেবে যেতে নিষেধ করেছিল।

রাজাক যখন বারো বছর বয়সে মালাবারে তার পরিবার ছেড়ে চলে গিয়েছিল। রিয়াদের একজন এজেন্ট তাকে উনাইজাহতে নিয়ে যান এবং পরবর্তী উনিশ বছর তিনি আকিমে চাকরি করেন। সেরাগ্লিও মালাবারে তার পরিবারের সাথে দেখা না করেই। আদিল মাত্র পাঁচ বছর বয়সে রাজাক সেখানে পৌঁছেছিল, এবং তারা বন্ধু হয়েছিল, খাবার ভাগ করেছিল, মাগরেবের উঠানে দু'জন ফুটবল খেলছিল, আরবি শিখেছিল, কুরআন পড়েছিল এবং একসাথে প্রার্থনা করেছিল। মাশরাবিয়ার মধ্যে নীরবতা ছিল ভীতিকর, মাঝরাতে

মহিলাদের চিৎকার ছাড়া। রাজাকের গল্প থমা কুঞ্জকে ব্যথিত করেছিল, এবং তিনি প্রায়শই পৈশাচিক নীরবতা এবং তার নিরবতার মধ্যে বিক্ষিপ্ত চিৎকার অনুভব করেছিলেন।

আকিম তার বন্ধু রাজাককে ঢাকতে দেখে আদিল জোরে কেঁদে উঠল। রাজাক যখন সেপটিক ক্ষতের কারণে দুই মাস শয্যাশায়ী ছিলেন, আদিল তার যত্ন নেন। আবারও, যখন আদিল ছয় বছর বয়সে তার খৎনা করা হয়েছিল তখন সে চিৎকার করে উঠল, ভেবেছিল তার বাবা তাকে বর্জন করছেন এবং সে রাজাকের মতো হয়ে যাবে। তিনি এখনও একজন পুরুষ দেখে রোমাঞ্চিত বোধ করেন এবং চৌদ্দ বছর বয়সে লেবাননের মেয়েদের সাথে তার যৌন মিলন শুরু করেন। শীঘ্রই, আকিম তার সম্পত্তির অর্ধেক আদিলকে দিয়েছিল, যে তার হারেম অন্যটিতে স্থাপন করেছিল তার সম্পত্তির কোণে।

শিকারে গেলে আকিম তার ছেলেকে নিয়ে যায় না।

আকিমের মহিলারা রাজাকের প্রতি সদয় ছিলেন। তারা তাকে দামী চকলেট, ভালো কাপড় এবং পারফিউম উপহার দিয়েছিল এবং যখন আশেপাশে কেউ ছিল না, তখন তারা তাকে জড়িয়ে ধরে চুম্বন করেছিল এবং তাকে তাদের পছন্দের যৌন গেম খেলতে প্রলুব্ধ

করেছিল। অনেক রাতে সে কারো সাথে ঘুমিয়েছে ভালো করে জানে আকিম ধরা পড়লে তার মাথা কেটে ফেলবে। উপপত্নীরা রাজাককে প্রলুব্ধ করত, তাকে তাদের প্রবাহিত আবায়ের মধ্যে লুকিয়ে রাখত এবং প্রায়শই তাকে যৌন প্ররোচনা দিয়ে পরাভূত করত। তাদের নমনীয় দেহে একটি চুম্বকত্ব, একটি অবর্ণনীয় প্রাণশক্তি ছিল। যৌন-ক্ষুধার্ত গণিকারা বারবার প্রচণ্ড উত্তেজনা সহ স্নেহ, উষ্ণ একতা কামনা করে। কিন্তু তারা অনেক ছিল, এবং রাজাক তাদের খুশি করতে সমতল হয়.

রাজাকের মনে পড়ে আকিম যেদিন মিশর থেকে আসা একজন গণিকাকে বিছানায় ভাগাভাগি করতে গিয়ে রাজাককে ধরেছিল, সেদিনই সে তাকে স্কিমটার দিয়ে খুঁজছিল। রাস মুসান্দামের একটি বন্য চিতাবাঘের মতো যার শাবক একটি ডোরাকাটা হায়েনা খেয়েছিল, আকিম রেগে গিয়েছিল। তার ডান হাতে রাখা ব্লেড থেকে রক্ত ঝরছিল।

অধীন তার বাম হাতটি ছিল মিশরীয়দের কাটা মাথা।

"আল্লাহ," আকিম গর্জে উঠল।

মাশরাবিয়ার মধ্যে ছিল সম্পূর্ণ নীরবতা।

"তোমার নামে, আমি কাফের, মুলহিদকে বলি দেব," আকিমের কান্না সর্বত্র প্রতিধ্বনিত হয়েছিল। মাশরাবিয়ার হাওয়ায় ভরে উঠল নারীর হাহাকার; তারা রাজাকের আসন্ন ভাগ্যের জন্য বিলাপ করছিল, যে পুরানো কাপড়ের স্তূপে ঢাকা গদির নীচে লুকিয়ে ছিল। দুই দিন ধরে তিনি সেখানে খাবার-পানি ছাড়াই ছিলেন। ফুটনের নিচে থাকা ইস্পাতের কয়েলটি তার পিঠে গভীর দাগ ফেলেছে।

তৃতীয় রাতে দুই নারী তাকে উদ্ধার করে খাবার ও পানি খাওয়ায়। তারা তার শরীর পরিষ্কার করে এবং তার পিঠে লোশন লাগায়। তিনি তাদের হাতে রক্তে ভেজা কাপড় দেখতে পান। মাশরাবিয়া থেকে পালানোর কোনো সুযোগ ছিল না, এবং মহিলারা দরজা বা জানালা ছাড়াই দ্বিতীয় তলা থেকে মাটি পর্যন্ত প্রায় ত্রিশ ফুট লম্বা একটি আয়তাকার ক্যাটাকম্ব, প্রায় আট ফুট দৈর্ঘ্য এবং ছয় ফুট প্রস্থের একটি সেলারের আবরণ খুলেছিলেন। গভীরতা এটি নির্মিত হয়েছিল, দুই পাশে দেয়াল স্পর্শ করে। আকিম একে ইয়াজিফ জায়িদান, একটি শুকনো কূপ, একটি জাহান্নাম, তার উপপত্নীদের জন্য নরক বলে অভিহিত করেছিলেন। পুরানো কাপড়, ফেলে দেওয়া ড্রাইভ, আবায়া, আন্ডারক্লোথ এবং প্যাড ছিল ভাণ্ডার মধ্যে স্তুপীকৃত. মহিলারা রাজাককে আরও গভীরে যেতে এবং আরও নিরাপদ গভীরতায় লুকিয়ে যেতে বলে, কারণ তারা জানত আকিম তার মস্তিষ্কে বর্শা নিয়ে ফিরে আসবে।

আবর্জনা ভেদ করে রাজাক আরও গভীরে গেল। শ্বাসকষ্ট ছিল প্রচণ্ড, এবং দুর্গন্ধ তাকে দম বন্ধ করে রেখেছিল, কিন্তু মৃত্যুর ভয়ের চেয়ে এটি আরও আনন্দদায়ক ছিল। শুকনো এবং তাজা মাসিক রক্ত দিয়ে ফেলে দেওয়া প্যাডগুলি তার মুখ ঢেকেছিল এবং যখনই তিনি একটি গভীর নিঃশ্বাসের জন্য তার মুখ খুলতেন, এটির স্বাদ তিক্ত ছিল। তিনি প্রায় পনেরো ফুট গভীরে বসতি স্থাপন করেন। এর বাইরে, তাকে শ্বাসরোধ করে হত্যা করা হবে; দৃশ্যমানতা দুর্বল ছিল। ওভারহেড বাঙ্কাম থেকে চাপ খুব ভারী ছিল, এবং শুয়ে থাকা কঠিন ছিল। তিনি অপেক্ষাকৃত সোজা হয়ে দাঁড়িয়েছিলেন, জোরে শ্বাস নিচ্ছেন।

আর আকিম চতুর্থ রাতে ফিরে এল। তার একটি বর্শা ছিল, এবং খেজুরের খামারের মধ্যে সকালের কুয়াশার মতো হারেমের সমস্ত কোণে হঠাৎ নীরবতা ছড়িয়ে পড়ে। নীরবতা ছিল হৃদয় বিদ্ধ করা। সে তার বর্শা দিয়ে উপর থেকে কিছুক্ষণ ঘরের ভিতরে খোঁচা দিল, কিন্তু তা ভিতরে ঢুকতে পারল না। এটি আবায়া, নাইটি, পাইজামা, আনডিস এবং swobs এর পথ অবরুদ্ধ করেছে; এটা টেনে ফিরে কঠিন ছিল. বর্শার ডগায় কোন তাজা রক্তের ফোঁটা এবং মাংস ছিল না, তাই তিনি অভিশাপ দিয়ে ফিরে গেলেন কিন্তু আল্লাহর মহিমার জন্য কাফিরকে মৃত্যুদণ্ড দেওয়ার প্রতিশ্রুতি দিয়েছিলেন।

বর্শাটি ছিল একটি খুঁটি অস্ত্র, যার দৈর্ঘ্য প্রায় সাত ফুট, হিকরি কাঠের তৈরি একটি খাদ ছিল; নির্দেশিত মাথা ইস্পাত ছিল. আকিমের কাছে হিকরি, রেড ওক এবং বাবলা থেকে তৈরি রড সহ একশোরও বেশি ল্যান্সের সংগ্রহ ছিল। হিকরি এবং লাল ওক ক্যালিফোর্নিয়া থেকে, এবং পশ্চিম অস্ট্রেলিয়া থেকে বাবলা, সমস্ত আকিম ব্যক্তিগতভাবে আমদানি করা হয়েছিল। তিনি তার বিশ্বস্ত লেফটেন্যান্টদের সাথে ছয় মাসে একবার পাঁচ থেকে সাত দিন মরুভূমিতে কেপ খরগোশ, বালির বিড়াল, লাল শিয়াল, ক্যারাকাল, গাজেল এবং অরিক্স শিকার করেছিলেন। বর্শা এবং খঞ্জর ছাড়া তারা অন্য কোন অস্ত্র ব্যবহার করত না। অভিযাত্রী দলে প্রায় বিশ জন লোক ছিল, শুধুমাত্র পুরুষ, এবং তারা মরুভূমিতে রান্না করে ঘুমাতেন। তারা আরাক ভর্তি ক্যান পান করত এবং সারা গায়ে ভুনা করা চামড়ার পশুদের ভোজ দিত সাগওয়ান কাঠের আগুন।

পঞ্চম দিন দুপুরের দিকে রাজাক একটা মৃদু কণ্ঠ শুনতে পেল; তিনি এটা চিনতে পারেন; এটা আমিরার ছিল। সে নিচে নামছিল, আবর্জনা ভাগ করে, এবং সে তাকে তার নাম ধরে ডাকতে শুনল, "রাজাক, রাজাক, তু কাহান হ্যায়?"

তার কাছে পানির বোতল এবং কিছু খাবার ছিল। গলায় বাঁধা দোপাট্টা দিয়ে সে রাজাকের মুখ ও ঠোঁট পরিষ্কার করে। "এটি পান করুন," তিনি তাকে বোতলটি দিয়ে বললেন। রাজাক ধীরে ধীরে

পান করল। খাবার ছিল মাটন বিরিয়ানি। সে মাংসকে ছোট ছোট টুকরো করে ছিঁড়ে তার আঙ্গুল দিয়ে তাকে খাওয়াল। পাকিস্তানের ছোট্ট মেয়েটি একজন সুন্দরী নারীতে পরিণত হয়েছিল কিন্তু কয়েক বছরের মধ্যে আরবের নেদারওয়ার্ল্ডে যৌনদাসী হিসেবে নিন্দিত হয়েছিল। একটি হারেম থেকে, তাকে একটি পতিতালয়ে স্থানান্তর করা হবে।

একটি শিশুকে লালনপালন করার সময়, আমিরা খাওয়ানো শেষ করতে আধা ঘণ্টারও বেশি সময় নেয়। তারপর সে রাজাকের গালে চুমু দিল, তার বুকের উপর মুখ চেপে তাকে জড়িয়ে ধরল।

"তুমি এখান থেকে পালালে আমাকে সাথে নিয়ে যাও। আমি পৃথিবীর যে কোন জায়গায় আপনার সাথে থাকতে ভালোবাসি, দয়া করে," আমিরা আবেদন

রাজাক তার দিকে তাকাল, কিন্তু সে চুপ করে রইল।

"এটি কুরআনে বর্ণিত জাহান্নাম; আকিম ইবলিস, "তিনি কিছুক্ষণ বিরতি দিয়ে চালিয়ে যান।

"হ্যাঁ, আমিরা," তিনি উত্তর দিলেন।

"রাজ্জাক, আমি খুদাকে বিশ্বাস করি না, যে বাজে এবং পাশবিক। পুরুষ হিসেবে তিনি নারীকে ঘৃণা করেন; তিনি লম্পট এবং পুরুষদের ভোগের জন্য হরিস, যুবতী, পূর্ণ স্তনযুক্ত কুমারী সহ একটি স্বর্গ তৈরি করেছেন। জান্নাতে নারীরা যৌনদাসী। যৌন-ক্ষুধার্ত নিরক্ষর ঠগদের সত্য গল্প ছিল যারা যুদ্ধ বা রাতের অভিযানের পরে সমস্ত বয়সের মহিলাদের ধরে নিয়েছিল এবং আরবের মরুভূমিতে জোর করে বিয়ে করেছিল। ডাকাতরা যুদ্ধক্ষেত্রে তাদের লোকদের মাথা কেটে ফেলে। তারা বিশ্বাস করত যদি তারা ইসলামের জন্য মারা যায়, তবে তারা জান্নাতে তাদের বাহাত্তরটি হাউরি পাবে। এটি একটি দুর্দান্ত প্রলোভন ছিল," আমিরা রাজাককে জড়িয়ে ধরে বলেছিলেন।

"মহিলারা পৃথিবীতে উপপত্নী এবং স্বর্গে হুরনী। আল্লাহ নারীদের সৃষ্টি করেছেন পুরুষের আনন্দের জন্য," বলতে বলতে কিছুক্ষণ থমকে গেলেন আমিরা।

রাজাক, আমাকে নিয়ে যাও। অন্যথায়, আমি কোথাও একটি বেশ্যা বাড়িতে শেষ হবে আরব, "তিনি একটি বিরতি পরে বলেন.

"আমিরা, আমি অবশ্যই করব," রাজাক প্রতিশ্রুতি দিল। কিন্তু তার কণ্ঠস্বর খুব ক্ষীণ হওয়ায় সে হয়তো তাকে শুনতে পায়নি।

আরোহণের সময় আমিরা তাকাল রাজাকের দিকে।

"বিশ্বাসের চিহ্ন হিসাবে আমার ডান পায়ের তলায় চুম্বন করুন। আমি আমার বাবাকে গোপনে তার মহিলাদের পায়ে চুমু খেতে দেখেছি," আমিরা অনুরোধ করেছিল।

রাজাক তার ডান পায়ের পাতায় চুমু দিল। এটি ছিল নরম এবং মাসিকের রক্তে ভিজে।

"আমিরা, আমরা পোনানিতে যাব এবং মালাবারের নবাবের মতো জীবন যাপন করব," রাজাক প্রতিশ্রুতি দিল।

তারপর ঘুমিয়ে পড়েন রাজাক।

পরের দিন সকালে, তিনি তার বাম কাঁধের কাছে একটি পুরানো কাপড়ের বান্ডিল দেখতে পেলেন এবং শ্বাস নেওয়ার জন্য আরও কিছু বাতাস পেতে, তিনি এটিকে দূরে ঠেলে দিলেন। বেল থেকে দুর্গন্ধ অসহ্য ছিল; যখন সে এটি স্পর্শ করল তখন তার

আঙ্গুলগুলি তাতে ঢুকে গেল, এবং জামাকাপড় বেরিয়ে গেল। পচা মানুষের মাংস তার আঙ্গুলগুলিকে ঢেকে দিয়েছে, এবং একটি চোখের বল তার তালুতে ছিল, তার দিকে তাকিয়ে ছিল।

"পাদাছোনে," সে চিৎকার করে উঠল।

এটি ছিল একটি নবজাতকের পচনশীল দেহ।

রাজাক বমি করে লাফিয়ে বের হওয়ার চেষ্টা করলেও তার পা ও হাত আটকে যায়। সে আবার ঢেকেছে; কিছু জল এবং লালা বেরিয়ে এল।

আরও একবার, সে পুরানো কাপড় ছিঁড়ে তার চারপাশে ঘোরাঘুরি করার চেষ্টা করেছিল, এবং তার পা অন্য একটি ক্ষতবিক্ষত শরীরে নিমজ্জিত হয়েছিল, একটি শিশুকে ফেলে দেওয়া হয়েছিল। ক্রিপ্ট তার জন্মের পরপরই। তিনি পালাতে চেয়েছিলেন, খিলান থেকে লাফ দিয়ে বেরিয়ে আসতে চেয়েছিলেন। আকিম তার মাথা কাটুক। রাজাক অজ্ঞান হয়ে জ্ঞান হারিয়ে ফেলে।

১৬ বন্দীদের নীরবতা

তিনি যখন চোখ খুললেন, তিনি ভাবলেন তিনি হুরিশ দ্বারা ঘেরা জান্নাতে আছেন। এটা বুঝতে কয়েক সেকেন্ড লেগেছিল যে তারা হারেমের মহিলা যারা তাকে ঘর থেকে বের করে এনেছিল। তিনি নগ্ন ছিলেন, এবং তারা তাকে গরম জল দিয়ে পরিষ্কার করে, তুর্কি তোয়ালে দিয়ে তার শরীর শুকিয়েছিল এবং তাকে তাজা কাপড় দিয়ে ঢেকে দেয়।

"রাজাক, ভয় পেয়ো না; তিনি রিয়াদে গেছেন এবং সাত দিন পরেই ফিরবেন," আমিরা বলেন।

নিজের কানকে বিশ্বাস করতে পারছিলেন না। তিরুরে তার মাতাল বাবার কাছ থেকে পালিয়ে যাওয়ার সময় তিনি যে স্বগতোক্তি করেছিলেন তার চেয়েও অনেক বেশি সঙ্গীতময় শব্দগুলি সে শুনেছিল সবচেয়ে সুন্দর এবং সান্ত্বনাদায়ক শব্দ। তার বাবা বাপ্পার দুই স্ত্রী ও আট সন্তান ছিল। রাজাক ছিলেন সবার বড়। তিরুর মাছের বাজারে বাপ্পার একটি চায়ের দোকান ছিল এবং তার স্ত্রী ও সন্তানদের নিয়ে তিনি চায়ের দোকানের কাছে একটি অ্যাডোব খুপরিতে থাকতেন। চায়ের দোকান থেকে উপার্জিত অর্থ অপর্যাপ্ত ছিল পরিবারের জন্য, কারণ তিনি প্রতিদিন অর্ধেকেরও বেশি পরিমাণ অ্যালকোহলে ব্যয় করতেন।

রাজাক তার মাকে ডাকল, উম্মা, যে মাছ বিক্রি করতে ঘুরতে গেল। সে মাছের ঝুড়ি মাথায় নিয়ে আশেপাশের গ্রামে চলে গেল; তিনি মাছটি পরিষ্কার করে টুকরো টুকরো করে কেটে ফেললেন, যেমনটি গৃহকর্তারা বলেছিলেন। তার কাজে খুশি হয়ে ওনাম, বিষু এবং ঈদের মতো উৎসবে তারা তাকে পুরানো কাপড়, চাল, নারকেল তেল এবং মশলা উপহার দেয়। কিন্তু তা যথেষ্ট ছিল না; রাজাকের জীবনে ক্ষুধা লুকিয়ে ছিল এবং বছরে মাত্র কয়েকদিন তিনি সম্পূর্ণ তৃপ্তির সাথে পেট ভরে খেতেন। তিনি দুপুরের খাবার খেতে স্কুলে গিয়েছিলেন, একটি অপ্রীতিকর স্বাদের বরিজ।

রাজাক তার উম্মা ও অন্য চার ভাইবোনের পাশে মেঝেতে ঘুমিয়েছিলেন। তার দ্বিতীয় উম্মা এবং তার তিন সন্তান অন্য কোণে ছিল। তিনি তার ভাইবোনদের অনাহার যন্ত্রণা অনুভব করতে পারতেন। শারীরিক সহিংসতার সাথে তার বাপ্পার মাতাল ঝগড়া ছিল সাধারণ, এবং প্রায়শই, তিনি তার মায়ের ক্ষীণ কান্না শুনতে পান।

উম্মা সবসময় মাছের গন্ধ পেতেন, আর রাজাক সেই গন্ধ পছন্দ করতেন; সে তার মাকে আদর করত। তার একটাই স্বপ্ন ছিল তাকে পর্যাপ্ত খাবার এবং নতুন পোশাক সরবরাহ করতে। পরে, তিনি একটি ভাল ঘরের স্বপ্ন দেখেছিলেন যেখানে উম্মা একটি খাটে ঘুমাতে পারে এবং বর্ষার সময় ঠান্ডা থেকে বাঁচতে একটি কম্বল দিয়ে তার শরীর ঢেকে রাখতে পারে। তিনি প্রতি মাসে একবার তার মা এবং

ভাইবোনদের সিনেমায় নিয়ে যাওয়ার জন্য একটি বাইক নিয়ে কল্পনা করেছিলেন।

বন্ধুরা রাজাককে অনেক যুবকের গল্প বলেছিল যারা সৌদি আরব এবং উপসাগরীয় দেশগুলিতে অর্থ উপার্জন করতে গিয়েছিল। সেসব দেশে পর্যাপ্ত সোনা ছিল; শিশুরা সোনা দিয়ে খেলত, এমনকি গাড়ি এবং বাড়ি তৈরি হয়েছিল। তিনি জানতেন যে অনেক যুবক ছোট নৌকায় মালাবারে উজ্জ্বল ধাতু নিয়ে আসে। কিন্তু তিনি বুঝতে পারেননি এটি চোরাচালান, এবং ধরা পড়লে কয়েক বছর কারাগারে থাকতে হবে। চোরাচালান তিরুর, পোন্নানি, ওট্টাপালম, মালাপ্পুরম এবং কোঝিকোড়ে অনেককে ধনী করেছে। তারা জমি কিনে দোকানপাট তৈরি করে এবং হোটেল, রেস্টুরেন্ট ও হাসপাতাল শুরু করে। তার বন্ধুরা তাকে বলেছিল যে তার মাটির বাড়ির চারপাশের সমস্ত প্রাসাদ সৌদি আরব এবং উপসাগরীয় দেশগুলির সোনার অর্থ দিয়ে নির্মিত হয়েছিল।

রাজাক যেতে চেয়েছিলেন আরব, উম্মাকে খাওয়ানোর জন্য সোনা ফিরিয়ে আনুন, তার ভাইবোনদের শিক্ষিত করুন, একটি বাড়ি তৈরি করুন, একটি গাড়ি কিনুন, একটি দোকান খুলুন এবং সুখে জীবনযাপন করুন। তিনি ছয় মাস ধরে এটি নিয়ে কাজ করেছিলেন এবং স্কুলের বন্ধুদের সাথে এটি নিয়ে আলোচনা করেছিলেন। কেউ তাকে নিরুৎসাহিত করেনি। ধনী হওয়া তার অধিকার ছিল, তারা

বলেছিল। তারাও যাওয়ার জন্য প্রস্তুত ছিল এবং কেউ কেউ ইতিমধ্যেই চলে গেছে। তিনি লক্ষ্য করেন যে বিদ্যালয়ে শিক্ষার্থীর সংখ্যা প্রতিদিন কমছে। তার দুই ঘনিষ্ঠ বন্ধু আগের সপ্তাহে চলে গেছে। তিনি যখন স্কুলে পৌঁছেছিলেন, তখন কেউ তাকে বলেছিল যে তার শ্রেণী শিক্ষক সংযুক্ত আরব আমিরাতে গেছেন। আরবীয় স্বপ্ন সর্বত্র ছড়িয়ে পড়েছিল, এমনকি শিশুরাও অস্থির ছিল।

একদিন রাতে মাকে কিছু না বলে বাড়ি থেকে পালিয়ে যায় রাজাক। তিনি তাকে ছেড়ে দুঃখিত বোধ করলেন, এবং তিনি একা কাঁদলেন। তিনি জানতেন যে তিনি চকচকে ধাতু ভর্তি ব্যাগ নিয়ে শীঘ্রই ফিরে আসবেন। অনেক নৌকা আরব উপদ্বীপের বিভিন্ন বন্দরে যাচ্ছিল, এবং তিনি তিন দিন ধরে সমুদ্রে থাকা যুবক-যুবতীদের ভরা একজনকে নিয়ে গেলেন। নৌকায় একজন এজেন্ট রাজাককে রিয়াদের কাছে নিয়ে গেল আরো তিনটে ছেলে, সবাই একটু বড়, এবং তাকে অন্য এজেন্টের সাথে পরিচয় করিয়ে দিল। তিন দিনের মধ্যে রাজাক আকীমের মাশরাবিয়ায়।

হেরেমের নারীদের ঘিরে রাজাক দুদিন ঘুমিয়েছিল। তারা তার জন্য যে ভালবাসা প্রকাশ করেছিল তা ছিল স্বর্গীয়, জান্নাতের হুরীর মতো, পরকালে বিশ্বস্ত মুসলিম বিশ্বাসীদের জন্য পুরস্কার, আনন্দের জন্য, যাদের সম্পর্কে তিনি আরবি কুরআন পড়েছিলেন।

আদিল রাজাককে আরব থেকে পালাতে সাহায্য করেছিল একটি মাশাক, একটি ছাগলের চামড়ার জল ভর্তি সোনার ব্যাগ দিয়ে। তিনি তার প্রিয় আমিরার কথা ভেবেছিলেন, সেই পাকিস্তানি যার সবুজ চোখ সে তার চোখের মধ্যে রেখেছিল এবং তার চেহারা ছিল তার হৃদয়ে। তার প্রেমে ভরা একটি সুন্দর আত্মা ছিল; সে তাকে তার সাথে নিয়ে যেতে চেয়েছিল এবং আদিলকে অনুরোধ করেছিল। কিন্তু আদিল অসম্মতি জানিয়ে বলেন, একজন নিখোঁজ হলে তার বাবা অন্য নারীদের গলা কেটে ফেলবেন।

রাজাক আত্মবিশ্বাসী ছিলেন। আমিরা জানতেন যে তিনি নিয়মিত যৌনমিলন করতে পারবেন না, তাই তিনি এটি গ্রহণ করেছিলেন এবং হারেমে একটি নারকীয় অভিজ্ঞতার মধ্য দিয়ে যাওয়ার পরে, তিনি যৌনতাকে ঘৃণা করেছিলেন। এতে তার অনেক সমস্যার সমাধান হয়ে যেত। তার দরকার ছিল একজন সঙ্গী, একজন নারী যে তাকে ভালোবাসতে পারে, যার জন্য সে মরতে প্রস্তুত ছিল। তিনি শেষ নিঃশ্বাস পর্যন্ত আমিরার সাথে তার জীবন ভাগ করে নিতে চেয়েছিলেন। নীলা নদীর তীরে একটি দুর্গ নির্মাণের জন্য যথেষ্ট সম্পদ ছিল। রাজাকের জন্য, আমিরা হতেন তার সেরা সঙ্গী, সবচেয়ে বিশ্বস্ত বন্ধু, তার আত্মার আত্মা, যার একমাত্র তিনি চুম্বন করেছিলেন। তিনি তার উপস্থিতি কামনা করেছিলেন, তার মুখের সন্ধান করেছিলেন, তার সুন্দর চোখ, তার কোমল গাল এবং তার মায়াবী হাসি দিয়ে রহস্যময় হওয়ার জন্য। রাজাক তার স্বপ্ন, অতীত এবং

ভবিষ্যত তার সাথে শেয়ার করতে পছন্দ করত। তিনি এবং তিনি লিঙ্গের বাইরে ছিলেন, পৃথিবীতে এবং স্বর্গে সবচেয়ে হতাশাজনক কাজ। এখন আর প্রেম করার আগ্রহ ছিল না কিন্তু সাহচর্য, ভালবাসা, স্পর্শ এবং উষ্ণ একত্রে। কখনও কখনও তিনি ভাবতেন যে তিনি তার উম্মার চেয়ে আমিরাকে বেশি ভালোবাসেন এবং এতে দুঃখিত হতেন, একজন পাকিস্তানি নারীকে মায়ের চেয়ে বেশি ভালোবাসার পাপে লজ্জিত।

রাজাকের মনে পড়ল আমিরা জাহান্নাম থেকে নেমে তাকে বিরিয়ানি খাওয়াচ্ছে। তার নরম, সুন্দর আঙ্গুল তার ঠোঁট স্পর্শ. তার ছিল সুন্দর হৃদয়, ভালোবাসায় ভরা হৃদয়, তার মাশাকের সোনার চেয়েও মূল্যবান। তিনি তার এবং তার একা জন্য সমস্ত স্বর্ণ বিনিময় করতে প্রস্তুত ছিল. প্রথম থেকেই, সে তাকে ভালবাসত, তাকে কখনও জানায়নি। তিনি ভয় পেয়েছিলেন যে তিনি কীভাবে প্রতিক্রিয়া জানাবেন, কারণ তিনি একজন নির্বাসিত মানুষ, একজন প্রত্যাখ্যাত মানুষ, নারী বা পুরুষ নয়। কিন্তু একটি শব্দের মাধ্যমে, তিনি তার বিশ্বকে পরিবর্তন করেছেন, ইতিহাস পুনর্লিখিত করেছেন এবং সমস্ত মহাকাব্যের প্লট পরিবর্তন করেছেন। সে জিজ্ঞেস করলো, "রাজাক, তু কাহান হ্যায়?"

আমিরা তার নিরাপত্তার প্রতি আগ্রহী ছিল এবং সে তার জন্য বিদ্যমান ছিল। "আমি তোমাকে ভালোবাসি," সে বলল। এটি

মূল্যবান, বিশ্বের যেকোনো কিছুর চেয়ে বেশি মূল্যবান বলে মনে হয়েছিল। সেও তাকে তার সমস্ত হৃদয় এবং আত্মা দিয়ে ভালবাসত। "আমি খুদাকে বিশ্বাস করি না, যে নোংরা এবং নৃশংস," তিনি বলেছিলেন। আমিরা রাজাককে ভালোবাসতেন, এমনকি জাহান্নামেও; তিনি তাকে ছাড়া জান্নাতে রাজাকের সাথে জাহান্নাম পছন্দ করেছিলেন। সে পারে তার প্রিয়তমের জন্য আল্লাহকে অস্বীকার করা; রাজাক যখন বিদ্যমান ছিল তখন সর্বশক্তিমান অস্তিত্ব থাকতে পারে না। আমিরা একটি পতিতালয়ে তার ভবিষ্যৎ নিয়ে এতটাই ভীত ছিল, যেখানে সে শত শত যৌনদাসীতে পরিণত হবে; মাশরাবিয়ায়, তাকে কেবল একজন পুরুষকে খুশি করতে হয়েছিল। তিনি মাশরাবিয়া থেকে পালিয়ে তার প্রিয় রাজাকের সাথে থাকতে চেয়েছিলেন, যেখানে কোনও হুরিস, কোনও বিশ্বাসী এবং কোনও আল্লাহ পৌঁছতে পারে না।

রাজাক যখন মাশরাবিয়া ত্যাগ করেন তখন আমিরার বয়স ত্রিশ। কিন্তু তিনি আমিরাকে বলতে ভুলে গিয়েছিলেন যে তিনি আল্লাহকে বিশ্বাস করেন না, যিনি তার নির্বাসন বন্ধ করেননি। তার অন্ডকোষ নির্মমভাবে অপসারণের পর, রাজাক নাস্তিক হয়ে ওঠে। শুধু আকিম আল্লাহর মত লোকই ছিল যারা ছিল নৃশংস ও নোংরা।

রাজাক এক একর জমি কিনেছিলেন এবং আরব সাগরকে উপেক্ষা করে পোনানিতে একটি ভিলা তৈরি করেছিলেন। শহরের

প্রধান মোড়ের কাছে তিনি একটি শপিং কমপ্লেক্স গড়ে তোলেন। অনেক মেয়ে তাকে বিয়ে করতে ইচ্ছুক ছিল, এবং সে কালিকটের কাছে বেপুর থেকে একজনকে বেছে নিয়ে তাকে বিয়ে করেছিল, সে সত্য লুকিয়েছিল যে সে যৌন সম্পর্ক করতে পারে না। তার বয়স বত্রিশ, আর তার বয়স ছিল ষোল। একটার পর বছর, রাজাক তার স্ত্রীকে তার প্রেমিকের সাথে ধরেছিল এবং মালাপ্পুরাম হ্যাচেট দিয়ে তার উভয় মাথা কেটে ফেলেছিল। আকিম তাকে ইবলিসের মতই ধারণ করেছিল।

রাজাক যখন তার ভাগাভাগি শেষ করে তখন একটি র্যাকিং হাসি ছিল। তিনি দীর্ঘক্ষণ থমা কুঞ্জের দিকে তাকিয়ে থাকলেন, প্রতিক্রিয়া আশা না করে বরং তার বন্ধু নীরবতার গভীর অর্থ বুঝতে পেরেছে কিনা তা যাচাই করার জন্য। থমা কুঞ্জ একটি বিস্ময়কর পরিবেশ লক্ষ্য করতে পারে যা রাজাকের আবেগকে ভারাক্রান্ত করে কারণ তার মুখ ভেঙ্গে গেছে এবং ঠোঁট লুপ হয়ে গেছে। রাজাক নীরবে দুঃখী মানুষ।

"আকিম যদি আমাকে নির্বাসন না দিত, তাহলে আমার তোমার বয়সের ছেলে হতো। কিন্তু তুমি আমার ছেলে, আমার একমাত্র ছেলে। কারাবাসের পর, আসুন এবং আমার সাথে পোন্নানিতে থাকুন," রাজাক থমা কুঞ্জকে বলল।

থমা কুঞ্জ তার দিকে অবিশ্বাসের দৃষ্টিতে তাকাল। তিনি হারেমে একজন পাকিস্তানি মহিলাকে ভালোবাসতেন, কিন্তু বিশ বছর কারাগারে থাকার পর, তিনি একজন পুরুষকে তার পুত্র হিসাবে গ্রহণ করেছিলেন, ফাঁদে মারার জন্য নিন্দা করেছিলেন, খ্রিস্টান বাপ্তাইজিত কিন্তু একজন নাস্তিক। থমা কুঞ্জ কারাগারে রাজাকের একমাত্র বন্ধু ছিল।

থমা কুঞ্জ এগারো বছর আগে জেল খামারে কাজ করার সময় তার সাথে দেখা হয়েছিল। রাজাক তার বিশ বছরের জেলের মেয়াদ শেষ করার পথে। তার বয়স তেপান্ন। জেল থেকে মুক্তি পাওয়ার ছয় মাসের মধ্যে, থমা কুঞ্জ রাজাকের কাছ থেকে একটি বিয়ের আমন্ত্রণ পেয়েছিলেন, যা জেলর দ্বারা হস্তান্তর করা হয়েছিল। থমা কুঞ্জের জন্য এটি ছিল দ্বিতীয় বছর। মালাপ্পুরমের এক মেয়েকে বিয়ে করার সিদ্ধান্ত নিয়েছিলেন রাজাক। তিনি আমিরার মতো একজন সঙ্গীর সন্ধান করেছিলেন, যিনি রাজাককে ভালোবাসতে পারেন, যৌনতায় আচ্ছন্ন নন, তবে তার নীরবতা ভাগ করে নেবেন।

নীরবতা ছিল সোনালী। কিন্তু হোস্টেলের ওয়ার্ডেনের নিস্তব্ধতায় বাহ্যিক কোমলতার সাথে রহস্যময় প্রতিধ্বনি ছিল, অথবা সে হয়তো স্নেহের মতো কাজ করেছে। দুই মিনিটের মননশীল শান্ত

হওয়ার পরে, তিনি আদালতকে বলেছিলেন যে তিনি থোমা কুঞ্জকে হোস্টেল সংলগ্ন একটি কূপে নাবালিকা মেয়েটির দেহ ফেলে যেতে দেখেছেন। তিনি কয়েকটি শব্দে যে ফ্ল্যাশব্যাক উপস্থাপন করেছিলেন তা আদালতে উপস্থিতদের হতবাক করে এবং বিচারককে বজ্রপাতের মতো আঘাত করেছিল। এটি থমা কুঞ্জের আস্থাকে ভেঙে দিয়েছে কারণ তার প্রমাণ তার ভাগ্যকে সিলমোহর দিয়েছিল। সন্ধ্যে প্রায় পাঁচটা বাজে, এবং সে দেখতে পেল একটা লম্বা মূর্তি, একটা খোঁচাবিহীন মুখ ভেসে আসছে হোস্টেল করিডোর, পাম্প হাউসের কাছের কূপের দিকে দরজা খুলে কূপে লাশ ফেলে দেয়। তিনি নিশ্চিত ছিলেন যে এটি থমা কুঞ্জ।

জর্জ মুকেনের পীড়াপীড়িতে থমা কুঞ্জ মাত্র একবার হোস্টেলে ছিলেন। এটি একটি রবিবার ছিল, এবং মুকেন তাকে বলেছিল যে তার হোস্টেলের ওয়ার্ডেন থেকে হোস্টেলের মধ্যে পাইপলাইনের জলে ফুটো হওয়ার বিষয়ে একটি ফোন এসেছে। যেহেতু রবিবার ছিল, হোস্টেলের প্লাম্বার স্টেশনের বাইরে ছিল এবং অনুপলব্ধ ছিল। ওয়ার্ডেন মুকেনকে অনুরোধ করলেন দোষ মেরামতের জন্য কাউকে পাঠাতে। যেহেতু থমা কুঞ্জ শূকর পালনে নদীর গভীরতানির্ণয়ের কাজ পরিচালনা করছিলেন, মুকেন জোর দিয়েছিলেন যে তিনি হোস্টেলে গিয়ে মেরামত করবেন, কিন্তু থমা কুঞ্জ যেতে অনিচ্ছুক ছিলেন; তাছাড়া বাড়িতে তার অনেক কিছু করার ছিল। একই অনুরোধে দুপুরে আবার থমা কুঞ্জে ডাকলেন মুকেন।

বন্দীদের নীরবতা

বিকেল তিনটে নাগাদ থমা কুঞ্জ হোস্টেলে যান। দুই থেকে তিন ঘণ্টার মধ্যে কাজ শেষ করতে চেয়েছিলেন তিনি। কিন্তু তিনি কখনো কল্পনা করেননি যে এটি তার জীবনকে বদলে দেবে এবং তাকে ফাঁসির মঞ্চে নামিয়ে দেবে।

থমা কুঞ্জের দিকে তাকাল আসামীর বাক্স থেকে অবিশ্বাসে ওয়ার্ডেন, কিন্তু তার চেহারা কোমল ছিল, এবং তার কপালে যে ধূসর চুল পড়েছিল তা তার মিথ্যা, তার জেদকে ছদ্মবেশিত করেছিল। তার চশমা ছিল গোলাকার এবং মোটা; সরকার পরিচালিত কর্মজীবী মহিলা হোস্টেলে একটি হত্যাকাণ্ডের ফলে সৃষ্ট বেদনার প্রতিফলন তার মুখে। তিনি ছিলেন শেষ সাক্ষী। পঞ্চান্ন বছর বয়সী সরকারি কর্মচারীর সাক্ষ্য বিশ্বাস করায় বিচারকের কোনো অনিশ্চয়তা ছিল না।

যাইহোক, থমা কুঞ্জ শুনানির আগেও একজন বিচারক তার ভাগ্য নির্ধারণ করতে পারে এমন সম্ভাবনার কথা কখনও ভাবেননি। প্রায় আটচল্লিশ বছর বয়সে, বিচারক তার হৃদয়ে কখনও প্রকাশ করা গোপন কথা রাখেননি কারণ তিনি তার সৃষ্টির গভীর নীরবতায় ভুগছিলেন যেদিন থেকে একজন কলেজ ছাত্রী তাকে বলেছিল যে সে তার সন্তানের গর্ভপাত করবে না। তিনি একজন তরুণ আইনজীবী

ছিলেন এবং তিনি তার কলেজে আইন ও সাহিত্য নিয়ে কথা বলার জন্য তাকে আমন্ত্রণ জানাতে তার অফিসে গিয়েছিলেন। তিনি তাকে তার শিক্ষক এবং সঙ্গীদের সাথে সঙ্গতিপূর্ণ শব্দে পরিচয় করিয়ে দেন। তার বুদ্ধিমত্তা, নেতৃত্ব এবং যোগাযোগ করার ক্ষমতা তাকে মুগ্ধ করেছে।

তিনি আইনে তার বিশ্লেষণাত্মক দক্ষতা এবং দক্ষতার প্রশংসা করেছিলেন। সংক্ষিপ্ত শব্দ এবং বাক্যাংশ দিয়ে তার শ্রোতাদের বোঝানোর ক্ষমতা ছিল অনন্য।

তাদের বন্ধুত্ব বেড়েছে, এবং তারা প্রায়শই দেখা করত, তরুণ আইনজীবীর বাইকে বিভিন্ন জায়গায় ভ্রমণ করত এবং উষ্ণ সান্নিধ্যে রাত কাটাত।

আদালতে থমা কুঞ্জকে দেখে তার নীরবতা ভেঙ্গে পড়ে। বিচারক নীরবে আসামীর নাম পড়েন: টমাস এমিলি কুরিয়েন। এটা তাকে অবাক করেছে; সে অবিশ্বাসের দৃষ্টিতে থমা কুঞ্জের দিকে তাকাল। থমা কুঞ্জের চেহারায় তার মুখের প্রতিচ্ছবি ছিল।

নিস্তব্ধতা একটি কম্পন ছিল; এটি একটি মহিলার দুঃখজনক চিৎকারের সাথে গর্ভবতী ছিল। বিচারকের পঁচিশ বছরের নীরবতা সেই চিৎকারের সাথে প্রতিধ্বনিত হয়েছিল।

একজন বয়স্ক হোস্টেলের ওয়ার্ডেনের সাক্ষীর পরিণতি হয়েছিল কারণ এটি একটি চব্বিশ বছর বয়সী ব্যক্তির ভাগ্য সিল করে দেওয়া রায়ের দিকে পরিচালিত করেছিল।

"তাকে তার গলায় ঝুলিয়ে রাখো যতক্ষণ না সে মারা যায়।"

রায়টি সংক্ষিপ্ত এবং সুনির্দিষ্ট ছিল।

এমিলি, থমা কুঞ্জের মা, আকিমের উপপত্নীদের থেকে আলাদা নীরবতা ভোগ করেছিলেন স্নিগ্ধতা এবং বয়স্ক হোস্টেল ওয়ার্ডেন এর নীরবতা থেকে দূরে ছিল. এমিলির নীরবতা ছিল হৃদয় মোচড়ানো; এটি থোমা কুঞ্জের শরীরে প্রবেশ করে এবং পুরো বাড়িতে প্রবেশ করে। তার নীরবতা ছিল মৃদু, উদার এবং প্রেমময়। থমা কুঞ্জ বারো বছর না হওয়া পর্যন্ত, তিনি তার শৈশবের স্মৃতি এবং কলেজের দিনগুলি শেয়ার করতে অনিচ্ছুক ছিলেন; পরিবর্তে, তিনি উপন্যাস এবং মহাকাব্য থেকে গল্প বর্ণনা করেছেন। থমা কুঞ্জ তার বর্ণনায়

হস্তক্ষেপ না করে শ্রদ্ধার সাথে তার কথা শুনলেন। কিন্তু তিনি অনুভব করলেন গল্প বলার সময়ও তিনি অন্তর্দৃষ্টিপূর্ণ শান্ত ছিলেন।

থোমা কুঞ্জ তার স্মৃতি বহন করে অকল্পনীয় নীরবে। কারাগারে, তিনি সর্বদা তাকে স্মরণ করতেন। এটি একটি অটুট বন্ধন ছিল, এবং তিনি তার নীরবতা সঙ্গে বেড়ে ওঠে. তিনি তার নীরবতার উপর ধ্যান করেছিলেন এবং তার মনোরম উপস্থিতি দিয়ে কোষটিকে রূপান্তরিত করেছিলেন।

প্রকোষ্ঠে প্রথম কয়েক মাসে, রাতগুলি দীর্ঘ এবং ভয়ঙ্কর ছিল, কিন্তু তিনি ভীতিকর অন্ধকারের সাথে পরিচিত হয়েছিলেন যা তারা দিনের আলোর সাথে মিশে যাওয়ার সাথে সাথে তাদের উদাসীনতা হারিয়েছিল। ধীরে ধীরে রাতের সময়টি আরও আনন্দদায়ক, আশাবাদী এবং প্রশান্ত হয়ে উঠল। অন্ধকারে, তিনি নিজেকে আরও ভাল দেখেছিলেন এবং তার ভিতরের কম্পন এবং কোষের কম্পন সম্পর্কে আরও সচেতন হয়ে ওঠেন। প্রকোষ্ঠটি ছিল ইয়াজিফ জায়িদানের মতো, যেখানে রাজাক তিন দিন রাত মানব মাংসে ডুবে থাকা এবং ক্ষয়প্রাপ্ত হয়ে কাটিয়েছে। কখনই সহানুভূতিশীল বা কৌতূহলী নয় কিন্তু সতর্ক এবং অবিচল, সেল তাকে একটি লাশের সাথে ফরেনসিক ডাক্তারের মতো রক্ষা করেছিল। জানালাহীন চার দেয়ালের মধ্যে সে তার শ্বাস-প্রশ্বাস, হৃদস্পন্দন, ধড়ফড় এবং খাবারের সন্ধানে বিপথগামী পিঁপড়ার সূক্ষ্ম বিলাপ গণনা করতে পারত। তাদের সঙ্গীরা। ঘরের বাইরে থেকে

আসা শব্দগুলির একটি অনন্য আকার এবং অর্থ ছিল। মধ্যরাতের পর আসন্ন ওয়াডারদের উদ্দেশ্য ছিল ভিন্ন। তারা তাদের শক্তিশালী হাতে মৃত্যু বয়ে নিয়েছিল।

কিন্তু অপুর মুখে আঘাত করার আগেই মৃত্যুর আকুতি ছিল। তার ঠোঁট রক্তে প্লাবিত হয়েছিল, তার দাঁত ভেঙে পড়েছিল এবং তার নাক ভেঙে গিয়েছিল। এটি একটি শক্তিশালী আঘাত ছিল. "তোমার মা একজন ভেশ্যা," তিনি চিৎকার করে বললেন, এবং সমস্ত ছাত্ররা তার কথা শুনল। অম্বিকা ভীতসন্ত্রস্ত দৃষ্টিতে দেখল। কিন্তু অপুর নাক ভাঙার কারণ ছিল। মামাকে পতিতা বলার সাহস হয় কী করে? এটি একটি শাস্তি ছিল, প্রতিবন্ধক নয়, সংশোধন নয়, বরং মহাভারতের শকুনির মতো প্রতিশোধ।

মৃত্যুর ইচ্ছা অঙ্কুরিত হয় যখন কিছু ছাত্র গসিপ করে এবং শিক্ষকরা অযাচিত সহানুভূতি প্রকাশ করে। এটি অস্তিত্ব থেকে অদৃশ্য হয়ে যাওয়ার তীব্র ইচ্ছা ছিল। এমনকি জন্মের সময়, মৃত্যুর একটি নবজাতক আকাঙ্ক্ষা বিদ্যমান ছিল। মা বলতেন তার শিশুটি তার ছোট হাত দিয়ে তার মুখের উপর বিছানার কাপড় রাখার জন্য বারবার লড়াই করছে, তার শ্বাসকষ্ট হচ্ছে। মামা ঠিকই বলেছেন; মৃত্যু একটি রোমাঞ্চ ছিল; এটি বেঁচে থাকার আকাঙ্ক্ষা পূরণ করেছে। মা, পাপা, আপ্পু, হোস্টেলের ওয়ার্ডেন, বিচারক, জেলেরা এবং জর্জ মুকেনের শূকরের শূকররা দিনের পর দিন মারা যাওয়ার জন্য, মৃত্যুর

স্পর্শ অনুভব করতে, উষ্ণ এবং ঠান্ডা, নরম এবং রুক্ষ। চার্চের সামনে ক্রুশের উপর ঝুলন্ত মায়ের প্রাণহীন দেহকে দেখে জীবনের পচা উদ্দেশ্য, একটি সরল এবং নৃশংস সত্য, কিন্তু এটি দীর্ঘস্থায়ী প্রিকিং তৈরি করেছিল। জীবনের চূড়ান্ততা ছিল মৃত্যু, এবং জীবনের সমস্ত আকাঙ্ক্ষা ছিল মৃত্যুর জন্য। মা নারকেলের তুষ থেকে ফাঁস তৈরি করলেন। মধ্যরাতের পর তিনি গির্জায় চলে গেলেন, এবং তিনি বিশাল পাথরের ক্রসটিকে চিনতেন, কারণ প্রতি রবিবার, তিনি ক্রসের কাছে রাখা বাক্সে টাকা রেখেছিলেন। মা কখনই মোমবাতি জ্বালিয়ে নীরবে হাত গুটিয়ে প্রার্থনা করতে ভুলবেন না। তিনি যিশুর পবিত্র হৃদয়, ভার্জিন মেরি এবং সেন্ট থমাস দ্য অ্যাপোস্টেলের কাছে ভিক্ষা করেছিলেন, যিনি 52 খ্রিস্টাব্দে মালাবার উপকূলে অবতরণ করার সময় তার পূর্বপুরুষদের ধর্মান্তরিত করেছিলেন, থমা কুঞ্জ এবং কুরিয়েনকে রক্ষা করার জন্য। হাতের ওপরে দড়িটা ফেলে দিল ক্রস এবং একটি প্লাস্টিকের মল ব্যবহার করে, নিজেই একটি লুপ দিয়ে এটি বাঁধা। কুণ্ডলী ভয় দেখাত কিন্তু তার ঘাড় কেড়ে নিত এবং তাকে শ্বাসরোধ করে হত্যা করত।

এগারো বছর জেলে থমা কুঞ্জকে শিখিয়েছে অনেক পাঠ; তিনি এমনকি সামান্য রাতের আওয়াজও আলাদা করতে পারতেন। মৃত্যু নীরব ছিল; এটা কোন শব্দ করেনি। মৃত্যুর প্রস্তুতি শব্দ এবং ক্রোধ তৈরি করেছিল। কারাগারে নীরবতা ছিল শোক ও শোকের প্রকাশ। নীরবতার মধ্যে একটি লুকানো ক্ষোভ ছিল, এবং এটি

শোনার জন্য একজনকে খুব মনোযোগী হতে হবে। এটা শেষকৃত্য সঙ্গীত উপভোগ করার মত ছিল; এটা সুন্দর, নির্মল এবং আনন্দদায়ক ছিল. কেউ এটি খেলত না যদি এটি ক্যাকোফোনাস, সুরেলা, আনন্দদায়ক না হয়। মায়ের অন্ত্যেষ্টিক্রিয়ায়, কোন গান ছিল না। ভিকার তাকে কবরস্থানে দাফন করতে অস্বীকার করেছিল, বলেছিল যে সে পাপী ছিল এবং নিজেকে ফাঁসিতে ঝুলিয়েছিল। তার চোখে ছিল দুষ্টতা ও লালসা। কয়েক বছর পরে, জর্জ মুকেন বলেছিলেন যে তিনি মায়ের কবর খননের জন্য মাটির টুকরোকে অনুমতি দেওয়ার জন্য ভিকারকে একটি বিশাল অঙ্কের অর্থ প্রদান করেছিলেন, তবে তিনি পরিমাণটি প্রকাশ করেননি। মুকন বুঝল মায়ের মৃত্যু কামনা যেমন সে বাঁচতে চেয়েছিল।

মামা সরকারি স্কুলে ঝাড়ুদারের চাকরি পাওয়ার চেষ্টা করেছিলেন। নিয়োগের আদেশটি তার আত্মাকে উন্নত করেছিল এবং তার নীরবতা দ্রুত অদৃশ্য হয়ে গিয়েছিল। তার ইংরেজি চমৎকার ছিল, কারণ সে ভালোভাবে পড়তে ও লিখতে পারত। তিনি কোডাইকানালের একটি পাবলিক স্কুলে অধ্যয়ন করেছিলেন, কিন্তু মা তার কলেজের স্নাতক শেষ করতে পারেননি এবং একটি প্রাথমিক বিদ্যালয়ে পড়াতে শিক্ষকের প্রশিক্ষণও পাননি। কলেজে তার দ্বিতীয় বছরে, তিনি গর্ভবতী হয়েছিলেন এবং প্রসবের পরে, কুরিয়েনের সাথে মালাবার চলে যান, কিন্তু তিনি থমা কুঞ্জের বাবা ছিলেন না। বিয়ের আগেও এমিলি পাপাকে জানিয়েছিলেন একজন আইনজীবীর

সঙ্গে তার সম্পর্কের কথা যিনি তাকে ছেড়ে দিয়েছিলেন। মামাকে বিয়ে করার সিদ্ধান্তটা ছিল সহানুভূতি নয়, ভালোবাসার কারণে। কুরিয়েন জর্জ মুকেনের শূকর পালনে কাজ করেছিলেন এবং এমিলি একটি সরকারি স্কুলে ঝাড়ুদার হয়েছিলেন। এমনকি স্কুলের প্রধান শিক্ষক প্রায়ই ইংরেজিতে চিঠি এবং সার্কুলার তৈরি করতে তার সাহায্য চাইতেন।

থমা কুঞ্জ যখন বারো বছর বয়সে, এমিলি তার সাথে তার গল্প শেয়ার করে; সে তার ছেলে ভেবেছিল এটা জানা উচিত, এবং সে লজ্জিত ছিল না. থমা কুঞ্জ তার জীবনী গ্রহণ করেন এবং মাথা উঁচু করে ধরেন।

প্যারিশ পুরোহিত প্যারিশ স্কুলে ঝাড়ুদারের চাকরির জন্য যথেষ্ট পরিমাণ অর্থ, ঘুষ দাবি করেছিলেন, যদিও সরকার গির্জা পরিচালিত স্কুলে বেতন প্রদান করেছিল।

তাকে গির্জার কবরস্থানে দাফন করার জন্য, ভিকার একটি অর্থ গ্রহণ করেছিলেন।

বাবা মুকেনকে তার শূকর পালন শুরু করতে সাহায্য করেছিলেন, কারণ তিনি এক বছর ধরে একটি ভেটেরিনারি কলেজে প্রশিক্ষণ নিয়েছিলেন এবং শূকর প্রজননের নতুন কৌশল শিখেছিলেন। তিনি মুকেনের সাথে প্রথম পূর্ণ-সময়ের কর্মী ছিলেন এবং পরে পনের জন কর্মীকে প্রশিক্ষণ দিয়েছিলেন এবং দশ বছরের মধ্যে সুপারভাইজার হয়েছিলেন। তারা ইদুক্কি, ওয়েনাড এবং কুর্গের শুয়োর খামারে ট্রাক বোঝাই শূকর কিনতে গিয়েছিল। পিগপেনটি বিকাশ লাভ করেছিল; মুকেন সারা ভারতে অনেক রেস্তোরাঁ এবং হোটেলে শুয়োরের মাংস রপ্তানি করেছে। তিনি জমি এবং জিনিসপত্র, গাড়ি এবং ট্রাক অর্জন করেছিলেন, বাবাকে পঞ্চাশ সেন্ট জমি উপহার দিয়েছিলেন এবং তাকে তিনটি ঘর, একটি রান্নাঘর এবং টয়লেট সহ একটি বাড়ি তৈরি করতে সহায়তা করেছিলেন। কিন্তু প্লাস্টার করার আগেই বাবা মারা যান। কর্ণাটক পুলিশ তাকে মারধর করে কোন কারণে. তাদের জন্য, ট্রাকের কোন বৈধ দূষণ নিয়ন্ত্রণ শংসাপত্র ছিল না, কারণ এটির মেয়াদ দুই সপ্তাহ আগে শেষ হয়ে গেছে। মুকেন হয়ত সার্টিফিকেট পেতে ভুলে গিয়েছিলেন, যদিও এটি মৃত্যুদণ্ডের আমন্ত্রণ জানানো অপরাধ ছিল না।

প্রায়শই কর্ণাটক পুলিশ তার সীমান্তের ওপার থেকে আসা ট্রাক চালকদের তুচ্ছ কারণে কঠোর শাস্তি প্রদান করে। তারা দুই হাজার টাকা ঘুষ দাবি করে, পাপা দিতে অস্বীকার করেন। মুকেন এই পরিমাণ অর্থ প্রদান করতেন কারণ তিনি আমলা এবং প্যারিশ পুরোহিতকে বিভিন্ন সুবিধার জন্য প্ররোচিত করেছিলেন, কারণ ঘুষ না দিলে ব্যবসা শুরু করা অসম্ভব ছিল। বাবা তার নিয়োগকর্তার

টাকা বাঁচাতে চেয়েছিলেন, যার ফলে তার নির্মম পরিণতি হয়েছিল। তিনি একজন ছোট মানুষ ছিলেন; তার ভঙ্গুর শরীর পুলিশের দুঃখজনক আক্রমণকে প্রতিহত করতে পারেনি এবং গুরুতর জখম অবস্থায় তিনি সেখানেই মারা যান। তিনি রক্ত বমি করেছিলেন। কিছু পুলিশ ছিল ভয়ঙ্কর এবং নির্দয়, এবং অনেকে অর্থ উপার্জনের জন্য অমানবিক আচরণ করেছিল। তাদের জন্য, বাবাকে প্রলোভন দিতে অস্বীকার করার জন্য জরিমানা দিতে হয়েছিল, যা তারা তাদের অধিকার বলে মনে করেছিল। সমস্ত মৃত্যুদণ্ড ছিল অধিকার লজ্ঘন, বাস্তব বা কাল্পনিক। তবে মৃত্যুদণ্ড পাওয়া কয়েকজন নির্দোষ। লোকেরা কেবল ভুক্তভোগীকে নিয়ে চিন্তিত ছিল, দোষীকে নিয়ে খুব কমই চিন্তিত ছিল, যাদের মধ্যে অনেকেরই হাত ছিল না অপরাধে সমাজ কদাচিৎ একজন কণ্ঠহীন অভিযুক্ত ব্যক্তির নির্দোষতার কথা চিন্তা করে। কাউকে মরতে হবে এবং চূড়ান্ত মূল্য দিতে হবে; ফাঁসির মঞ্চে বা পুলিশের হাতে তার মৃত্যুর পর, যে ব্যক্তি প্রাণ হারিয়েছে সে নির্দোষ কিনা তা যাচাই করতে কেউ মাথা ঘামায়নি। বাবার ভাঙা হাত-পা দেখে মা কেঁদেছিলেন কিন্তু তাঁর ছিন্নভিন্ন লিভার, ফুসফুস, হৃদপিণ্ড ও অগ্ন্যাশয় কল্পনা করতে পারেননি।

কর্ণাটক পুলিশ একটি পাগলা হাতি বাবার দেহ পিষে দেওয়ার গল্প তৈরি করেছে। ক্ষিপ্ত প্রাণীটিকে খাঁচায় বন্দী করা যায়নি। এটা শুধু পুলিশ এবং যারা গল্প সম্পর্কে শুনেছেন মনের মধ্যে ঘুরে বেড়ান. বাবার মৃত্যুর পরও মামা জীবনের আশা বুনেছিলেন।

আশা এবং হতাশা একসাথে চলে গিয়েছিল, এবং তারা যখন আলাদা হয়ে গিয়েছিল তখন ঘটনাগুলিকে আলাদা করা সহজ ছিল না। বিচারক যখন রায় ঘোষণা করেন, তখন ছিল হতাশা ও প্রত্যাশা, জীবনের পথ হারানোর যন্ত্রণা এবং নতুন দেখার আগ্রহ। এমনকি যখন তিনি তার চূড়ান্ত আবেদন হারিয়েছিলেন, তখনও সেলটি হারানোর বিষাদ এবং আশাবাদ-দুঃখ ছিল কিন্তু ভারাগুলো দেখার প্রত্যাশা। ফাঁসির মঞ্চে দাঁড়াতে গিয়েও থাকবে নির্জনতা আর আত্মবিশ্বাস। মৃত্যু হবে পরম আনন্দ; ফাঁসা শক্ত হয়ে যাবে, এবং শরীর বাতাসে ঝুলবে; এটি ফৌজদারি আইন, কারাগারের কর্মীদের এবং পাদাচনকে চ্যালেঞ্জ করবে। আমিরা যখন আল্লাহকে চ্যালেঞ্জ করেছিল, এমিলি তার ক্রুশবিদ্ধ ত্রাণকর্তাকে সাহস করেছিল; তিনি মৃত্যুকে কাটিয়ে উঠতে পারতেন যখন অন্যরা তার চিন্তায় কাঁপবে।

থোমা কুঞ্জ তার বাম কান মেঝেতে রেখেছিল কারণ আইন-রক্ষকরা তাকে হেফাজতে লাঞ্ছিত করার সময় ডান কানটি আংশিকভাবে শ্রবণ ক্ষমতা হারিয়ে ফেলেছিল।

থোমা কুঞ্জ তালা খুলে ধাতব চাবির শব্দ শুনতে পেল। সেলটিতে ডবল লক ছিল, কারাগারের ফোরজে তৈরি দুটি বিশাল প্যাডলক যেখানে তিনি ছয় বছর ধরে কাজ করেছিলেন। তিনি দুই

বছর এবং খামারে আরও দুই বছর ছুতোর কাজে ছিলেন। তার চূড়ান্ত আবেদন প্রত্যাখ্যান করার পর, তাকে পালানোর পথ বন্ধ করার জন্য ডাবল লক সহ একটি কক্ষে রাখা হয়েছিল। এক বছর ধরে তিনি ফাঁসির অপেক্ষায় ছিলেন। প্রতিদিন সকালে ছিল পদচিহ্ন এবং বুটের শব্দের জন্য প্রত্যাশা। সকাল সাড়ে তিনটা থেকে সাড়ে পাঁচটা ছিল জীবন পরিপূর্ণ করার সবচেয়ে বেদনাদায়ক সময়; যেমন মা বলেছিলেন: "এই দুঃখ জীবনের অর্থ, তবে এর মধ্যে একটি তৃপ্তি রয়েছে।" প্রতীক্ষা তাকে গম্ভীর পদধ্বনি এবং ওয়াডারদের ভারী শব্দ শোনার জন্য আশা এবং আগ্রহ দিয়েছিল।

সুপারিনটেনডেন্টের সাথে হাঁটতে হাঁটতে দুজন জেলর, একজন গার্ড এবং একজন ডাক্তারের মহিমা ছিল। হাত পেছন থেকে বাঁধা থাকতো। প্রজাতন্ত্র দিবসে জনপথে সেরকমই কুচকাওয়াজ ছিল। বয়েজ স্কাউটের সদস্য হিসেবে থমা কুঞ্জ একবার এতে অংশ নিয়েছিলেন। তিনি অষ্টম শ্রেণীতে ছিলেন এবং তার স্কুল থেকে নির্বাচিত একমাত্র ছাত্র ছিলেন। পার্থক্য শুধু এই যে ফাঁসির মঞ্চে যাওয়ার জন্য কোন ব্যান্ড, সঙ্গীত বা ঘোড়া ছিল না বা পূর্বের প্রশিক্ষণের প্রয়োজন ছিল না। থমা কুঞ্জের প্রজাতন্ত্র দিবসের কুচকাওয়াজের জন্য তিন মাসের প্রশিক্ষণ ছিল, দুই মাস জেলা সদরে এবং এক মাস নয়াদিল্লিতে। এমিলি তখন জীবিত; তিনি টিভিতে পুরো অনুষ্ঠানটি দেখেছিলেন। কুচকাওয়াজ শেষে, তিনি তার মা, পার্বতী, জর্জ মুকেন, শিক্ষক এবং বন্ধুদের জন্য অনেক উপহার নিয়ে

বাড়ি ফিরে আসেন। অম্বিকার জন্য লাল কেল্লার প্রতিরূপ ছিল। এমিলি তাকে জড়িয়ে ধরল কারণ সে তাকে নিয়ে গর্বিত। পুরো স্কুল এটি উদযাপন করেছে; তিনি একজন নায়ক ছিলেন। কিন্তু কারা কর্মকর্তাদের সঙ্গে কুচকাওয়াজ শেষ হয় ফাঁসির মঞ্চে। সাধারণত ভোর পাঁচটার দিকে ফাঁসি দেওয়া হয়। একই গীবতে দুটি ফাঁস ছিল, তাই দুই বন্দিকে একসঙ্গে ফাঁসি দেওয়া যেত।

মৃত্যুদণ্ড ঘোষণা করার সময়, বিচারক বলেছিলেন যে ফাঁসি একটি যন্ত্রণাহীন শাস্তি এবং ভারতীয় সংস্কৃতির জন্য সবচেয়ে উপযুক্ত, যদিও এটি ব্রিটিশরা চালু করেছিল। তিনি এমনভাবে কথা বলছিলেন যেন তিনি এটি অনুভব করেছিলেন। সে হয়তো হাজার বার তার মনের মধ্যে দিয়ে গেছে। ব্রিটিশ রাজের আগে, মুঘলদের একটি অপরাধীকে মৃত্যুদন্ড কার্যকর করার বিভিন্ন পদ্ধতি ছিল, যার মধ্যে একটি হাতি দিয়ে একজন বন্দীর মাথা পিষে দেওয়া বা তরবারি দিয়ে তার মাথা কেটে ফেলা, যেমন একদল নিরক্ষর দুর্বৃত্তরা আরবীয় মরূদ্যানে একটি রাতের অভিযান পরিচালনা করে। দ্য ইহুদি, তাদের পরকালের বাহাত্তর ঘন্টার সাথে আনন্দের জন্য।

বিচারক ছিলেন মধ্যবয়সী। বয়স ছুঁলেই থমা কুঞ্জকে বিচারকের মতো দেখাবে। তার একটি সামান্য ধূসর দাড়ি ছিল, এবং থমা কুঞ্জের একটি কালো দাড়ি ছিল, কারণ সে সেলে থাকাকালীন তার খড় শেভ করতে পারত না। মামলার ফাইলে গিয়ে তার নাম

পড়ার পর বিচারক তার দিকে কৌতূহল নিয়ে তাকালেন। থমা কুঞ্জ অভিযুক্ত ছিলেন; বিচারক তাকে চূড়ান্ত শুনানি পর্যন্ত কারাগারে পাঠান। বিচারক ছিলেন একজন মুক্ত মানুষ, এবং থমা কুঞ্জ আন্ডারট্রায়াল হয়েছিলেন।

দোষী সাব্যস্ত হলে, থোমা কুঞ্জ চুল্লিতে কাজ করতেন এবং সেরা লোহার কারিগর ছিলেন। জেলর প্রায়শই বলতেন জার্মানদের মতো তার নৈপুণ্য দুর্দান্ত। কারাগারের চুল্লির দায়িত্ব নেওয়ার আগে, জেলর ভলকলিংজেনের একজন স্মিথিতে এক বছরের প্রশিক্ষণ নিয়েছিলেন। থোমা কুঞ্জ ফরজের তাপ এবং শব্দ এবং তার আকৃতির চূড়ান্ত পণ্য পছন্দ করেছিলেন। তিনি তালাগুলিকে ঢালাই করেছিলেন যেগুলি তাকে তালাবদ্ধ করেছিল এবং সে এটি সম্পর্কে সচেতন ছিল। মামা রান্না করার সময় বললেন; তিনি জীবনের অসারতা সম্পর্কে কথা বলছিলেন যখন একা, বন্ধুহীন, কণ্ঠহীন। থোমা কুঞ্জ ভাটিতে থাকাকালীন তার কথা মনে রেখেছিল, কিন্তু তালাগুলিকে আকার দিতে পেরে তিনি খুশি হয়েছিলেন। সেলের মধ্যে সে নিরাপদ ছিল; তিনি এটা জানতেন। বিপদ ছিল সেলের বাইরে, শাস্তির ঘর, লাঠিসোঁটা, শিকল এবং অবশেষে গীবত। "একজন তার ভাগ্য বেছে নেয়," জেলরের মতামত ছিল। তিনি কর্মে বিশ্বাসী ছিলেন।

স্মিথির জেলর বিশ্বাস করে মানুষ স্বাধীনভাবে সৃষ্টি হয়েছে এবং প্রত্যেকেরই স্বাধীন ইচ্ছা আছে; তারা যা পছন্দ করে তাই করে।

একবার তারা আইন ভঙ্গ করলে, তারা তাদের কর্মের জন্য দায়ী এবং শাস্তির যোগ্য হবে। কিন্তু তিনি অন্যান্য জেলরদের থেকে আলাদা ছিলেন, কারণ তিনি কখনও দোষীদের বেত্রাঘাত করেননি এবং এমনকি তাদের গালাগালিও করেননি। জেলের টাকা ও সম্পত্তিতে তার হাত নোংরা হয়নি। বিপরীতে, সুপারিনটেনডেন্ট এবং অন্যান্য কর্মকর্তারা অবাধে সম্পদ আহরণে লিপ্ত হন, যার ফলে কারাগারের কারাগারটি কারাগারে অযোগ্য হয়ে পড়ে। থমা কুঞ্জ তাকে সম্মান করতেন কিন্তু অপরাধের বিষয়ে তার দর্শনের বিচার করেছিলেন নিষ্পাপ হতে

জেলর একজন বিশ্বাসী ছিলেন এবং প্রতিদিন নামাজ পড়তেন। তিনি তার বাড়িতে একটি ছোট উপাসনালয় তৈরি করেছিলেন, ডাইনিং হলের পাশে, যেখানে তিনি এবং তার স্ত্রী গণেশ, হাতির দেবতা, ফুল, জ্বলন্ত তেলের প্রদীপ এবং ধূপ দিয়ে প্রার্থনা করেছিলেন। বক্রতুন্ডা গণেশ মন্ত্র পাঠ করে তিনি মূর্তির আগে অন্তত আধঘণ্টা কাটান।

মানুষ শুধুমাত্র একটি সীমিত অর্থে স্বাধীন ছিল, এবং তাদের অতীত, বর্তমান এবং ভবিষ্যত নির্ধারিত ছিল, কোন পরিত্রাণ ছাড়াই। কিন্তু প্রত্যেকেরই প্রতিকূলতা এবং দুর্ভোগ সহ্য করার ক্ষমতা ছিল, মানুষ তাদের আশেপাশের পরিবেশকে রূপ দিতে পারে বলে জয়ী হয়। মহাকাব্যিক যুদ্ধের তিন দিন পর, একজন নিঃসঙ্গ বৃদ্ধ অ্যাঙ্গলার

সমুদ্রের মাঝখানে তার নৌকার চেয়ে অনেক বড় একটি দৈত্যাকার মার্লিনকে ধরেছিলেন। তিনি মারলিনকে ভিতরে নিয়ে গেলেন, এটিকে মারলেন, এটিকে তার ক্যাটামারানের পাশে বেঁধে দিলেন এবং উপকূলের দিকে সারি করলেন। হাঙ্গর মাছ আক্রমণ করেছিল, এবং জেলে তাদের বিরুদ্ধে নিরলসভাবে লড়াই করেছিল। তীরে পৌঁছে, পিসকেটর তার ধরা মাছের বর্ধিত কঙ্কালটি খুঁজে পেয়েছিল এবং লোকেরা ভিড় করেছিল এটা দেখার জন্য সে রাতে সে সিংহের স্বপ্ন দেখতে ঘুমিয়েছিল। মা গল্পটা শোনালেন; থোমা কুঞ্জ পুরো অর্থ ধরতে পারলেন না। কিন্তু তিনি শিখেছিলেন মানুষ সেখানে জয়লাভ করতে পারে।

থমা কুঞ্জ ধার্মিকতা অপছন্দ করতেন এবং ঈশ্বরকে ঘৃণা করতেন। যেদিন তার মা গির্জার সামনে ক্রুশ থেকে নিজেকে ঝুলিয়ে দিয়েছিলেন, তিনি তার বাড়ির দেয়াল থেকে যিশু, ভার্জিন মেরি এবং সাধুদের পবিত্র হৃদয়ের ছবি পুড়িয়ে দিয়েছিলেন। একটি প্লাস্টিকের ব্যাগে ছাইয়ের একটি বান্ডিল তৈরি করে, তিনি এটি একটি গর্তে ফেলে দেন যেখানে জর্জ মুকেন রান্নার গ্যাস তৈরি করতে শূকরের মূত্র সংগ্রহ করেছিলেন। মায়ের কবর দেওয়ার পর থমা কুঞ্জ গির্জায় যাওয়া বন্ধ করে দেন। তিনি শপথ করেছিলেন যে তিনি কখনই গির্জায় প্রবেশ করবেন না বা নিষ্ঠুর এবং নারসিসস্টিক ঈশ্বরের উপাসনা করবেন না। রাজাকের গল্প নিশ্চিত করেছে যে পাদাচন মন্দ

ছিল, কারণ মানুষ একটি সর্বশক্তিমান, চিরন্তন সত্তা সম্পর্কে চিন্তা করতে পারে না যা দুষ্ট ছিল না।

প্রতি মাসে অন্তত একবার, যখন সমুদ্রে সূর্য ডুবে যেত এবং অন্ধকার দেশকে গ্রাস করত বা খুব ভোরে যখন আশেপাশে কেউ ছিল না, তখন তিনি এমিলির কবর দেখতে যান এবং তার গল্পগুলি তার সাথে শেয়ার করেন। মামা.

সহানুভূতি থমা কুঞ্জকে ঘৃণা করতেন কারণ তিনি জানতেন সহানুভূতি ধার্মিকতা এবং আনুগত্য তৈরির একটি হাতিয়ার। তিনি প্রতি রবিবার এবং ভোজের দিনে তার মায়ের সাথে উপাসনা করার জন্য গির্জায় যোগ দিতেন যখন ভিকার আরামাইক-সিরিয়াকের সাথে মালায়ালম ভাষায় প্রার্থনা করতেন। থোমা কুঞ্জ প্রথম শব্দ থেকে শেষ পর্যন্ত বাইবেল পড়েছিলেন, কিন্তু এমনকি একটি শিশু হিসাবে, তিনি ইস্রায়েলের ঈশ্বরকে অপছন্দ করেছিলেন, যিনি নিষ্ঠুর এবং রক্তপিপাসু ছিলেন এবং শিশু ও মহিলাদের হত্যা করেছিলেন। এমিলি তাকে ওল্ড টেস্টামেন্ট না পড়তে বলেছিল কিন্তু তাকে নিউ টেস্টামেন্ট থেকে শিখতে উৎসাহিত করেছিল, যেখানে যীশু ছিলেন প্রধান চরিত্র। কিন্তু তিনি যে অলৌকিক কাজগুলি করেছিলেন তা বিশ্বাস করতে অস্বীকার করেছিলেন, বিশেষ করে কানাতে জলকে মদতে রূপান্তরিত করা এবং লাজারাসকে মৃতদের মধ্য থেকে পুনরুত্থিত করা। কুমারী জন্মে থোমা কুঞ্জ হাসল।

এমিলির মৃত্যুর পরে, বাইবেলের গল্পগুলি ইলিয়াড এবং ওডিসি, মহাভারত এবং রামায়ণের মতো পৌরাণিক কাহিনী বা আরবের মরুভূমির করুণাময়ের যাদু ছিল তা বুঝতে তার পক্ষে অনেক দেরি হয়েছিল। থোমা কুঞ্জ মূসা এবং আব্রাহামের ঈশ্বরের প্রতি সহানুভূতি অনুভব করেছিলেন যখন তিনি একজন মানুষ হয়ে ওঠে।

বাইবেলের দেবতা নীরব ছিলেন না; তিনি ছিলেন আমিরার মতো গর্জনকারী সত্তা। তিনি গোলমাল, ঘৃণা, মানসিক উত্থান, প্রতিশোধ, লালসা এবং আকিমের তলোয়ার তৈরি করেছিলেন।

আকিম যখন মিশরীয় মহিলার শিরশ্ছেদ করেছিল, দয়াময় শান্ত ছিলেন। তিনি একটি গভীর শান্ত ছিলেন যখন নবজাতককে ছোট কাপড়ের বান্ডিলে মাশরাবিয়ার নরকে নিক্ষেপ করা হয়েছিল এবং রাজাক ক্ষয়িষ্ণু শরীরে আঙ্গুল ভেদ করার পরে পাদাচোনে কেঁদেছিলেন। আকীম যখন মালয়েশিয়া থেকে মিশর এবং আজারবাইজান থেকে পাকিস্তান পর্যন্ত কুমারীদের নিয়ে তার হারেম তৈরি করেছিলেন তখন সর্বশক্তিমান শান্ত ছিলেন।

থমা কুঞ্জের জীবনেও ঈশ্বর নীরব ছিলেন। বিরাজপেট থেকে কুট্টুপুজা যাওয়ার পথে কর্ণাটক পুলিশ যখন বাবাকে পিটিয়ে হত্যা করেছিল তখন তাঁর নীরবতা ছিল হৃদয় বিদারক। ঈশ্বর নীরব

ছিলেন যখন ভিকার এমিলিকে প্যারিশ স্কুলে ঝাড়ুদার হিসাবে নিয়োগ করার জন্য ঘুষ দাবি করেছিল, যার জন্য সরকার বেতন প্রদান করেছিল। প্যারিশ কবরস্থানে মায়ের লাশ দাফন করার জন্য ভিকার যখন অর্থ দাবি করেছিল তখন তিনি গভীর নীরবতা পালন করেছিলেন।

    নীরবতা ছিল অভ্যন্তরীণ; এটি একটি অন্তহীন মহাবিশ্ব ছিল, এবং একটি এটা সত্যি বুঝতে মরতে হবে। এটির কোন সীমানা ছিল না কারণ কেউ এটি পরিমাপ, ভাগ বা হাউসিং করতে পারে না। নিস্তব্ধতা কখনই তার পূর্ণতা অর্জন করতে পারেনি, কিছু না চাওয়ার মূল্যকে ছাড়িয়ে গেছে, শূন্যতায় কল্পনা, প্রতিফলন এবং ধ্যান করার স্বাধীনতা নিয়ে বিস্ফোরিত হয়েছে। চক্রাকারে অলস, নীরবতা ছিল মানুষের অস্তিত্বের সবচেয়ে শক্তিশালী সত্তা, সর্বদা বিস্তৃত, ক্রমাগত বিস্তৃত, কিন্তু চেহারায় অস্বস্তি। সারমর্মে, এটি নিজেকে পরিপন্থী করে বিশালতা এবং আকারে বেড়ে ওঠার জন্য, শূন্যতার মধ্যে এর উপস্থিতি নিয়ে প্রশ্ন তোলে, নীরবতা সংজ্ঞার বিরোধিতা করে। এটি আপনাকে চিরকালের সহানুভূতি এবং স্তম্ভিত প্রত্যাশার সাথে আলিঙ্গন করতে পারে, একটি তাঁবু থেকে পালানো কঠিন। নিস্তব্ধতা বিভিন্ন মানুষের কাছে আলাদা ছিল; মূল্যহীন, অপ্রমাণিত, স্ব-ধ্বংসাত্মক, লোভনীয়, প্রলোভনসঙ্কুল এবং সর্বদা মোহনীয়। থোমা কুঞ্জ নিস্তব্ধতার মধ্যে প্রবেশ করেছিল কিন্তু আর ফিরে আসেনি।

    কিন্তু নীরবতা মন্দের কোন সমাধান ছিল না।

ভর্গীস বী দেবস্য

থমা কুঞ্জ তার প্রশান্তি ভেদ করতে প্রস্তুত ছিল, তার অস্তিত্বের মধ্যে ঘুমিয়ে ছিল। এটা হতাশাজনক ছিল নিজেকে নিভিয়ে দেওয়ার গভীর আকাঙ্ক্ষা অনুভব করার জন্য তিনি বারবার তার সত্তা, আবেগ এবং শ্বাসের মূলকে স্পর্শ করার চেষ্টা করেছিলেন। এর বাইরে যেতে এবং তার মধ্যে থাকা নিজের সাথে এর হৃদস্পন্দন এবং চেতনা ভাগ করে নেওয়ার জন্য, তিনি তার আত্মার গভীরে ডুব দিয়েছিলেন। যে শূন্যতা তাকে গ্রাস করেছিল তা তার মামা এবং বাবার সম্পর্কে শোকের কুয়াশায় পূর্ণ ছিল যা দুঃখ এবং যন্ত্রণার গল্প বর্ণনা করেছিল। কিন্তু মৃত্যুর ইচ্ছা তখনও তার নীরবতায় ছিল, তার বিশ্বাসের রুব্রিক্সের উপর দিয়ে ঝাঁপিয়ে পড়ে তার বাবা-মায়ের কাছে পৌঁছাতে, যেমন আমিরাকে পাওয়ার জন্য রাজাকের অনুসন্ধান।

দশ বছর ধরে, তিনি কারাগারের চার দেয়ালের মধ্যে একজন দোষী হিসেবে বসবাস করেছিলেন, তার চূড়ান্ত আপিলের ফলাফলের জন্য অপেক্ষা করেছিলেন এবং একাদশে, সুপারিনটেনডেন্ট, জেলর, প্রহরী এবং ডাক্তার তাকে ফাঁসির মঞ্চে নিয়ে যাবেন বলে আশা করেছিলেন। তাদের পদচিহ্নের জন্য, তিনি সকাল তিনটা থেকে সাড়ে পাঁচটা পর্যন্ত, প্রতিদিন, প্রতি ঘন্টা, প্রতি মিনিটে এবং প্রতি সেকেন্ডে অপেক্ষা করতেন।

এবং অবশেষে, তারা এসেছিলেন।

তিনি তালাটির বিপরীতে চাবির শব্দ শুনতে পান যা তিনি ডিজাইন করেছিলেন কারাগারের চুল্লি। তারা তাকে একই তালা দিয়ে ভিতরে আটকে রাখে। চুল্লিতে কাজ করার সময়, থমা কুঞ্জ জানতেন যে তিনি তার সেল লক করার জন্য তালা তৈরি করছেন।

তার কক্ষে কেবল একটি আবছা আলোক বাল্ব ছিল; এর সুইচ বাইরে ছিল।

ম্লান আলোয় নীরবতা ছিল।

রাতের বেলা সাতটা থেকে আটটা পর্যন্তই আলো ছিল। এটা ছিল কারো সৃষ্ট আলো। জীবনের শেষ পর্যায়ে তিনি নফসকে বর্জন করেছেন এবং অস্তিত্বের বাইরেও আছেন। থোমা কুঞ্জের পক্ষে এটি একটি দ্বন্দ্ব কিন্তু একটি বাস্তবতা ছিল।

"আপনি জীবনের জন্য কাঁদবেন না, আপনি আনন্দ কামনা করবেন না, আপনি ভবিষ্যতের কথা ভাববেন না এবং আপনি অতীতকে ভুলে যাবেন," থমা কুঞ্জ নিজেকে নির্দেশ করেছিলেন।

"যখন আপনি নিজেকে হারিয়ে ফেলবেন, আপনি ফাঁস দেখতে পাবেন না, আপনি আপনার গলায় এর গিঁটটি স্পর্শ করবেন

না এবং আপনি ভারাগুলি দেখতে পাবেন না," তিনি নিজেকে আশ্বস্ত করেছিলেন।

রাজাক তার হতাশা কাটিয়ে উঠতে পারেনি এবং তার কাস্ট্রেশনকে পুনরায় জীবিত করে। আকিম তাকে মাত্র একবার জেল দিয়েছিল, কিন্তু রাজাক তার জীবনের প্রতি মিনিটে নিজেকে নির্বীজিত করে। আমিরা এর তুচ্ছতা বুঝতে পেরে হতাশার বাইরে যেতে পারে এবং হ্রাস রিটার্ন. তিনি রাজাকের প্রতি তার ভালবাসা, একতা, ভাগাভাগি এবং উষ্ণতার দৃষ্টিভঙ্গি দিয়ে একটি বিশ্ব তৈরি করেছিলেন। তিনি তার সাথে ভ্রমণ করতে, তার সীমাবদ্ধতাকে কাজে লাগিয়ে আবেগের সাথে তাকে আলিঙ্গন করতে, তার উম্মার প্রতি তার ভালবাসাকে পুনরুজ্জীবিত করতে প্রস্তুত ছিলেন। আমিরা রাজাক হয়েছিলেন, কিন্তু তিনি তার জীবন দিয়ে এর প্রতিদান দিতে পারেননি। তিনি তাকে জাহান্নামে, একটি পার্থিব স্বর্গে, আকিমের জন্য পার্থিব ঘন্টাসহ রেখে যেতে প্রস্তুত ছিলেন। আমিরার এমন একটি ভালবাসা ছিল যা নীরবতার সমস্ত বাধা ভেঙ্গে ফেলে এবং একটি বর্শা যেখানে পৌঁছতে পারে তার বাইরে বিদ্ধ হয়েছিল।

আমিরা জাহান্নামে নামলেন, এবং তিনি এটি করার সাহস করলেন। সে রাজাককে খুঁজতে থাকে এবং তার সাথে জীবিত দেখা করে তাকে আনন্দ দেয়। আমিরা মৃত্যুকে জয় করলেন। এমিলি এবং আমিরার জন্য, নীরবতা ছিল সীমাবদ্ধতা ছাড়াই জীবনের অস্তিত্ব,

যেমন এটি ছিল ভয়হীন জীবন। আমিরা জাহান্নামে গিয়ে রাজাককে খাওয়ানোর ভয় ছিল না; এমিলি তার জৈবিক পিতার ইচ্ছার বিরুদ্ধে অজাতকে রক্ষা করতে নির্ভীক ছিল। তিনি সময়ের বাইরে, ভয় এবং ঘৃণার বাইরে ভ্রমণ করেছিলেন। এমিলি এবং আমিরার নীরবতা অসীম স্থানের একটি চিত্র প্রেরণ করেছিল এবং চিরন্তন প্রেম। মা তার স্বাধীনতা উপভোগ করার জন্য তার নীরবতা ছেড়ে দিয়েছিলেন, কারণ তিনি একজন পুরোহিতের অপমান, অপমান, মিথ্যাচার সহ্য করতে পারেননি।

বিচারকের নীরবতা পূর্বনির্ধারিত ছিল কারণ তিনি শয়তানের অস্তিত্বে বিশ্বাস করেছিলেন কিন্তু তার আচরণ সম্পর্কে ভুলে গিয়েছিলেন। তিনি যখন একজন আইনজীবী ছিলেন, তখন তিনি একজন তরুণীকে গর্ভপাত করার জন্য জোর দিয়েছিলেন। মহিলাটি প্রত্যাখ্যান করেছিলেন এবং একজন বিচারক তার ছেলেকে ফাঁসির মঞ্চে পাঠালে তিনি তার হৃদয়ে ক্ষোভ রেখেছিলেন। শুনানির আগেই তিনি মামলার সিদ্ধান্ত নেন। মাতৃগর্ভে থাকা অবস্থায় তিনি ইতিমধ্যেই থমা কুঞ্জকে সাজা দিয়েছিলেন। বিচারক একজন আইনজীবী হিসেবে তার যে অপরাধবোধ ছিল তা নিয়ে উদ্বেগ প্রকাশ করেছেন, একজন মহিলাকে প্রত্যাখ্যান করেছেন যে তিনি একত্রিততা, সাহচর্য এবং সুখ প্রদানের প্রতিশ্রুতি দিয়েছিলেন। তিনি বহু বছর ধরে এটি বহন করেছিলেন; যদিও এটি একটি বিরল

কাকতালীয় ঘটনা ছিল, তিনি এটি উদযাপন করেছিলেন। তিনি থোমা কুঞ্জকে ফাঁস দিয়ে উপস্থাপন করেন।

নীরবতা ছায়া তৈরি করেছিল এবং থমা কুঞ্জ তার কোষের মধ্যে ছায়াগুলির বিরুদ্ধে লড়াই করেছিল।

হঠাৎ সেলের দরজা খুলে অজানা রাখা হলো। সুপারিনটেনডেন্ট, তার পরে দুজন জেলর, একজন গার্ড এবং একজন ডাক্তার প্রবেশ করলেন। অফিসার এবং গার্ডরা ইউনিফর্মে সোজা দাঁড়িয়ে থাকায় সেখানে মৃত্যুর গন্ধ ছিল। ডাক্তার মুফতি ছিলেন।

প্রহরী থোমা কুঞ্জের হাত পেছন থেকে লোহার সঙ্গে বেঁধে তালা দিয়ে দিল। তিনি সুপারের হাতে চাবি তুলে দেন।

ডাক্তার তার নাড়ির হার এবং হৃদস্পন্দন নিলেন এবং থমা কুঞ্জের সাধারণ অবস্থা নির্ণয় করলেন। দুই মিনিটের মধ্যে তদন্ত শেষ হয়ে গেল। তারপরে তিনি মেডিকেল লগবুকটি নিয়েছিলেন এবং দোষীর নাম, বয়স, স্বাস্থ্যের অবস্থা, তারিখ এবং সময় লিখেছিলেন। পরবর্তী অনুচ্ছেদে তিনি লিখেছেন:

"টমাস কুঞ্জ, বয়স 35, ফাঁসির উপযুক্ত।" তিনি তার নাম লিখে তারিখ ও সময় দিয়ে স্বাক্ষর করেন।

ডাক্তার লগবুকটা সুপারিনটেনডেন্টকে দিলেন। তিনি ডাক্তারের লেখা বিস্তারিত পড়ে নিজের নাম লিখলেন, এবং তারিখ ও সময় সহ স্বাক্ষর করলেন।

তিনি জেলর এবং রক্ষীদের নামও লিখেছিলেন এবং তাদের নামের বিপরীতে তারিখ ও সময় সহ স্বাক্ষর করতে বলেছিলেন এবং তারা তাঁর আদেশ অনুসারে কাজ করেছিলেন।

"এটা শেষ," সুপারিনটেনডেন্ট বলেন.

জেলেরা এগিয়ে এসে দাঁড়াল থমা কুঞ্জের উভয় দিকে; গার্ড তার পিছনে দাঁড়িয়ে. তারপর সুপারিনটেনডেন্ট দরজার দিকে ফিরলেন; ডাক্তার তার পিছনে, আর থমা কুঞ্জ ডাক্তারের পিছনে। সুপারিনটেনডেন্ট এগিয়ে গেলেন; এটা ছিল ফাঁসির মঞ্চের প্রথম ধাপ। বিচারক এগারো বছর আগে এ রায় দিয়েছিলেন।

থমা কুঞ্জ চুপ করে রইল। তিনি ফাঁদে ধ্যান করছিলেন।

দ্বিতীয় অধ্যায়: কারাগার

কারাগারে পাঁচজন মুক্ত ব্যক্তি এবং একজন সাজাপ্রাপ্ত আসামী ছিল, বন্দীকে মৃত্যু পর্যন্ত গলায় ফাঁসিতে ঝুলিয়ে রাখা হয়েছিল। ঘরটি ছিল একটি জানালাবিহীন অন্ধকূপ, আট ফুট বাই আট ফুট, তাদের সবাইকে বসানোর জন্য খুব ছোট। দেয়ালের পুরুত্বের কারণে তাজা বাতাসের জন্য বারো ফুট উপরে ছাদ স্পর্শ করার বায়ুচলাচল মাটি থেকে দেখা যাচ্ছিল না। ঘরের দেয়াল গ্রানাইট বোল্ডার এবং সিমেন্ট দিয়ে নির্মিত হয়েছিল। জেলখানায় এরকম প্রায় বিশটি সেল ছিল, যা জেলা সদরে অবস্থিত, সমুদ্র উপকূলে অবস্থিত মালাবারের একটি বড় শহর।

থোমা কুঞ্জের গ্রাম, আয়ানকুন্নু, কুট্টুপুঝা হয়ে মহীশূর যাওয়ার রাজ্য সড়কে জেল থেকে প্রায় 55 কিলোমিটার দূরে ছিল। তার গ্রামের উত্তর ও পশ্চিম সীমান্তে স্থানীয় ভাষায় কুর্গ, কোডাগু থেকে প্রবাহিত একটি নদী ছিল, ইরিটি নামক একটি প্রাণবন্ত শহর স্পর্শ করেছিল। কারাগারের কয়েক কিলোমিটার উত্তরে ভালাপত্তনমের কাছে নদীটি আরব সাগরে শূন্যে পড়ে।

যেহেতু সাঁতার কাটা ছিল তার শখ বয়ঃসন্ধিকালে, থামা কুঞ্জ অনেক সময়ে নদী পার হয়েছিলেন, এমনকি বর্ষাকালেও। অন্য ছেলেরা ভয় পেত বা জলে ঝাঁপ দিতে আগ্রহী ছিল না যখন নদী ফুলে উঠত, এবং স্রোত মারাত্মক ছিল। যখন তার বয়স পনেরো, থোমা কুঞ্জ প্রায় ছয় মিটার লম্বা একটি বড় কাঠের লোগ ধরলেন, বন থেকে জলে ভাসিয়ে নিয়ে তীরের দিকে টেনে নিয়ে গেলেন, একা করা একটি কঠিন কাজ, এবং এটিকে একটি নিরাপদ জায়গায় ঠেলে দেন। . অনেক ক্ষেত্রে, এই ধরনের ভাসমান কাঠ ইরিটি লোহার সেতুর পিলারে আঘাত করে এবং এর কলামগুলিকে ক্ষতিগ্রস্ত করে বা একটি কৃত্রিম বাঁধ তৈরি করে যা জল প্রবাহকে বাধা দেয়।

পরের দিন, একজন কনস্টেবল তার বাড়িতে যান এবং থমা কুঞ্জকে তার অফিসে পুলিশ ইন্সপেক্টরের সাথে দেখা করতে বলেন। থানায় পৌঁছানোর পরে, অফিসার অভদ্র ছিলেন এবং থমা কুঞ্জের বিরুদ্ধে বন বিভাগের সম্পত্তি চুরির অভিযোগ তোলেন। থমা কুঞ্জ তাকে বলেছিল যে চুরি করার তার কোন ইচ্ছা নেই; তিনি বন বিভাগের জন্য এটি সংরক্ষণ করতে এবং নদীর তীরে কাঠের লগ রাখতে চেয়েছিলেন। এছাড়া তিনি ব্রিজের কলামগুলিকে মারাত্মক ক্ষতির হাত থেকে রক্ষা করার চেষ্টা করছিল। পুলিশ অফিসার তার যুক্তি মেনে নিতে প্রস্তুত ছিলেন না, এবং থমা কুঞ্জ অফিসারকে তার নির্দোষতা বোঝাতে অর্ধ ডজন বার থানায় যেতে হয়েছিল। প্রায়শই,

পুলিশ নিরীহ গ্রামবাসীদের কাছ থেকে টাকা তোলার জন্য এই ধরনের খেলা খেলে। এটাই ছিল পুলিশের সঙ্গে তার প্রথম সাক্ষাৎ।

বয়ঃসন্ধিকাল থেকেই তিনি ভালো করেই জানতেন যে তার বাবাকে কর্ণাটক পুলিশ পিটিয়ে হত্যা করেছে। কেরালার পুলিশও ছিল সমান হিংস্র ও নিষ্ঠুর।

কারা অধিদপ্তরের উচ্চপদস্থ কর্মকর্তারা সকলেই ছিলেন পুলিশের। কিন্তু সুপারিনটেনডেন্টের নিচের ব্যক্তিরা কারাগারের ব্যবস্থা থেকে ছিলেন, বিশেষভাবে প্রশিক্ষিত কর্মকর্তারা যারা বিভিন্ন সামাজিক ও মানসিক সমস্যায় ভুগছেন এমন আসামিদের পরিচালনা করছেন। কিছু জেলর ব্যবস্থাপনা, সামাজিক কাজ, ক্লিনিকাল সাইকোলজি এবং কাউন্সেলিং বিষয়ে প্রশিক্ষণ পেয়েছিলেন। প্রশিক্ষিত অফিসাররা বন্দীদের সাথে অনেক বেশি ভদ্র আচরণ করত। স্মিথির জেলর জার্মানিতে প্রশিক্ষণ নিয়েছিল।

প্রত্যাখ্যান করার আগে তার চূড়ান্ত আপিল, থোমা কুঞ্জ ফোরজিতে কাজ করতেন এবং প্রায় পঞ্চাশজন দোষীর থাকার ব্যবস্থা করা প্রধান ডরমিটরিতে ঘুমাতেন। এরকম পাঁচটি ডর্ম ছিল, এবং সেগুলি কোষের তুলনায় তুলনামূলকভাবে বেশি বাসযোগ্য ছিল।

তার সেলের এক কোণে একটি টয়লেট ছিল; প্রবাহিত জল প্রতিদিন সকালে এবং সন্ধ্যায় মাত্র এক ঘন্টার জন্য পাওয়া যেত। স্নান, পরিষ্কার এবং পানীয় জলের জন্য একটি প্লাস্টিকের মগ ছিল এবং থমা কুঞ্জ মেঝেতে বিছানো একটি মাদুরের উপর শুয়েছিল; কোন বালিশ বা খাট ছিল না। স্ক্রু পাইন গাছের শুকনো পাতা দিয়ে বোনা পাটি রুক্ষ লাগছিল, এবং তিনি মালাবারে স্রোত এবং জলাশয়ের কাছে এই জাতীয় উদ্ভিদ দেখেছিলেন। তিনি মহিলাদের স্ক্রু পাইন গাছের পাতা কাটতে, রোদে শুকাতে এবং চাটাই বুনতে দেখেছিলেন। বিভিন্ন পাটি ছিল শিশু, শিশু এবং প্রাপ্তবয়স্কদের জন্য; কিছু বৃত্তাকার সীমানা সঙ্গে রঙিন ছিল.

থমা কুঞ্জ, এমিলি এবং কুরিয়েন শৈশবে মেঝেতে বালিশ দিয়ে মাদুরে ঘুমাতেন। তার মনে পড়ল তার মা তার ছোট্ট রুমে এসে তার সাথে কথা বলছে এবং তার শরীরকে আলো দিয়ে ঢেকে দিয়েছে তিনি ঘুমানোর ঠিক আগে প্রতিদিন কম্বল। তিনি সর্বদা একটি বিদায়ী চুম্বনের জন্য অপেক্ষা করতেন; এটা মিষ্টি এবং নরম ছিল. ফিরে যাওয়ার আগে, তিনি তার কপালে হাত দিয়ে বললেন:

"চুপ করে ঘুমাও, ভালো করে ঘুমাও, আমার কুঞ্জ সোম।" তিনি সর্বদা তাকে কুঞ্জ সোম বলে ডাকতেন। মালায়ালম ভাষায় সোম মানে "প্রিয় পুত্র"।

"লাভ ইউ, মা," থমা কুঞ্জ তার ভালবাসার প্রতিদান দিয়ে তার গালে চুমু দিল।

যখন তার বয়স আট বছর, তিনি প্রথমবার একটি খাটে শুয়েছিলেন। এটি সেগুন কাঠ দিয়ে তৈরি করা হয়েছিল। কাঠটি জর্জ মুকেন দান করেছিলেন, যার খামারে বিশাল সেগুন কাঠের গাছ ছিল। থমা কুঞ্জ আশ্চর্যের সাথে দেখেছে দুই শ্রমিক ক্রসকাট করাত ব্যবহার করে কাঠ কাটছে। করাতটি কাঠের দানা জুড়ে কাঠের লগ কাটার জন্য ডিজাইন করা হয়েছিল। শ্রমিকরা করাতটিকে আরাক্কাওয়াল বলেছিল, কিন্তু জর্জ মুকেন এটিকে থোয়ার্ট করাত বলেছিল। প্রতিটি দাঁতের কাটিং প্রান্তটি করাতের উপর একটি বিকল্প প্যাটার্নে কোণযুক্ত, যা প্রতিটি দাঁতের টুকরো কাঠকে সাহায্য করেছিল, একটি ছুরির প্রান্তের মতো। থমা কুঞ্জ পছন্দ করতেন যেভাবে শ্রমিকরা ক্রুশের সাথে কাজ করে এবং তাদের সাথে যোগ দিতে চায়। সাহস জোগাড় করে, তিনি তার ইচ্ছা প্রকাশ করেছিলেন, কিন্তু তারা তার দিকে ভ্রুকুটি করেছিলেন এবং তাকে তার হতাশার দিকে তার পড়াশোনায় মনোনিবেশ করার জন্য মনে করিয়ে দিয়েছিলেন।

কুরিয়েন বাড়ি থেকে কাজ করার জন্য দুজন ছুতারকে ডেকেছিলেন এবং তারা দুটি খাট তৈরি করতে দশ দিন ধরে কাজ করেছিলেন।

থমা কুঞ্জ ছুতারদের তাদের হাতিয়ার, বিশেষ করে হাতুড়ি, টেপ পরিমাপ, স্কোয়ার, মার্কিং পেন্সিল, স্ক্রু ড্রাইভার, চিসেল, বৃত্তাকার করাত এবং পাওয়ার ড্রিল ব্যবহার করে দেখতে উপভোগ করতেন। দুদিন পর সে হেড মিস্ত্রীকে বলল সে কাঠমিস্ত্রি হতে চায়। মিস্ত্রি জোরে হেসে বলল, তার বদলে ইঞ্জিনিয়ার হওয়া উচিত। কিন্তু থমা কুঞ্জ একজন ছুতার হওয়ার জন্য জোর দিয়েছিলেন এবং তাকে তাদের দলে নেওয়ার জন্য অনুরোধ করেছিলেন। অন্য ছুতোর তার কথা মনোযোগ দিয়ে শুনছিল, থোমা কুঞ্জকে বলেছিল যে সে তার সাথে পাঁচ মিনিটের জন্য কাজ করতে পারে, এবং যদি সে ছুতারের কাজ পছন্দ করে, তবে সে তাকে তার সহকারী হিসাবে স্বাগত জানাবে, তাকে একটি ফিতা পরিমাপ এবং মার্কিং পেন্সিল দেবে। থোমা কুঞ্জ অন্তত পাঁচ মিনিটের জন্য ছুতারের কাজ করে আনন্দিত হয়েছিল। তার সাথে কাজ করার জন্য তিনি আনন্দিত বোধ করেছিলেন হাত

থোমা কুঞ্জ সেগুনের তাজা গন্ধের মূল্য দিয়েছিল, এবং খাটগুলি দুর্দান্ত বলে মনে হয়েছিল। মামা বালিশসহ দুটি সুতির গদি কিনেছেন। গদিটি খাটের স্ল্যাটে বিশ্রাম নিল, এবং তার উপরে বোলস্টার রাখা হয়েছিল। বিছানা এবং প্যাডিং সুদৃশ্য ছিল; তাদের উপর শুয়ে প্রশান্তিদায়ক ছিল. প্রথমবার থোমা কুঞ্জ খাটে শুয়েছিল। তিনি মাদুরটি ভাঁজ করেছিলেন এবং স্মৃতিচিহ্ন হিসাবে এটিকে তার ঘরে রেখেছিলেন, কারণ এটির উপর ঘুমালে শক্ত পেশী বিকাশে

সহায়তা করেছিল এবং মেঝের রুক্ষতা অনুসারে তার শরীরকে নিয়ন্ত্রণ করতে সহায়তা করেছিল, যা তার ভবিষ্যতের কারাগারের জীবনের জন্য একটি অবাঞ্ছিত সূক্ষ্ম সুর।

আসামিরা বালিশ ছাড়া আলাদা মাদুরে ঘুমাতেন। কারাগারে, একটি প্যাড ছিল একটি বিলাসিতা, এবং এটি নিষিদ্ধ ছিল। ঠাণ্ডা ও মশার হাত থেকে বাঁচতে শরীর ঢেকে রাখার জন্য কারাগারে তৈরি মোটা সুতির বিছানার কভার দেওয়া হয়েছিল। কিন্তু সেলে শুধু একটা মাদুর ছিল না, বালিশ ছিল না, শরীর ঢেকে রাখার জন্য কোনো চাদর ছিল না। বর্ষাকালে ঠাণ্ডা ছিল অসহনীয়।

ঘরের মধ্যে কোন চেয়ার বা খাট ছিল না, তাই দীর্ঘ সময় ধরে মাটিতে বসে থাকা ক্লান্তিকর এবং ব্যাকব্রেকিং প্রায়ই থোমা কুঞ্জ বাড়িতে রকিং চেয়ারের কথা মনে পড়ে। খাট পাওয়ার এক বছরের মধ্যে কুরিয়েন গোলাপ কাঠের তৈরি একটি রকিং চেয়ার কিনেছিলেন। রকিং চেয়ারের কাঠটি ছিল গাঢ় লাল-বাদামী রঙের কালো দাগ এবং পরস্পর সংযুক্ত দানার আকর্ষণীয় চিহ্ন। ঘন্টার পর ঘন্টা একসাথে রকিং চেয়ারে বসে থাকা একটি দুর্দান্ত অভিজ্ঞতা ছিল এবং তিনি যখনই অবসর সময় পেতেন প্রতিদিন এটিতে বসতেন। বাড়িতে শেষ দিনে তিনি চেয়ারে দোলাতে দেখে পুলিশ অফিসারদের আসতে দেখেন। তিনি সবেমাত্র কর্মজীবী মহিলা হোস্টেল থেকে ফিরেছিলেন।

সাধারণত, থোমা কুঞ্জে রবিবার বাদে সব দিনই শূকর পালনে বেশি কাজ হত। সেই রবিবার, তিনি ওভারহেড জলের ট্যাঙ্কের সাথে সংযোগকারী ত্রুটিপূর্ণ পাইপলাইন মেরামত করতে মহিলা হোস্টেলে গিয়েছিলেন। এটি একটি ছোটখাট মেরামত ছিল এবং অবিলম্বে পুনরুদ্ধারের প্রয়োজন ছিল না। ওয়ার্ডেন আরও একদিন, এমনকি এক সপ্তাহ অপেক্ষা করতে পারতেন। রবিবার তাকে ফোন করা অপ্রয়োজনীয় ছিল; তিনি প্লাম্বারকে কাজটি করতে বলতে পারতেন। হোস্টেলের প্লাম্বার থাকতে পারে জল ফুটো দেখেছি; তিনি অন্য দিনের জন্য এটি ছেড়ে থাকতে পারে. থোমা কুঞ্জ হোস্টেলের ওয়ার্ডেনের উদ্দেশ্য নিয়ে সন্দেহ করেছিলেন, কারণ কাজটি করার জন্য রবিবার মহিলা হোস্টেলে একজন অচেনা ব্যক্তিকে ডাকা অপ্রয়োজনীয় ছিল। হোস্টেলে পৌঁছতে তাকে বিশ মিনিট সাইকেল চালাতে হয়েছিল। জর্জ মুকেন জোর দেওয়ার কারণেই তিনি চাকরিটি গ্রহণ করেছিলেন। ওয়ার্ডেন জর্জ মুকেনকে চিনতেন কারণ তিনি হোস্টেলে দুধ, মাংস এবং ডিম সরবরাহ করেছিলেন।

থমা কুঞ্জ এক কাপ চা তৈরি করে দোল খেতে খেতে চুমুক দিল। রাতের বেলা তিনি তিনজন লোকের কাছে আসতে দেখেন, এবং যখন তাদের মুখ দেখা যায়, তখন তিনি বুঝতে পারেন যে তারা মুফতি, একজন ইন্সপেক্টর এবং দুজন কনস্টেবল। শেষবারের মতো তিনি তার প্রিয় রকিং চেয়ারে বসেছিলেন।

ভর্গীস বী দেবস্য

একটি চেয়ার বা খাটের অনুপস্থিতি প্রাথমিকভাবে অস্বস্তি তৈরি করেছিল, কারণ সেলে হাঁটার জায়গা ছিল না। কিন্তু থোমা কুঞ্জ প্রতিদিন সকাল-সন্ধ্যা এক ঘণ্টার জন্য ব্যায়াম করতেন পেশীর দুর্বলতা, শরীরের ব্যথা, ধড়ফড় এবং একঘেয়েমি থেকে বাঁচতে।

থোমা কুঞ্জ কখনই জানত না কেন বর্গাকার কক্ষগুলি দণ্ডিত বন্দীদের জন্য ছিল। একবার ব্যারাকে, তিনি একজন জেলরের কাছ থেকে শুনেছিলেন যে দোষী বন্দীদের জন্য বর্গাকার সেল রাখা একটি ব্রিটিশ রীতি ছিল কারণ এই ধরনের সেলগুলিতে আত্মহত্যার হার কম ছিল। একটি কারণ ছিল একটি চত্বরে হাঁটা এবং লাফানোর জন্য সীমিত জায়গা ছিল। এছাড়াও, এটি অন্য যে কোনও আকারের চেয়ে মনকে বেশি প্রশান্তিদায়ক ছিল। একটি বৃত্ত বা ডিম্বাকার আকৃতির কক্ষের বন্দিরা একটি বর্গাকার ঘেরে আসামীদের তুলনায় অনেক দ্রুত মানসিক উত্তেজনা এবং হ্যালুসিনেশন তৈরি করে। ব্রিটিশদের তাদের অনুমান ছিল; কিছু এখনও hunches ছিল, যাচাই তত্ত্ব না. 1869 সালে যখন তারা মালাবারে একটি জেল তৈরি করেছিল, তখন তারা ব্রিটিশ ভারতের অন্যান্য কারাগার থেকে, বিশেষ করে মাদ্রাজ থেকে সংগৃহীত অভিজ্ঞতাগুলি প্রয়োগ করার চেষ্টা করেছিল।

ঘরের মেঝে পশ্চিমঘাটের বিশাল গ্রানাইট পাহাড় থেকে বিশাল গ্রানাইট শীট দিয়ে পাকা করা হয়েছিল। জর্জ মুকেনের বাড়ি মহীশূর থেকে পালিশ করা গ্রানাইট শীট এবং উঠোনে রুক্ষ গ্রানাইট দিয়ে

টালি করা হয়েছিল কুর্গ। বাবা মাদিকেরি থেকে আধা পালিশ গ্রানাইট কিনেছিলেন।

বৃটিশ ফৌজদারি আইনের প্রয়োজন ছিল যে কারাগারের প্রকোষ্ঠে মেঝে কঠোর হতে হবে, একজন আসামির জীবনের মতো। জেরেমি বেন্থামের নৈতিক ধারণার উপর ভিত্তি করে, রুল বই দোষীদের জন্য চরম শাস্তির পরামর্শ দিয়েছে। যুক্তিবাদীদের জন্য, অপরাধ একটি স্বাধীন ইচ্ছার সিদ্ধান্ত ছিল, কারণ সমস্ত মানুষ স্বাধীন ইচ্ছার সাথে তৈরি করা হয়েছিল, এবং ব্যক্তিরা এমনভাবে কাজ করেছিল যা সর্বাধিক আনন্দ দেয় এবং ব্যথা কমিয়ে দেয়। অপরাধ নির্মূলের একমাত্র প্রতিকার ছিল প্রতিরোধমূলক শাস্তি। তবুও, মেসোপটেমিয়ার হাম্মুরাবি থেকে গৃহীত মহামহিম ফৌজদারি বিচার ব্যবস্থায় প্রতিশোধের আবেদনটি স্পষ্ট ছিল, যা "চোখের বদলে চোখ এবং দাঁতের বদলে দাঁত" এর মতো। প্রাথমিকভাবে শুধুমাত্র দুটি শ্রেণীর কারাগারের কর্মীদের প্রয়োজন ছিল: জেলের রক্ষক এবং জল্লাদ।

থোমা কুঞ্জ কখনো হামুরাবি বা বেন্থামের কথা শোনেননি, তবুও, তাদের প্রতিহিংসাপরায়ণ প্রতিবন্ধকতা এবং হেডোনিস্টিক ফৌজদারি বিচার আইনী ব্যবস্থার কারণে তিনি ব্যাপকভাবে ভোগেন। একজন বন্দী কখনই তার কষ্ট জানেন না এটি একটি মেসোপটেমিয়ার রাজা এবং একজন ইংরেজ উপযোগবাদীর পাগলাটে বিদ্বেষপূর্ণ বিশ্বাসের

কারণে হয়েছিল। তার মহিমান্বিত ফৌজদারি বিচার প্রশাসন লক্ষ লক্ষ বন্দীদের দুর্ভোগ এবং দুর্দশা উপহার দিয়েছিল কারণ এটি হামুরাবির আদেশের উপর ভিত্তি করে ছিল। যদিও ব্রিটিশরা মেসোপটেমিয়ার রাজাকে খোলাখুলিভাবে মেনে নিতে দ্বিধাগ্রস্ত ছিল, তারা গর্বিতভাবে বেন্থামের উপযোগবাদী ধারণাকে গ্রহণ করেছিল, নৈতিকতাবাদী, যার সামাজিক, মনস্তাত্ত্বিক এবং জৈবিক পূর্ববর্তী অপরাধের অস্পষ্টতা এবং অজ্ঞতা মালাবারের প্রত্যন্ত কোণে থমা কুঞ্জকে স্মার্ট করে তুলেছিল। স্বাধীন ভারত দাসত্বের সাথে তার অতীতের প্রভুদের অযৌক্তিক আইডিওসিনক্র্যাসিগুলিকে ঘিরে রেখেছে।

থোমা কুঞ্জ বুঝতে পারছিলেন না কেন তিনি কষ্ট পাচ্ছেন, যা আনন্দ-বেদনা নীতি নামক একটি প্রস্তাবের ফলস্বরূপ এবং শাস্তির মধ্যে অপরাধীকে ব্যথা দেওয়া ছিল। তিনি ইচ্ছাকৃতভাবে আনন্দ অনুভব করার জন্য আইন ভঙ্গ করেননি; তিনি নির্দোষ ছিলেন। আড়াই শতাব্দী আগে ইংল্যান্ডে বসবাসকারী একজন প্রচারক তার ভাগ্য নির্ধারণ করেছিলেন। একজন বিচারক, একজন উজ্জ্বল শব্দস্মিথ, থ্যালাসেরিতে তাকে ফাঁসির মঞ্চে মৃত্যুদণ্ড দেয়, বেন্থামের শিক্ষা গ্রহণ করে যা তিনি একটি ননডেস্ক্রিপ্ট আইন কলেজে হৃদয় দিয়ে শিখেছিলেন। তিনিও, প্রতিবন্ধক নীতির একজন ভক্ত ছিলেন, আনন্দে তার পলায়ন ভুলে গিয়েছিলেন। বিচারক হেডোনিজমের বাইরে ভাবতে পারেননি; তার মন সেই অনুযায়ী তৈরি হয়েছিল।

আইনের বইগুলি তাকে এমন ব্যক্তিদের শাস্তি দেওয়ার জন্য অনুমোদিত করেছিল যারা অন্যদের কষ্ট দেয় এবং বিচারক ছিলেন মানব আচরণ সম্পর্কে জ্ঞানহীন ব্রিটিশদের দ্বারা প্রতিষ্ঠিত একটি ব্যবস্থার অংশ। বিচারক থোমা কুঞ্জকে তার অপরাধের জন্য নয় বরং একজন তরুণ আইনজীবীর অবাঞ্ছিত সন্তান হওয়ার কারণে শাস্তি দিয়েছেন। বিচারকের মন একজন মহিলার দ্বারা পূর্বনির্ধারিত ছিল যে তার সন্তানের গর্ভপাত করতে অস্বীকার করেছিল এবং থমা কুঞ্জ সেই অপরাধের ফসল। সুদূর কোচিতে একজন তরুণ আইনজীবী হিসেবে তিনি যে আনন্দ পেয়েছিলেন, সেই আনন্দের কথা বিচারক ভুলে গিয়েছিলেন, যার ফলে সেই মহিলা এবং তার সন্তানের কষ্ট হয়েছিল।

ঘরটিতে একটি সিমেন্টের ফ্রেমের একটি খোলা ছিল যার প্রস্থ ছিল দুই ফুট, এবং দরজাটি বাইরে থেকে লাগানো ছিল এবং ভিতরের দরজার হাতল ছিল না; এটা ভেতর থেকে খোলা যায়নি।

সেলের প্রথম দিনগুলিতে, থমা কুঞ্জ তার কল্পনা দিয়ে সেলের দেয়ালে তার মায়ের ছবি আঁকতেন। প্রথমে একটি মাত্র ছবি ছিল, কিন্তু ধীরে ধীরে তিনি আরও অনেকগুলি তৈরি করেছিলেন এবং এক সপ্তাহের মধ্যে, তিনি তার মায়ের হাসিমুখে চার দেওয়াল পূর্ণ করেছিলেন। চিত্রগুলি দ্বিতীয় সপ্তাহের ক্রিয়াগুলির ছিল: মা রান্না করা, কাজ করা, ঝাড়ু দেওয়া, কথা বলা, খাওয়া বা কাপড় ধোয়া। তারপর

সে তার বাবার ছবি জুড়ে দিল। তিনি মামা এবং বাবার ছবিগুলিকে রঙিন করেছেন, বিভিন্ন শিরোনাম, প্রেমের গল্প, অ্যাকশন মুভি, থ্রিলার, অপরাধ গোয়েন্দা এবং ঐতিহাসিক চলচ্চিত্র সহ একটি চলচ্চিত্রে পরিণত করেছেন। মামা একটি মুকুট এবং প্রবাহিত রাজকীয় গাউনের সাথে আগের বছরের রাণীদের চরিত্রে অভিনয় করেছিলেন এবং পাপা সবসময় তার পাশে ছিলেন। তারা কখনোই খলনায়কের চরিত্রে অভিনয় করেনি কিন্তু নায়ক-নায়িকা। তার সিনেমা পরিচালনা, প্রযোজনা, সম্পাদনা, মুক্তি এবং দেখা ছিল সময়সাপেক্ষ; সপ্তাহ এবং মাস কেটে গেছে, এবং থমা কুঞ্জ অক্লান্ত পরিশ্রম করেছে এবং তার সৃষ্টি উপভোগ করেছে।

তিনি দেয়ালগুলোকে চার ভাগে ভাগ করলেন পর্বত, নদী, উপত্যকা, বন, তৃণভূমি, পশুপাখি, কৃষিজমি, ফলের গাছ যেমন নারকেল, কাঁঠাল, আম, কলা গাছ, বেরি সহ কফির ঝোপ, এবং আনারস। তিনি তাদের সুখের সাথে দেখেছিলেন এবং দিন ও সপ্তাহ ধরে তাদের চারপাশে ঘুরে বেড়াতেন। তিনি তার গাছগুলিকে আলিঙ্গন করেছিলেন, তাদের সাথে অবিরাম কথা বলেছিলেন এবং শপথ করেছিলেন যে তিনি সেগুলি কাটবেন না। গাছগুলি ছিল প্রাণবন্ত, মনোমুগ্ধকর এবং শক্তিশালী এবং পাহাড়ের ধারে, নদীর তীর, উপত্যকা এবং তৃণভূমির সীমানায় দাঁড়িয়ে ছিল। থমা কুঞ্জের জন্য, গাছ ছিল পৃথিবীর সবচেয়ে সুন্দর সৃষ্টি, এবং তিনি গাছ ছাড়া পৃথিবী কল্পনা করতে পারেন না। তার কল্পনার জগতে ছিল শত রকমের

গাছ, কলামার গাছ, খোলা মাথার গাছ, কাঁদা গাছ, ঝুঁকে পড়া গাছ, ফাস্টিগিয়েট গাছ, ফুলদানি আকৃতির গাছ এবং অনুভূমিক গাছ। এছাড়াও ছিল দৌড়াদৌড়ি, লাফানো, ঘুমানো, হাসি, নাচ, গান গাওয়া। সব ছিল অনন্য, সুন্দর এবং মনোরম। সমস্ত জাতের ব্যতিক্রমী ফুল, ফল এবং বীজ ছিল। তিনি পেলেন তারা একে অপরের সাথে এবং মহাবিশ্বের সাথে যোগাযোগ করতে পারে এবং বিস্ময়ের সাথে তাদের আনন্দ, উদ্বেগ এবং দুঃখ প্রকাশ করতে পারে। গাছের অনবদ্য পাতা তাকে বিস্মিত করেছিল; কিছু ছিল সূঁচের মাথার মতো ছোট, কিছু ছিল হাতির কানের চেয়েও বড়,

বর্ষা এলেই গাছগুলো বৃষ্টিতে নাচে; শীতকালে, তারা মোটা কম্বলের নীচে তাদের শরীর ঢেকে ঘুমিয়েছিল; গ্রীষ্মে, নতুন পাতা এবং ফুল প্রত্যাশার সাথে উপস্থিত হয়েছিল, ফল পাকা হয়েছিল এবং তারা প্রাণী ও পাখিদের তাদের ছায়ায় এবং শাখায় ভোজ করার জন্য আমন্ত্রণ জানায়। গাছ ছিল গ্রহের সবচেয়ে নিঃস্বার্থ প্রাণী, এবং তারা তাদের মোট সম্পদ, নিজেদের সহ, অন্যদের উপহার দিয়েছিল।

তার বাবাকে অনুকরণ করে, যখন তার বয়স চার বছর, থমা কুঞ্জ তাদের জমির কোণায় কয়েকটি কাঁঠাল এবং আমের বীজ রোপণ করেছিলেন। চার বছরের মধ্যে ফুল ফুটে উঠল এবং সেখানে প্রচুর সুস্বাদু কাঁঠাল ও আম পাওয়া গেল। তিনি আনন্দে নাচলেন এবং জর্জ মুকেনের স্ত্রী পার্বতীকে একটি কাঁঠাল এবং আমের ঝুড়ি উপহার

দিলেন। সে স্নেহের সাথে থমা কুঞ্জকে জড়িয়ে ধরে এবং তাকে একটি পশমী জ্যাকেট উপহার দেয় যা সে বেঙ্গালুরু থেকে এনেছিল। পাকা কাঁঠাল এবং আমের স্বাদ নেওয়ার পরে, জর্জ মুকেন থমা কুঞ্জে যান, এবং তার সাথে এবং কুরিয়েনের সাথে তিনি কাঁঠাল এবং আম গাছ দেখতে যান, তাদের স্পর্শ করেন এবং তার আনন্দ প্রকাশ করেন। জর্জ মুকেন এবং পার্বতী গাছ প্রেমী ছিলেন এবং তারা বিভিন্ন দেশ থেকে আনা তাদের খামারে শত শত জাতের গাছ লাগিয়েছিলেন। সেই দিন, জর্জ মুকেন থমা কুঞ্জকে একটি জাঁকজমকপূর্ণ অধ্যয়নের টেবিল এবং একটি চেয়ার উপহার দিয়েছিলেন; টেবিলটপ মেহগনির একক টুকরা থেকে ছিল; সাইডবার ছিল সেগুনের, এবং ড্রয়ার এবং পা ছিল গোলাপ কাঠের; সংমিশ্রণটি দুর্দান্ত লাগছিল। চেয়ারটি ছিল রোজউড, এবং থমা কুঞ্জ উভয়েরই মূল্যবান।

থমা কুঞ্জ আরেকটি দেয়ালে কৃষিজমি তৈরি করেছে; ছোট্ট অ্যাডোব ঘর, শিশুরা খেলাধুলা করে, এবং ধানক্ষেতে কাজ করা নারী ও পুরুষদের পরাবাস্তব অথচ শান্তিপূর্ণ লাগছিল। স্কুল, খেলার মাঠ এবং ছাত্র-শিক্ষকদের নিয়ে শ্রেণীকক্ষ ছিল। তার কল্পনার জগতে, দ গ্রহটি সবুজ এবং সুন্দর ছিল। কোন কষ্ট, কষ্ট বা অসুস্থতা ছিল না। তার মা-বাবা প্রতিনিয়ত সেখানে ছিলেন।

তিনি জর্জ মুকেন এবং পার্বতীর বাড়ি এঁকেছিলেন, একজন মহিলা যিনি তার বাবাকে ছেড়ে দিয়েছিলেন এবং কুর্গে তাদের সমৃদ্ধ কফির বাগান ছেড়েছিলেন এমন একজনকে বিয়ে করার জন্য যাকে তিনি পছন্দ করেছিলেন। 1972 সালের আগস্টে, চব্বিশ বছর বয়সী পার্বতী পঁচিশ বছর বয়সী মুকেনের সাথে পালিয়ে যায়, যে কফির ঝোপের নিচে কয়েকদিন একসাথে তার জন্য অপেক্ষা করেছিল। দেব মইলির প্রাসাদ থেকে আয়ানকুন্নুর ছোট্ট বাড়িতে পশ্চিমঘাট পার হওয়ার সময় জর্জ মুকেন তাকে কাঁধে নিয়ে যান। সকাল তিনটা থেকে রাত আটটা পর্যন্ত তিনি হেঁটেছেন সহ্যাদ্রির পূর্ব ঢালে কফির বাগানের মধ্য দিয়ে, ঘন বৃষ্টির বনে পশুপাখির বিচরণ, আর পাহাড়ের পশ্চিম ঢালে রাবার ও কাজু গাছের বাগান। পার্বতী সবেমাত্র প্ল্যান্টেশন ম্যানেজমেন্টে এমবিএ সম্পন্ন করেছেন।

পার্বতীর বাবা কালো মরিচের লতা দিয়ে আচ্ছাদিত লম্বা গাছ সহ একটি কফি এস্টেটের দুইশত একর জমির মালিক ছিলেন। দেবা মইলি, তার বাবা, কুর্গের অন্যতম ধনী ব্যক্তি ছিলেন; তার একমাত্র ছেলে, সেনাবাহিনীর একজন কর্নেল, 1965 সালের ভারত-পাকিস্তান যুদ্ধে মারা যান।

জর্জ মুকেন পান্ত নগরের একটি বিশ্ববিদ্যালয় থেকে কৃষি ও পশুপালনে স্নাতক হন। তিনি কুর্গে আদা চাষের জন্য পঞ্চাশ একর জমি লিজ নিয়েছিলেন এবং শ্রমিকদের সাথে প্রতিদিন কাজ

করতেন। পার্বতীর কফি এস্টেটের কাছেই ছিল আদার চাষ। পার্শ্ববর্তী ক্ষেতে তার পরিদর্শনে, পার্বতী একজন নতুন কৃষককে কৃষি শ্রমিকদের সাথে কাজ করতে দেখেছেন; তিনি তার গাড়ি থামালেন, এলাকায় গিয়ে জর্জ মুকেনের সাথে আলোচনা শুরু করলেন। এটি একটি জ্ঞানগর্ভ আলোচনা ছিল, এবং পার্বতী বুঝতে পেরেছিলেন যে কৃষক একজন শিক্ষিত মানুষ ছিলেন যা কৃষিকাজ এবং পশুপালনের উপর গতিশীল, বাস্তব ধারণায় পূর্ণ। তাদের কথোপকথন প্রতিদিন ঘটেছিল, এবং তারা মহাকাব্য, উপন্যাস, ছোট গল্প এবং মানব মনোবিজ্ঞান সহ সূর্যের নীচে সমস্ত কিছু নিয়ে কথা বলত। তার কৃষক বন্ধুর প্রতি পার্বতীর প্রশংসার সীমা ছিল না। শ্রদ্ধা ভালোবাসায় পরিণত হয় এবং জর্জ মুকেন প্রতিদান দেন আগ্রহ এবং খোলামেলা সঙ্গে। তিনি তার সাথে কুর্গের অন্যান্য কফি এস্টেটে যান এবং তারা একই সন্ধ্যায় ফিরে আসেন। যারা outings ছিল তীব্র এবং প্রকাশক; তারা একে অপরের সম্পর্কে, তাদের ব্যক্তিত্ব, ক্ষমতা, ক্ষমতা এবং ত্রুটি সম্পর্কে শিখেছে। তারা ধারনা, এবং অনুমানগুলি ভাগ করে নিয়েছিল এবং তাদের চারপাশে উৎসাহী আশা এবং আকাঙ্ক্ষার একটি জগত তৈরি করেছিল।

পার্বতী এবং জর্জ মুকেন প্রেমে পড়েছিলেন এবং তাদের বাকি জীবন একসাথে কাটানোর সিদ্ধান্ত নিয়েছিলেন। তার বাবাকে বোঝানো অসম্ভব ছিল কারণ তার মেয়ের জন্য অনেক পরিকল্পনা ছিল। তার মেয়ের সিদ্ধান্তে শঙ্কিত ও আহত, দেব মইলি অনেক দিন ধরে

ক্রোধান্বিত ছিলেন এবং ব্রহ্মগিরি শিখরের উপর গ্রানাইট পাথরের মতো অবিচল ছিলেন। পার্বতী দেব মইলিকে না জানিয়ে জর্জ মুকেনের সাথে পালিয়ে যাওয়ার সিদ্ধান্ত নেন।

থোমা কুঞ্জ দেয়ালে জর্জ মুকেন এবং পার্বতীর আঁকা তার চিত্রটি দেখেছিলেন এবং মৃত্যু পর্যন্ত একে অপরের সাথে থাকার তাদের লক্ষ্য অর্জনে তাদের দৃঢ়তার প্রশংসা করেছিলেন। থমা কুঞ্জও অম্বিকার প্রতি এমন ভালবাসা অনুভব করেছিল; সে ভেবেছিল সে তার আবেগ রেখেছে তার জন্য অনেকক্ষণ জ্বলছে। এটা শুরু হয় যখন তারা অষ্টম শ্রেণীতে পড়ে। কিন্তু এটি অনেক মাস ধরে অপ্রকাশিত ছিল, এবং যখন তিনি এটি সম্পর্কে কথা বলেন, তখন তারা এটি উদযাপন করেছিল, না জেনে এটি স্বল্পস্থায়ী হবে।

কিছু দিন, থোমা কুঞ্জ অলসভাবে বসে ছিল, কিছু করছিল না, এবং কিছু করার ছিল না। তার সক্রিয় মন বিশ্রাম নিল। সে তার এগারো বছরের কারাগারের কথা ভেবেছিল, জেল খামারে কাজ করে যেখানে রাজাকের সাথে তার দেখা হয়েছিল। তারপরে তিনি কাঠমিস্ত্রিতে ছিলেন, যেখানে তিনি বিভিন্ন কাজ শিখেছিলেন এবং কাঠের সরঞ্জাম এবং সুগন্ধের শব্দ পছন্দ করতেন। প্রতিটি কাঠের একটি আলাদা সুগন্ধ ছিল, এবং সবচেয়ে আনন্দদায়ক গন্ধটি ছিল সেগুন, রোজউড এবং কাঁঠাল গাছের। সেগুন ছিল জল এবং সাদা পিঁপড়া-প্রতিরোধী এবং ঘন কাঠামোর সাথে হালকা ওজনের। বেশিরভাগ আসবাবপত্র সেগুন দিয়ে তৈরি করা হয়েছিল এবং এটির উচ্চ চাহিদা ছিল।

রোজউড খুব কমই পাওয়া যেত এবং একটি বাদামী বা লালচে আভা এবং গাঢ় শিরাযুক্ত গাছের রাজা হিসাবে পরিচিত। জর্জ মুকেনের বাড়ির সমস্ত ক্যাবিনেট এবং প্রাচীরের আলমারিগুলি ছিল রোজউড, কারণ রোজউডের মার্জিত, বিশিষ্ট এবং দুর্দান্ত শস্যের কারণে পালিশ করার প্রয়োজন ছিল না। রোজউড শত শত বছর ধরে চলেছিল। কাঁঠাল গাছ এবং অঞ্জিলি নামক বুনো কাঁঠাল ছিল করুণ এবং চমৎকার। শীশম কাঠ বিরল কিন্তু মার্জিত দেখতে ছিল. মৃত্যুদণ্ডের বিরুদ্ধে আপিল সফল হলে থোমা কুঞ্জ একটি ছুতার দোকান খোলার কথা ভেবেছিলেন। যাবজ্জীবন কারাভোগ করার পর সে তার গ্রামে ফিরে যাবে; তার ছুতার কাজ বেশ কিছু গ্রাহককে আকৃষ্ট করবে কারণ সে কাঠের কাজের সর্বশেষ কৌশল এবং পদ্ধতি শিখেছিল। তিনি রাজাককে জানাবেন যে তারা তাদের কারাগারের জীবনের বিজয় উদযাপন করতে এবং স্মরণ করিয়ে দিতে আয়ানকুন্নু বা পোন্নানিতে দেখা করবেন।

চিকিৎসা, সংশোধন, দক্ষতা উন্নয়ন, কর্মসংস্থান, কাউন্সেলিং, সামাজিক কাজ এবং বন্দীদের পুনর্বাসনের প্রবর্তন ফরাসি রেনেসাঁর ফলে। সমাজবিজ্ঞান, মনোবিজ্ঞান, মানব আচরণ, কাউন্সেলিং এবং সামাজিক কাজের গবেষণার ফলাফলগুলি জেল অফিসারদের আলোকিত হতে এবং বন্দীদের কল্যাণে কাজ করতে প্রভাবিত করেছিল। কিন্তু কোন সমাজকর্মী, পরামর্শদাতা বা মানবাধিকার কর্মী থোমা কুঞ্জ সম্পর্কে চিন্তা করার জন্য সেখানে ছিলেন না, কারণ তার

বাবা-মা, আত্মীয়স্বজন বা বন্ধুবান্ধব ছিল না এবং রাজনীতিবিদদের সাথে সম্পর্ক ছিল না। তিনি কণ্ঠস্বরহীন, প্রত্যাখ্যাত, ভুলে যাওয়া এবং পাই কুকুরের মতো অপব্যবহার করা হয়েছিল। তার স্কুল তাকে দূরে সরিয়ে দেয়, গির্জা তাকে মানসিকভাবে নির্যাতন করে, সমাজ তাকে অপব্যবহার করে এবং একজন বিচারক তাকে মৃত্যুদণ্ড প্রদান করে তার জীবনের একটি লুকানো কিন্তু দীর্ঘায়িত লজ্জা দূর করার জন্য। জর্জ মুকেন এবং পার্বতী তাদের মেয়ের সাথে মার্কিন যুক্তরাষ্ট্রে থেকেছিলেন এবং থমা কুঞ্জ চিরকালের জন্য তাদের সহানুভূতি এবং নৈকট্য মিস করেছিলেন। তারা হয়তো আয়ানকুন্নুতে তাদের এস্টেট পরিত্যাগ করেছে বা চিরতরে থমা কুঞ্জের কথা ভুলে গেছে, কারণ তিনি নিশ্চিত ছিলেন যদি তারা তার সম্পর্কে শুনে থাকেন তবে তারা অন্তত একবার তাকে দেখতে যেতেন। তবে প্রায়শই, থমা কুঞ্জ তার চেতনায় পার্বতী এবং জর্জ মুকেনের ছবি বহন করে এবং সেগুলি সম্পর্কে না জানা তাকে কষ্ট দিয়েছিল। থমা কুঞ্জ কখনও তাদের মতো নিঃস্বার্থ লোকের সাথে দেখা করেননি, বা তিনি তাদের বুঝতে ব্যর্থ হতে পারেন, কারণ পার্বতী এবং জর্জ মুকেন তার হৃদয়ে একটি রহস্য রয়ে গেছে।

থমা কুঞ্জ শিখেছিল যে আন্তরিকতা এবং প্রতিশ্রুতি বলে কিছু নেই; লোকেরা তাদের পুরষ্কার, আনন্দ এবং সুবিধাগুলির জন্য অনুসন্ধান করেছিল। মানুষ ছিল স্বার্থপর। একজন লোভী উকিল এমিলিকে গর্ভধারণ করে এবং তাকে মৃত্যুদণ্ড প্রদান করে ছেলে যখন বিচারক

হয়েছিলেন। আত্মকেন্দ্রিক হোস্টেলের ওয়ার্ডেন একজন রাজনীতিকের ছেলেকে কুখ্যাতি থেকে রক্ষা করেছিল; তিনি একজন যুবকের ভবিষ্যত, একজন বিধায়ক, এমপি, মন্ত্রী, রাজ্যপাল, রাষ্ট্রপতি, দেশের প্রধানমন্ত্রী এমনকি একজন বিচারককেও রক্ষা করতে চেয়েছিলেন। থমা কুঞ্জ ছিলেন একজন শ্রমিক, একজন অপরিচিত ব্যক্তি যিনি একজন শূকরের কাজ করতেন, এমন একজন যিনি শূকরকে কাস্ট করতেন যাতে তারা দ্রুত বাড়তে পারে এবং জর্জ মুকেনের জন্য আরও সম্পদ অর্জন করতে পারে।

ভালবাসা ছিল কোন অর্থহীন একটি শব্দ, এর প্রতিধ্বনিগুলি অবিরাম মনে হয়েছিল, কিন্তু হঠাৎ এক ধাক্কায় তা যাদুকরের দড়ির কৌশলের মতো অদৃশ্য হয়ে গেল। মানুষ তাদের ভালবাসাকে হত্যা করতে পছন্দ করত, পরবর্তী পর্যায়ে এটিকে ঘৃণা করত, এটিকে নির্মূল করার বিষয়ে অবিরাম চিন্তা করত, এবং তাদের হৃদয়ের কাছাকাছি থাকা ভালবাসাকে সরিয়ে দেওয়ার জন্য জটিল পরিকল্পনা তৈরি করত এবং দিন, মাস এবং বছরের জন্য ঘৃণাকে একত্রে মূল্যবান করত। প্রেম বেদনা, যন্ত্রণা, দুর্দশা, অসম্মান এবং দ্বন্দ্ব নিয়ে এসেছিল কারণ এটি সেই ব্যক্তি যাকে ভালবাসত তার অধিকারী। প্রেমে, স্বাধীনতা ছিল না; দখল ছিল তার চূড়ান্ত চিহ্ন। আকিম তার উপপত্নীকে ভালোবাসতেন এবং একটি ব্যাগ দিতেন তাদের অধিকার করার জন্য অর্থে পরিপূর্ণ, কিন্তু যখন তিনি তাদের ঘৃণা করতেন তখন তাদের শিরশ্ছেদ করতে তার কোন দ্বিধা ছিল না। আব্রাহাম

তার ঈশ্বরকে খুশি করার জন্য তার একমাত্র পুত্র আইজ্যাককে বলি দিতে চেয়েছিলেন, এবং ঈশ্বর মানুষের রক্ত পেতে চেয়েছিলেন একবার তিনি তাদের ভালবাসার সাথে সৃষ্টি করেছিলেন। যারা তাকে সন্তুষ্ট করতে অস্বীকার করেছিল তাদের তিনি চিরন্তন নরকে নিক্ষেপ করেছিলেন। প্রেম ছিল একটি মিথ, দেবতার মতো।

থোমা কুঞ্জ এই পৃথিবীতে একা ছিল, নিক্ষিপ্ত রাজাক বা আহত শিশু বাইসনের মতো। একটি শিকারী সহজেই এটি সনাক্ত করতে পারে এবং এটির উপর ঝাঁপিয়ে পড়তে পারে। তিনি অবিবাহিত ছিলেন, প্রত্যাখ্যাত বাছুরের মতো, একক মায়ের জন্ম।

তিনি শূকর castrated; তার ছুরি থেকে শুয়োরের বাচ্চাদের রক্ষা করার মতো কেউ ছিল না, এবং সে তাদের গিল্ডিং করে জীবিকা অর্জন করেছিল। আকিমকে রাজাককে স্পে করার দরকার ছিল, কারণ শুধুমাত্র একজন নিরপেক্ষ রাজাক তার উপপত্নীদের জন্য ওয়েটার হতে পারে। তিনি রাজাককে তার সাথে থাকতে প্ররোচিত করেছিলেন এবং রাজাকের আর কোন উপায় ছিল না; তিনি আকিম ও তার মাশরাবিয়া সম্পর্কে অজ্ঞ ছিলেন। রাজাকের কোনো স্বাধীনতা ছিল না; তিনি আরবে একা ছিলেন, বিস্তীর্ণ, অন্তহীন প্রান্তরের মধ্যে আহত শিশু উটের মতো। রাজাককে তার পুরুষত্ব হারাতে হয়েছিল বেঁচে যান, এবং আকিম জানত রাজাকের দুর্বল স্থানটি তার অণ্ডকোষ। ঈশ্বরের ঈশ্বর হওয়ার উচ্চতর পরীক্ষা ছিল, যা তিনি

মানুষকে দিতে অস্বীকার করেছিলেন; অন্যথায়, মানুষ ঈশ্বরকে বর্জন করত। তিনি আকিম এবং বিশ্বব্যাপী আরও লক্ষ লক্ষ মানুষকে হুরিস এবং ওয়াইন দিয়ে প্রলুব্ধ করেছিলেন, তাই তারা তাঁর প্রশংসা করার জন্য জান্নাতে প্রবেশ করেছিল।

করুণাময় হরিসকে ঘৃণা করতেন, তাই তিনি তাদের অণ্ডকোষ ছাড়াই সৃষ্টি করেছেন। হুরিস ছাড়া কেউ জান্নাতে যেতে পারত না এবং সর্বশক্তিমানের প্রশংসা করার মতো কেউ ছিল না। হরিস ছাড়া স্বর্গ ছিল না।

অবশিষ্ট দেয়ালে, থমা কুঞ্জ আব্রাহাম, মূসা, আইজ্যাক এবং জ্যাকবের ঈশ্বরের ছবি এঁকেছিলেন, কিন্তু তিনি ঈশ্বরকে ঘৃণা করতেন। তিনি যীশুর ঈশ্বর, প্যারিশ যাজকের ঈশ্বরকে তিরস্কার করেছিলেন, যিনি গির্জা-চালিত স্কুলে মামাকে ঝাড়ুদার নিয়োগ করার জন্য ঘুষ দাবি করেছিলেন, যেখানে সরকার বেতন দেয়। একটি রবিবারের উপদেশে, ভিকার মামাকে "বেশ্যা" বলে অভিহিত করেছিলেন, এবং থোমা কুঞ্জ ভিকারের ঈশ্বরকে ঘৃণা করেছিলেন, অণ্ডকোষ দিয়ে একটি ভিকার তৈরি করেছিলেন। ঈশ্বরের প্রতি তার ঘৃণা অসীম হয়ে ওঠে যখন ভিকার মামাকে গির্জার কবরস্থানে দাফন করতে অস্বীকার করে। জর্জ মুকেন ভিকারকে ঘুষ দিয়েছিলেন এবং তিনি সেই কবরস্থানে কিছুটা কাদা দিয়েছিলেন যেখানে তারা বাবাকে কবর দিয়েছিল।

পেইন্টিংগুলিতে, ঈশ্বর এবং প্যারিশ পুরোহিতকে একই রকম দেখাচ্ছিল। তারপর থোমা কুঞ্জ লুসিফার দিয়ে নরকের ছবি এঁকেছিলেন, এবং তিনি দেখতে ঈশ্বরের মতো ছিলেন; তিনি ঈশ্বর ছিলেন।

কোষটি ছিল একটি ক্ষুদ্র নরক, এবং ফাঁদ ছিল নরকের প্রবেশপথে।

ঘর থেকে ফাঁদে যাওয়ার পথটি ছিল সরু, দুই পাশে উঁচু দেয়াল। অনেকেই এর মধ্য দিয়ে যাতায়াত করেছেন, তাদের পিছনে হাত বেঁধেছেন। বিচারকের ইচ্ছা পূরণের জন্য তাদের ফাঁসির মঞ্চে নিয়ে যাওয়া হয়েছিল, কারণ সমস্ত সিদ্ধান্ত ইচ্ছা হিসাবে অঙ্কুরিত হয়েছিল। থোমা কুঞ্জ তখনও সেই পথ দিয়ে ভ্রমণ করেননি, এবং যখন তিনি এটিকে ঝাঁপিয়ে পড়েন, তখন এটিই হবে তার শেষ যাত্রা। জল্লাদ সমস্ত শাস্তির বাইরে পৌঁছে যাওয়ায় জল্লাদ তার গুলেটে গিঁট দিয়ে ফাঁস শক্ত করার পরে কেউ, এমনকি একজন বিচারকও তাকে শাস্তি দিতে পারেনি। কেউ কোনো প্রতিশোধ বা প্রতিবন্ধকতা ঘটাতে পারে না এবং সে প্রথমবারের মতো একজন মুক্ত মানুষ হবে। এই পৃথিবীতে কেউ মুক্ত ছিল না, সবাই অস্তিত্বের ভার বহন করে। থমা কুঞ্জ তার মাকে তাকে সৃষ্টি করতে বলেননি। তার জন্মের পর সে জানত তাকে তৈরি করা হয়েছে। মানব স্বাধীনতা ছিল একটি

পৌরাণিক কাহিনী, নৈতিকতাবাদীদের দ্বারা তৈরি একটি কল্পকাহিনী, এবং তারা সেই রূপকথাকে এক এবং সকলের মধ্যে একটি মিথ্যা অহংকার দিয়ে স্থাপন করেছিল যা তাদের আকাঙ্ক্ষা এবং হ্যালুসিনেশনকে বাড়িয়ে তোলে। তারা এটি অন্যদের জন্য প্রয়োগ করেছিল যারা ছিল নিম্নবিত্ত, নিপীড়িত, পরাধীন এবং ক্ষমতাহীন। মৃত্যুদণ্ড নির্বাচিত কয়েকজনের স্ব-ইমেজকে উন্নত করেছে, এবং তারা এর প্রতিদান সম্পর্কে ঘন্টার পর ঘন্টা প্রচার করেছে যাতে তারা তাদের স্ব-মূল্য বৃদ্ধি করতে পারে। থমা কুঞ্জ তার স্বভাব তুলে ধরার চেষ্টা করেননি কারণ তিনি জানতেন তিনি কে; তিনি একটি শূকর পালনে কাজ করতেন, এবং সবাই এটি জানত। তার মা একজন ঝাড়ুদার ছিলেন, তার বাবা শূকরের কাজ করতেন এবং তিনি তার বাবার পদক্ষেপ অনুসরণ করেছিলেন।

শেষ দেয়ালে তিনি শুকরের ছবি এঁকেছেন। তারা অর্ধ-খোলা চোখ দিয়ে সুন্দর লাগছিল যারা আকাশ, সূর্য, চাঁদ এবং তারার দিকে তাকায়নি। সব লুকানো ছিল, এবং শূকর তাদের দেখতে পারে না; তারা তাদের জন্য বিদ্যমান ছিল না. যখন কেউ জানত তখন কিছু অস্তিত্ব ছিল। শূকরদের কোন দেবতা ছিল না; সমস্ত দেবতা শুয়োরকে ঘৃণা করতেন, এবং শূকররা একটি দেবতা গ্রহণ করতে অস্বীকার করেছিল। তাদের জন্য ঈশ্বরের অস্তিত্ব ছিল না। থোমা কুঞ্জ শূকরের মধ্যে তার মুখ আঁকলেন, এবং এটি একটি শূকরের মতো দেখাচ্ছিল, এবং তিনি খুশি হলেন।

ষষ্ঠ দিনে ঈশ্বর আদমকে তাঁর প্রতিমূর্তিতে সৃষ্টি করেছিলেন এবং তিনি খুশি বোধ করেছিলেন। থোমা কুঞ্জ ছিল নতুন আদম।

থোমা কুঞ্জ সুদৃশ্য শূকর, তাদের মা এবং তাদের পিতাকে আঁকতে পেরে খুশি হয়েছিল। তারা চিৎকার করে উঠল এবং আনন্দে লাফিয়ে উঠল কারণ তাদের মা এবং বাবারা তাদের মুক্ত হওয়ায় আনন্দিত হয়েছিল। জর্জ মুকেনের হগ হাউসে, দুই থেকে তিন সপ্তাহ বয়সে পৌঁছানোর পর শুটগুলি কাস্ট্রেট করা হয়েছিল এবং প্রতি মাসে প্রায় বিশটি শূকরকে কাস্ট্রেশনের জন্য রাখা হয়েছিল। প্রায় চল্লিশটি বপনের জন্য দুটি শুয়োর এবং বছরে প্রায় চারশো শূকর ছিল। একটি ভালভাবে খাওয়ানো বীজের গর্ভাবস্থা তিন মাস তিন দিন স্থায়ী হয় এবং প্রতিটি গর্ভাবস্থা থেকে আট থেকে বারোটি শূকর উৎপাদন করে।

একটি শূকরের জীবন একটি কসাইখানায় শেষ হয়েছিল, যা ছিল তার চূড়ান্ত কৃতিত্ব বা পুরস্কার। কিন্তু শুয়োররা কখনো অপরাধ করেনি এবং তাদের প্রভুর আনুগত্য করেছে যেমন রাজাক আকিমের আনুগত্য করেছিল, এবং মিশরীয় ডক্সি Akeem জমা. তবুও, আকিম তার শিরশ্ছেদ করেছে, এবং পাদাচন তাকে প্রশ্ন করেনি।

দেয়ালে থোমা কুঞ্জ শূকরের কোন কবরস্থান ছিল না, এবং শূকররা তাদের স্বাধীনতা উদযাপন করেছিল। তারা অভিজাতদের মতো গান গায়নি, নাচতেন না। তারা নিটোল মুখ দিয়ে একে অপরকে স্পর্শ করে এবং তাদের স্নেহ বর্ষণ করে অন্যদের সাথে দেখা করে আনন্দ প্রকাশ করেছিল। ঘনিষ্ঠতার প্রশংসা করে, একটি একচেটিয়া উৎসব, থমা কুঞ্জ তাদের সাথে যোগ দিয়েছিলেন এবং তাদের কাস্ট করার জন্য তাদের ক্ষমা চেয়েছিলেন। তিনি জানতেন যে তিনি কিছু ভয়ানক, অগ্রহণযোগ্য, একমাত্র অপরাধ করেছেন যা তিনি করেছিলেন। কিন্তু শূকরগুলো প্রতিশোধপরায়ণ ছিল না; তারা তাকে কোনো প্রতিবন্ধক শাস্তি দেয়নি। তিনি তাদের তাকে ছেড়ে না যাওয়ার জন্য অনুরোধ করেছিলেন, এবং তারা তার সঙ্গ উদযাপন করেছিল।

শুয়োররা হাঁটতে হাঁটতে থোমা কুঞ্জকে স্পর্শ করে, কারণ তারা খুশি ছিল যে তাদের মাথা কেটে ফেলার জন্য কোনও গিলোটিন ছিল না, এবং থোমা কুঞ্জ রোমাঞ্চিত হয়েছিল কারণ সেখানে কোনও ফাঁসি নেই। কোন ভয় ছিল, কোন demeaning মন্তব্য, এবং দেয়ালে তার শূকর উত্তেজিত ছিল, এবং জন্য যোগাযোগ, তারা শারীরিক ভাষা এবং বিভিন্ন grunts ব্যবহার করে. নরম এবং উচ্চস্বরে গ্রান্ট ছিল; খাবার বা আনন্দদায়ক কোম্পানির জন্য প্রত্যাশার চিহ্ন হিসাবে প্রতিটির আলাদা অর্থ ছিল। একটি রুক্ষ কাশির আওয়াজ দেখায় যে

শূকরটি বিরক্ত বা রাগান্বিত ছিল এবং একটি শূকর যখন দুঃখিত বা শোকার্ত ছিল তখন একটি বচসা দিয়ে অশ্রু ফেলেছিল।

শূকর পালন শুরু হলে, জর্জ মুকেন শূকরদের সাথে নাচতেন, তাদের কাঁধে নিয়েছিলেন, পার্বতীকে বহন করার সময় তাদের পা তার ঘাড়ের সামনে ছড়িয়ে পড়েছিল। এটা ছিল আগস্ট 1972, এবং এটা প্রবল বৃষ্টিপাত ছিল. তিনি তাকে তার ঘাড়ের পিছনে রেখেছিলেন, তার কফি এস্টেট থেকে হেঁটেছিলেন এবং প্রায় ত্রিশ কিলোমিটার দূরে তার গ্রামের দিকে পশ্চিমঘাটে উঠেছিলেন। জর্জ মুকেন ছিলেন কুর্গে আদা চাষে সক্রিয় একজন বুদবুদ যুবক; যেহেতু এর জলবায়ু আরও উপযুক্ত ছিল, পণ্যটি আয়ানকুন্নুতে তার গ্রামের তুলনায় অনেক বেশি। তার বাবা-মা 1947 সালে পাল থেকে চলে আসেন এবং জর্জ একই বছরে জন্মগ্রহণ করেন। তার কোন ভাইবোন ছিল না, এবং জর্জ যখন ছিল তখন তার বাবা-মা ম্যালেরিয়ার কারণে মারা যান দশম গ্রেড.

পার্বতীর বাবা, দেব মইলি, তার মেয়েকে অন্য রাজ্যের একজন পুরুষ এবং একজন অ-কুর্গীকে বিয়ে করার বিরুদ্ধে ছিলেন, যিনি একটি ভিন্ন ধর্মের ছিলেন এবং একটি ভিন্ন ভাষায় কথা বলতেন। পার্বতীকে তার সমৃদ্ধ কফি এস্টেট নেওয়ার পরিকল্পনা ছিল, যেটি প্রতি বছর আন্তর্জাতিক কফি কোম্পানির কাছে লক্ষ লক্ষ টাকার কফি বিন বিক্রি করে। তার ছেলের মৃত্যুর পর, দেব মইলি একজন হতাশাগ্রস্ত ব্যক্তি ছিলেন এবং পার্বতীকে সতর্ক করেছিলেন যে তিনি যদি লক্ষ্মণ রেখা,

ভর্গীস বী দেবস্য

উজ্জ্বল রেখার নিয়ম অতিক্রম করার সাহস করেন তবে তিনি তাকে গুলি করবেন। তার বাবা এবং দাদার মতো, দেব মইলি, একজন লেফটেন্যান্ট কর্নেল, দ্বিতীয় বিশ্বযুদ্ধের সময় ব্রিটিশদের অধীনে সেনাবাহিনীতে ছিলেন। তিনি বার্মায় জাপানিদের বিরুদ্ধে যুদ্ধ করেছিলেন, তার ডান পা হারিয়েছিলেন এবং কুর্গে ফিরে এসে তার কফি এস্টেট প্রতিষ্ঠার আগে কলকাতার একটি সামরিক হাসপাতালে ছয় মাস কাটিয়েছিলেন। তার অনেক বন্দুক ছিল এবং শুয়োর শিকার করা তার শখ ছিল।

মুকেন চার দিন কফি এস্টেটে লুকিয়ে ছিলেন এবং শেষ দিনে তিনি প্রায় তিনটার দিকে মইলি ম্যানশনের প্রাচীরের উপর দিয়ে লাফিয়ে পড়েন। সকাল পার্বতী যেমন বলেছিলেন, বাইরের ফটক প্রহরীরা ঘুমিয়ে পড়ছিল; তারা মাদকাসক্ত ছিল। তিনি বাগানের মধ্যে একটি দীর্ঘ ফুটপাথ দিয়ে হেঁটেছিলেন এবং জানতেন যে প্রহরীরা বাড়ির চারপাশে হেঁটে বেড়াত, তারাও মাদকাসক্ত হবে। একটি আউটহাউস ছিল যার দরজা ভিতরে তালাবদ্ধ ছিল না, এবং মুকেন কোনও শব্দ ছাড়াই কাঠামোর মধ্যে প্রবেশ করেছিলেন। আরেকটি করিডোর এটিকে মূল ভবনের সাথে সংযুক্ত করেছে।

কুকুরগুলোও ঘুমিয়ে পড়েছিল, আর দেব মইলি ও চাকররা।

জর্জ মুকেন প্রাসাদে প্রবেশ করলেন; পার্বতী তার শোবার ঘরে তার জন্য অপেক্ষা করছিল। তার পা শৃঙ্খলিত ছিল, এবং সে কেবল ছোট পদক্ষেপ নিয়ে হাঁটতে পারে। মুকেন তাকে উঠিয়ে একটি বড় শূকরের মতো তার গলায় বসিয়ে দিল। পার্বতীর ব্যাকপ্যাকে কিছু খাবার ও জল ছিল।

কম্পাউন্ড প্রাচীরের উপর দিয়ে ঝাঁপ দেওয়া কঠিন ছিল; আধঘণ্টারও বেশি সময় লেগেছে অতিক্রম করতে। তারপর মুকেন কফি এস্টেটের মধ্য দিয়ে বনের দিকে এগিয়ে গেল। দেবা থেকে প্রায় তিন কিলোমিটার দূরে পাহাড়ের ঠিক নীচে যখন তারা পাথরের কাছে পৌঁছল তখন সাড়ে চারটা বেজে গেছে। মইলির প্রাসাদ। সারসেনের পিছনে বিশ্রাম নেওয়ার পর, মুকেন পার্বতীর গোড়ালির চারপাশের লোহা কাটতে তার রুকস্যাক থেকে চেইনস নিয়েছিল। কিন্তু এটা ভাঙ্গা খুব কঠিন ছিল.

দশ মিনিটের মধ্যে, তারা আরোহণ শুরু করে, পার্বতী তার কাঁধে; চিরসবুজ ঝোপের সাথে খাড়া পাহাড় ছিল এবং এক ঘন্টা পরে একটি ঘন বন দেখা দেয়। মুকেন বন্য শুয়োর এবং বাইসনকে গুলি করার জন্য এখানে এবং সেখানে লুকিয়ে থাকা শিকারীদের মারধরের পথ বেছে নেননি। আরোহণটি ছিল চ্যালেঞ্জিং, এবং পার্বতী গভীর নীরবতা পালন করেছিলেন। জর্জ মুকেন থামেননি এবং আরোহণ করেননি, কাঁটাযুক্ত গাছ ধরেছিলেন এবং বড় গাছগুলির পিছনে লুকিয়েছিলেন।

বোল্ডার থেকে, কেরালা সীমান্তে পৌঁছানোর জন্য তাকে প্রায় ছয় কিলোমিটার এবং প্রায় আট কিলোমিটার নেমে যেতে হয়েছিল এবং সেখান থেকে প্রায় চার কিলোমিটার আত্তায়লিতে এবং তারপরে গ্রামে তার বাড়িতে চার কিলোমিটার যেতে হয়েছিল। তিনি তার পিছনে সূর্যের প্রথম রশ্মি এক ঘন্টার মধ্যে অনুভব করতে পারেন, আরও এক ঘন্টা আরোহণ করেন। তারা একটি পাথর এবং একটি বিশাল গাছের মধ্যে বিশ্রাম নিল যখন পার্বতী তার ব্যাকপ্যাকটি খুলল।

তাদের ছিল আক্কি ওটি, একজন চালের আটা দিয়ে রান্না করা ভাতের খামিরবিহীন রুটি, কাঁকড়া, বাঁশের কোমল তরকারি, বেকড মনসুন মাশরুম এবং প্রাতঃরাশের জন্য ভাজা শুকরের মাংস। তার ব্যাগের পানির বোতল তাদের তৃষ্ণা নিবারণ করে। সাত নাগাদ, তারা আবার শুরু করল, জর্জ মুকেনের পিঠের চারপাশে পার্বতী। আট-ত্রিশটা নাগাদ তাদের থেকে প্রায় একশ মিটার দূরে বাঁশের ঘেরের কাছে একটা নিঃসঙ্গ হাতিকে দেখে তারা একটা গাছের আড়ালে লুকিয়ে পড়ল। প্রায় আধঘণ্টা পর, হাতিটি একটি স্রোতের দিকে উঠল এবং মুকেন আবার আরোহণ শুরু করল। এক ঘন্টার মধ্যে, তারা বাছুরের সাথে একদল বাইসনের সাথে দেখা হয়েছিল তাদের পথ অতিক্রম করে তাদের একটু সামনে। আবার থেমে একটা গাছের দিকে ঝুঁকে পড়ল ওরা। কিছুক্ষণ পর তারা কিছু আওয়াজ শুনতে পেল।

"শিকারী আছে," পার্বতী তার কানে বিড়বিড় করল।

"আমি তাদের দেখতে পাচ্ছি," জর্জ মুকেন বলেছিলেন।

তারা এক প্যাকেট বুনো শুয়োরকে তাড়া করছিল এবং চিৎকার করছিল, চারজন পুরুষ এবং একজন মহিলা, এবং সবার কাছে বন্দুক ছিল।

"কুর্গে বন্য শূকর শিকার করা সাধারণ ব্যাপার; পুরুষ এবং মহিলারা শিকারে যান। সারা রাত তারা ঝোপের মধ্যে এবং ভিতরে থাকে অরণ্য," মৃদুস্বরে বলল পার্বতী।

"বুনো শুয়োরের মাংস সুস্বাদু," জর্জ বলেছিলেন।

"আমার ব্যাকপ্যাকে কিছু আছে," পার্বতী ফিসফিস করে বলল।

শিকারীরা দূরে থাকায় তারা উঠতে শুরু করে। তারা যখন শিখরে পৌঁছেছিল, তখন জর্জ হাঁপাচ্ছিল। তখন এগারো-বিশটা। তারা

কিছুক্ষণ বিশ্রাম নিয়ে পানি পান করল। পার্বতীর ব্যাগে কলার চিপস ছিল, এবং তারা কিছু সময়ের জন্য সেগুলিকে চিৎকার করেছিল।

 উপরে ওঠার চেয়ে নীচে আরোহণ করা আরও কঠিন ছিল, কারণ জর্জকে একটি স্থির ভারসাম্য বজায় রাখতে হয়েছিল। কখনও কখনও, তার কাঁধে পার্বতী ভারসাম্য বজায় রাখার জন্য একটি আশীর্বাদ ছিল। সেখানে আরো গাছপালা, বাঁশের বৃদ্ধি এবং স্রোত ছিল। ভাল বৃষ্টিপাত এবং ঘন গাছপালা থাকার কারণে পাহাড়ের পশ্চিম ঢালে আরও বড় প্রাণী বিচরণ করত এবং ছোট বাচ্চাদের সাথে দলবদ্ধ হাতিরা এই ধরনের পরিবেশ পছন্দ করত। একটি কালো ভালুক তাদের কাছে বিপজ্জনকভাবে হাজির, এবং মুকেন তার বেল্ট থেকে তার রিভলভারটি বের করে।

 দুপুর একটার দিকে তারা দুটি বিশাল পাথরের মধ্যে বিশ্রাম নেয়। পার্বতীর ভেতরে বেশ কিছু ছোট প্যাকেট ছিল ব্যাকপ্যাক, স্টিমড রাইস বল, বুনো শুয়োরের শুয়োরের মাংস যার নাম পান্ডি কারি, রান্না করা পাতলা ভাতের স্ট্র্যান্ড যা নুলপুট্টু নামে পরিচিত এবং চিকেন ফ্রাই। প্রায় বিশ মিনিট পর, তারা রেইন ফরেস্টের মধ্য দিয়ে আবার উঠতে শুরু করল, এবং পথে দেখা গেল নীলগাই নামক বহু সংখ্যক হরিণ এবং চিতল বা পুলিমান নামে পরিচিত হরিণ। পার্বতী ফিসফিস করে বললো তারা নাগরহোল ন্যাশনাল পার্কের উত্তর সীমানায় ছিল, একটি বাঘ সংরক্ষণ।

বনটি ধূসর ল্যাঙ্গুর, বাঘ, স্লথ বিয়ার এবং হাতি সহ পাখি এবং প্রাণীদের সাথে জীবিত ছিল এবং জর্জ মুকেন সাবধানে সাউন্টার করেছিলেন। পার্বতী তার পিঠে রয়ে গেল, সাবধানে তার ভদ্রতা বজায় রাখল। মুকেন নিচে ওঠার জন্য একটি বাঁশের খুঁটি ব্যবহার করা শুরু করেছিল কারণ এটি দীর্ঘ প্রসারিত জন্য বিপজ্জনকভাবে খাড়া ছিল। সন্ধ্যে চারটার দিকে, তারা কেরালার সীমান্তে পৌঁছেছে এবং কৃষকদের প্রথম বসতি আত্তায়লিতে অন্তত এক ঘন্টা হেঁটে। জঙ্গল এত ঘন ছিল যে সূর্য দেখা অসম্ভব ছিল, কিন্তু জর্জ মুকেন এটি অনুমান করেছিলেন। আধঘণ্টার মধ্যেই ওরা ঝোপঝাড়ে পৌঁছে গেল অজগর, কোবরা, মঙ্গুস এবং ময়ূরের সাথে; হঠাৎ, তারা পশ্চিম দিগন্তের একটু উপরে, তাদের সামনে সূর্যকে অবিকল দেখতে পেল।

আত্তাওলি অসাধারণ ছিল। চার্চের খাড়াগুলি প্রায় তিন কিলোমিটার দূরে সূর্যের আলোয় জ্বলজ্বল করছিল এবং দৃশ্যটি ছিল অসাধারন। বাড়িঘর, স্কুল, হাসপাতাল, গীর্জা, মন্দির, মসজিদ সবখানেই ছিল সবুজের সমারোহ। প্রায় পঁয়ষট্টি কিলোমিটার দূরে আরব সাগর দেখা গেল নীল কুয়াশায় মোড়ানো।

সূর্য সমুদ্রে ডুব দিতে শুরু করল, এবং অন্ধকার সর্বত্র ছড়িয়ে পড়ল। আঙ্গাদিকাদাভু বাজার থেকে কৃষকদের ফিরে আসা এড়াতে জর্জ মুকেন একটি সরু পথ বেছে নিয়েছিলেন।

"পারু, দেখ, চার্চের প্রায় পাঁচশো মিটার পশ্চিম দিকে আমাদের বাড়ি," মুকেন স্থিরভাবে হাঁটতে হাঁটতে বলল।

"আমি চার্চ দেখতে পাচ্ছি," পার্বতী বলল। "এখান থেকে কতক্ষণ লাগবে?"

"আমরা চল্লিশ মিনিটের মধ্যে বাড়িতে পৌঁছে যাব," মুকেন জবাব দিল।

তারা কিছুক্ষণ বিস্তীর্ণ কাজু বাগানে বিশ্রাম নিল, তারপর মুকেন দ্রুত হাঁটল। তিনি তাদের প্রকাশ না করে বাড়িতে পৌঁছানোর জন্য উদ্বিগ্ন ছিলেন জনগণ. তারা একটি রাবার এস্টেটে প্রবেশ করেছে কোন রকমের বৃদ্ধি ছাড়াই, এবং হাঁটা সহজ হয়ে গেল। চার্চের পাশের নারকেল বাগানটি ছিল কিছুটা জলাবদ্ধ। কফি এস্টেটের মধ্যে বর্ষার মেঘের মতো অন্ধকার ছড়িয়েছে সর্বত্র। পার্বতী তার টর্চ জ্বালিয়ে দিল, এবং মুকেন দেখতে পেল তার পরবর্তী পদক্ষেপ কোথায়

রাখতে হবে। ওরা যখন বাসায় পৌছালো তখন প্রায় আট-পনেরো বেজে গেছে।

"পারু, আমরা বাড়িতে আছি," জর্জ উত্তেজনার সাথে বলল। তার গভীর হৃদস্পন্দন দৃশ্যমান ছিল।

"জর্জ," পার্বতী তাকে ডেকে জড়িয়ে ধরল।

"ধন্যবাদ, প্রিয়, আমার সাথে আসার জন্য। আমরা ইতিমধ্যে একসাথে আমাদের জীবন শুরু করেছি। তোমার বিশ্বাসের জন্য তোমাকে ভালোবাসি, "মুকেন তার গালে চুমু খেয়ে বলল।

“আমাকে আপনার ভালবাসার জন্য ধন্যবাদ জানাই; আপনি পশ্চিমঘাটের উপর আরোহণ করে প্রায় ত্রিশ কিলোমিটার হেঁটেছেন, বিপজ্জনক বন্য প্রাণীদের মধ্যে চ্যালেঞ্জিং ভূখণ্ড পেরিয়েছেন। আমরা আমাদের মৃত্যুর আগ পর্যন্ত এই দিনটিকে মনে রাখব এবং আমাদের ভালবাসার স্মরণে দিনটি উদযাপন করতে আমাদের সন্তানদের বলব,” পার্বতী বলেছিলেন।

"হ্যাঁ, আমার পারু। একসাথে আমরা এটি জয় করেছি; শান্তভাবে, আমরা যাব এগিয়ে," মুকেন জবাব দিল।

তিনি পার্বতীকে ভিতরে নিয়ে গেলেন এবং একটি বৈদ্যুতিক করাত দিয়ে তিনি উভয় গোড়ালি থেকে শিকল কেটে ফেললেন।

লোহার ভাঙা টুকরোগুলো নিয়ে পার্বতী বলেন, "আসুন আমরা যে বন্ধনের মুখোমুখি হয়েছি, যে সংগ্রাম আমরা সহ্য করেছি, আমরা তা ভাঙার জন্য যে দৃঢ় সংকল্প প্রকাশ করেছি, একে অপরের প্রতি আমাদের আস্থা এবং আমাদের চিরন্তন প্রেমের স্মৃতি হিসেবে রাখি।

এটি একটি ছোট ঘর ছিল যেখানে দুটি শয়নকক্ষ, একটি বড় বসার ঘর এবং একটি রান্নাঘর এবং একটি সংযুক্ত ডাইনিং হল। তারা একসাথে রাতের খাবার রান্না করেছে।

পরের দিন পারু এবং জর্জ তাদের বিয়ে নিয়ে আলোচনা করেন এবং মুকেন বলেছিলেন যে তিনি একটি হিন্দু বিয়ে পছন্দ করেন।

"জর্জ, আমি চার্চে একটি বিয়ে করতে চাই; আসুন আমরা প্যারিশ পুরোহিতের সাথে কথা বলি এবং একটি তারিখ ঠিক করি," পার্বতী তার ইচ্ছা প্রকাশ করে।

"পারু, তোমার সুখ আমারও," পার্বতীকে জড়িয়ে ধরে বলল মুকেন।

তারা সন্ধ্যায় গির্জায় গেল, প্যারিশ পাদ্রীর সাথে আলোচনা করল এবং পরের দিনের জন্য বিয়ে ঠিক করল। মুকেন তার নিকটবর্তী দশজন প্রতিবেশীকে অনুষ্ঠান এবং পার্টির জন্য আমন্ত্রণ জানিয়েছিলেন। পার্বতী একটি মহীশূর সিল্কের শাড়ি পরতেন, এবং জর্জ, লাল টাই সহ তাঁর ধূসর স্যুট। অনুষ্ঠানটি ছিল সাধারণ, এবং পার্টি ছিল তাদের বাড়িতে।

সন্ধ্যে চারটার দিকে হঠাৎ তাদের বাড়ির উঠানে একটা গর্জন শব্দ হল। প্রায় দশটি জীপ এবং প্রায় পঁচাত্তর জন লোক তাদের থেকে লাফ দিয়ে বাইসনকে ঘিরে থাকা পাহাড়ি নেকড়েদের মতো বাড়িটি প্রদক্ষিণ করে। তাদের সবার হাতে বন্দুক ছিল।

তারপর দেব মইলি রিভলবার নিয়ে বসার ঘরে ঢুকলেন। "পার্বতী!" তিনি বজ্রপাত. এ যেন মহীশূর চিড়িয়াখানায় আহত বাঘের গর্জন।

"আমার পার্বতীর বদলে আমাকে মেরে ফেলো," মইলির সামনে প্রণাম করে জর্জ অনুরোধ করল।

মইলি তার বুট দিয়ে তার মুখে লাথি মারে।

"তুমি বদমাশ, তুমি আমার মেয়েকে আমার কাছ থেকে চুরি করার সাহস কি করে," মইলি মুকেনের দিকে তার বন্দুক তাক করে বলল।

"বাবা, আমাকে ক্ষমা করুন!" এটা ছিল পার্বতী, তার বাবার সামনে নতজানু হয়ে। সে তার পায়ের চারপাশে হাত রাখল এবং হাহাকার করল।

মইলি থমকে দাঁড়ালেন। পার্বতী তার মহীশূর সিল্কের শাড়ি পরেছিলেন, এবং মইলি তার স্ত্রী শোভনাকে স্মরণ করেছিলেন, যিনি সবসময় সিল্কের শাড়ি পরতেন এবং পাঁচ বছর আগে ভালুকের আক্রমণে মারা যান।

"শোভনা," মইলি তার রিভলভার ছুড়ে কেঁদে উঠলেন। তিনি তার মেয়েকে কাঁধে তুলে জড়িয়ে ধরেন। "পার্বতী, আমি কখনই এটা করতে পারিনি," মইলি বললেন এবং শিশুর মতো কেঁদে ফেললেন।

"আপনার সমস্ত বাচ্চাদের দুই বছর পূর্ণ হওয়ার সাথে সাথে কুর্গে পাঠান। তারা আমার যত্নে বেড়ে উঠবে; আমি তাদের মহীশূর এবং ব্যাঙ্গালোরের সেরা স্কুল ও কলেজে শিক্ষিত করব। তারা তোমার নয়, আমার একা। তারা আমার সম্পদের উত্তরাধিকারী হবে। এই পরিস্থিতিতে, আমি এই লোকটির জীবন বাঁচিয়ে রাখি," মইলি মুকেনের দিকে বন্দুক দেখিয়ে গর্জন করলেন।

"হ্যাঁ, বাবা, আমি রাজি," পার্বতী বলল।

"আপনাকে এস্টেটে স্বাগত জানাই, তবে এই লোকটি কখনই সেখানে পা রাখা উচিত নয়। এটি একটি আদেশ," মইলি এগিয়ে যাওয়ার আগে বলেছিলেন।

"সেক্ষেত্রে, আমি কখনই সেখানে যাব না," পার্বতী উত্তর দিল।

পার্বতী এবং জর্জ মুকেন তাদের বাড়ির নিস্তব্ধতায় তাদের স্বাধীনতা উদযাপন করেছিলেন। তিনি তার পরিকল্পনায় সূক্ষ্ম ছিলেন এবং তার স্বামীর সাথে দীর্ঘ আলোচনা করেছিলেন।

তারা রোপণ করেছে দশ একর জমিতে ভালো ফলনশীল জাতের রাবারের চারা, পনেরো একর পাহাড়ি ঢালে কাজু এবং পাঁচ একর জমিতে নারিকেল গাছ। সেখানে আম, কাঁঠাল ও অন্যান্য ফলের গাছ ছিল। নদীর তীরে তারা যে গোয়ালঘর গড়ে তুলেছিল তা ছিল সবচেয়ে আধুনিক, মুন্নার থেকে পাঁচটি জার্সি গরু, দক্ষিণ কানারা থেকে তিনটি বাদামী সাহিওয়াল গরু এবং দুটি হরিয়ানভি মহিষ। কচ্ছ, রাজস্থান এবং ইউপি থেকে ছাগল প্রতি ছয় মাসে বহুগুণ বেড়েছে এবং পোল্ট্রি ফার্মটি সমৃদ্ধ হচ্ছে।

শস্যাগারের পাশে একটি শূকর পালনের জন্য তিন একর জমি নির্ধারণ করা হয়েছিল।

প্রতি বছর এক মাসের জন্য, জর্জ মুকেন এবং পার্বতী তাদের ছুটি কাটাতেন বিদেশে, এবং পনের বছরের মধ্যে, তারা ইউরোপ এবং আমেরিকা মহাদেশের সমস্ত দেশে ভ্রমণ করেছিলেন। মুকেনের আগ্রহ ছিল তার সফরের সময় পশুপালন এবং কৃষি। পার্বতী স্ক্যান্ডিনেভিয়া, পূর্ব ও পশ্চিম ইউরোপ, কানাডা, মার্কিন যুক্তরাষ্ট্র এবং লাতিন আমেরিকার দেশগুলি থেকে আয়ানকুন্নুতে তাদের খামারে রোপণের জন্য গাছের বীজ সংগ্রহ করেছিলেন।

বিয়ের এক বছরের মধ্যে একটি সন্তানের জন্ম হয় এবং পার্বতী এবং জর্জ তাকে অনুপ্রিয়া বলে ডাকেন। তার তৃতীয় জন্মদিনে, দেবা মইলি

শিশুটিকে আনতে দুই নার্স এবং দুইজন নিরাপত্তা রক্ষীকে আয়ানকুন্নুর কাছে পাঠান। বাবা-মা তিক্তভাবে কেঁদেছিলেন কিন্তু শিশুটিকে তার দাদার কাছে পাঠাতে হয়েছিল। অনুপ্রিয়া কুর্গে বড় হয়েছেন এবং দেব মইলির উঠোনে খেলেছেন। তিনি সম্পূর্ণরূপে তার পিতামাতার কথা ভুলে গিয়েছিলেন এবং মালায়লাম ভাষায় একটি শব্দও না জেনেই স্থানীয় কোডাগু, কন্নড় এবং ইংরেজি সাবলীলভাবে শিখেছিলেন। অনুপ্রিয়া মহীশূরের সেরা স্কুলগুলিতে পড়াশোনা করেছেন, যেখানে ক্লাসগুলি কন্নড় এবং ইংরেজিতে ছিল। পার্বতী এবং জর্জ মুকেন তাদের মেয়ের সাথে কথা বলার সুযোগ পাননি। তারা নিয়মিত মহীশূরে যেতেন এবং অনুপ্রিয়ার স্কুলের গেটের বাইরে দাঁড়িয়ে মেয়ের দিকে তাকাতেন। কিন্তু অনুপ্রিয়ার কাছে তার বাবা-মা ছিলেন অপরিচিত।

তাদের বিয়ের দশ বছরের মধ্যে, পার্বতী এবং জর্জ একটি নতুন বাড়ি, একটি প্রাসাদ নির্মাণ করেন।

অনুপ্রিয়ার জন্মের পনের বছর পর পার্বতী ও জর্জ মুকেনের আরেকটি সন্তান হয় অনুপমা। অনুপমার তৃতীয় জন্মদিনে কুর্গ থেকে একটি জিপ এসেছিল দুই নার্স ও দুই নিরাপত্তারক্ষীকে নিয়ে। পার্বতী এবং জর্জ মুকেন জোরে চিৎকার করে জিপের পিছনে কয়েক কিলোমিটার দৌড়ে গেল। অনুপমা তার দাদার বাড়িতে কয়েকদিন ধরে কাঁদতে থাকে এবং খেতে অস্বীকার করে।

অনুপমাকে এক সপ্তাহের মধ্যে তার বাবা-মায়ের সাথে থাকার জন্য আয়ানকুন্নুতে ফেরত পাঠানো হয়েছিল। নার্স এবং রক্ষীরা আট দিনে আবার নেমে আসে এবং অনুপমাকে তার দাদার কাছে নিয়ে যায়। অনুপমা কান্না বন্ধ করলেও দুই সপ্তাহ ধরে জ্বর ও কাশিতে ভুগছিলেন। আবার, তাকে পার্বতীর কাছে ফেরত পাঠানো হয়, এবং পনের দিন পর, নার্স এবং প্রহরীরা তাকে নিতে আসেন। তৃতীয়বার, অনুপমা তার দাদার সাথে তিন মাস অবস্থান করেছিল, কিন্তু সে ছিল মেজাজ, একাকী এবং দুঃখী। তিনি মইলি পরিবারের সদস্য হতে অস্বীকার করেন। অনুপমাকে আয়ানকুন্নুতে ফেরত পাঠানো হয় এবং তার পরের জন্মদিন পর্যন্ত তার বাবা-মায়ের সাথে থাকে। তার চতুর্থ জন্মদিনে, আবারও নার্স এবং গার্ডরা হাজির। অনিচ্ছা সত্ত্বেও অনুপমাকে করতে হয়েছিল রেটিনিউ সঙ্গে যান. শীঘ্রই, তাকে এস্টেটের কাছে একটি কিন্ডারগার্টেনে ভর্তি করা হয় এবং প্রতিদিন, দেবা মইলি তার সাথে যেতেন এবং ক্লাস শেষ না হওয়া পর্যন্ত তার সাথে থাকতেন।

এদিকে, কফি প্ল্যান্টেশন ম্যানেজমেন্টে এমবিএ করার পর, অনুপ্রিয়া তার দাদার কফি এস্টেটে সিইও হিসেবে যোগ দেন। তিনি পাঁচ বছরের মধ্যে আরও তিনশত একর জমিতে কফির আবাদ বাড়িয়েছেন। তিনি কুর্গের বিভিন্ন অংশে কফি এস্টেটের শেয়ার অর্জন করেন, সমমনা কফি এস্টেট মালিকদের সাথে একটি কনসোর্টিয়াম গঠন করেন এবং একটি সুইস কোম্পানির সাথে কুর্গে তাদের কফি

বিন-ক্রাশিং প্ল্যান্টের জন্য পর্যাপ্ত কফি বীজ সরবরাহ করার জন্য একটি চুক্তি স্বাক্ষর করেন। তার দাদা অনুপ্রিয়ার জন্য গর্বিত এবং প্রায়ই তাকে বলতেন যে সে তার দাদীর মতো সুন্দর এবং বুদ্ধিমান।

তার স্কুলের দিনগুলিতে, অনুপমা মাসে একবার তার বাবা-মায়ের সাথে দেখা করতেন এবং কোডাগু, কন্নড় এবং ইংরেজি ছাড়াও তিনি মালায়ালাম পড়তে এবং লিখতে শিখেছিলেন। তিনি তাদের সাথে গির্জায় গিয়েছিলেন, গায়কদলের সাথে যোগ দিয়েছিলেন এবং ক্যারল সহ অনেক পরিবার পরিদর্শন করেছিলেন ক্রিসমাসের সময় গায়ক। অনুপমা মহীশূরে স্কুলে পড়েন এবং আয়ানকুন্নু পর্যন্ত গাড়ি চালানোর পর সপ্তাহান্তে তার বাবা-মায়ের সাথে থাকতেন। তিনি তার বাবা-মাকে আদর করতেন এবং সবসময় তাদের সাথে থাকতে পছন্দ করতেন।

একদিন সন্ধ্যায় অনুপ্রিয়া হঠাৎ আয়ানকুন্নুতে হাজির। তিনি সেখানে প্রথমবারের মতো ছিলেন, এবং পার্বতী এবং জর্জ মুকেনের জন্য তাকে চিনতে অসুবিধা হয়েছিল কারণ তারা আগে কখনও তার সাথে কথা বলার সুযোগ পায়নি। অনুপ্রিয়া পার্বতীকে বলেছিলেন যে তার দাদা তার বিয়ের ব্যবস্থা করেছিলেন এবং বর সেনাবাহিনীর একজন অফিসার ছিলেন। তার দাদা তাকে প্রথমবারের মতো বলেছিলেন যে তার মা তার স্বামীর সাথে মালাবারের প্রত্যন্ত কোণে থাকেন। এবং

অনুপ্রিয়া তার মাকে বিয়েতে আমন্ত্রণ জানাতে সেখানে উপস্থিত ছিলেন।

"তোমার বাবাও এসেছেন; আমি একা নই," পার্বতী অনুপ্রিয়াকে বলল।

"আপনি কিভাবে এই ধরনের একটি বাগার সঙ্গে পালিয়ে যেতে পারেন?" চেঁচিয়ে উঠল অনুপ্রিয়া।

"তোমার বাবাকে গালি দেওয়ার সাহস কি করে হয়, রক্তাক্ত কুত্তা!" পার্বতী চিৎকার করে অনুপ্রিয়ার মুখে চড় মারল।

তার মুখ থেকে রক্ত ঝরছিল।

"তিনি তোমার বাবা। তাকে ছাড়া, তোমার জন্ম হতো না; আমার বাড়ি থেকে বের হয়ে যাও, আর কখনো ফিরে আসো না," পার্বতী গর্জন করে অনুপ্রিয়াকে তাড়িয়ে দিল।

তার সিনিয়র সেকেন্ডারি স্কুল শেষ করার পর, অনুপমা আইআইটি মাদ্রাজে যোগ দেন এবং তার বাবা-মায়ের সাথে তার ছুটিতে অনেক দেশ এবং বিখ্যাত বিশ্ববিদ্যালয় পরিদর্শন করেন।

অনুপমা এবং অনুপ্রিয়া অপরিচিত ছিলেন এবং একে অপরের সাথে কথা বলতে কখনই পাত্তা দেননি, যদিও তাদের দাদা তাদের বন্ধু করার জন্য যথাসাধ্য চেষ্টা করেছিলেন।

স্নাতক হওয়ার পর, অনুপমা মার্কিন যুক্তরাষ্ট্রে যান এবং কৃত্রিম বুদ্ধিমত্তায় স্নাতকোত্তর করার জন্য একটি আইভি লীগ বিশ্ববিদ্যালয়ে যোগ দেন। দুই বছরের মধ্যে, তিনি ক্যালিফোর্নিয়ার একটি বিশ্ববিদ্যালয়ে মাইক্রোসিস্টেম ইঞ্জিনিয়ারিংয়ে ডক্টরেটের জন্য নিবন্ধন করেন। পার্বতী এবং জর্জ মুকেন প্রতি ছয় মাসে তাদের মেয়ের সাথে দেখা করতেন এবং অনুপমা তাদের সঙ্গ লালন করেন। যখন তিনি একটি সুপরিচিত কোম্পানিতে চাকরি পেয়েছিলেন, অনুপমা তার বাবা-মাকে মার্কিন যুক্তরাষ্ট্রে চলে যাওয়ার এবং তার সাথে থাকার জন্য আমন্ত্রণ জানিয়েছিলেন এবং পার্বতী এবং জর্জ মুকেনের জন্য, আমন্ত্রণটি লোভনীয় ছিল। শীঘ্রই অনুপমা তার স্টার্ট-আপ শুরু করেন, যা একটি উচ্চ পর্যায়ের হয়ে ওঠে অনেক দেশে শাখা সহ সফল উদ্যোগ। পার্বতী এবং জর্জ মুকেন তাদের মেয়ের সাথে বার্ধক্য কাটাতে মার্কিন যুক্তরাষ্ট্রে যাওয়ার সিদ্ধান্ত নিয়েছিলেন। তারা থোমা কুঞ্জকে তাদের অনুপস্থিতিতে বা তারা ফিরে না আসা পর্যন্ত তাদের এস্টেটকে তার নিজের হিসাবে দেখাশোনা করতে বলেছিল এবং সমস্ত কর্মীদের তাদের সিদ্ধান্তের কথা জানায়।

ভর্গীস বী দেবস্য

থমা কুঞ্জ বিস্ময়ে তার দেয়ালে পার্বতীর ছবির দিকে তাকাল। তিনি তার জীবনের সমস্ত মুহূর্তের জন্য সাহসী এবং তার স্বামীর সাথে গভীর প্রেমে ছিলেন। জর্জ মুকেন একজন ভাগ্যবান মানুষ ছিলেন; সে জাহান্নামের মধ্য দিয়ে গিয়েছিল এবং একটি মূল্যবান পাথরের মতো তাকে কাঁধে করে তার বাড়িতে নিয়ে গিয়েছিল। তিনি তাকে হাঁটার অনুমতি দেননি এবং কখনও পিছনে ফিরে তাকাননি। কিন্তু অর্ফিয়াস ততটা ভাগ্যবান ছিলেন না; তিনি তার প্রিয় স্ত্রী ইউরিডাইসকে জীবিত জগতে ফিরিয়ে আনতে নেদারওয়ার্ল্ডে গিয়েছিলেন। হেডিস এই শর্তে সম্মত হয়েছিল যে ইউরিডাইসকে আন্ডারওয়ার্ল্ড থেকে বেরিয়ে আসার সময় তার পিছনে অনুসরণ করতে হবে এবং অর্ফিয়াস তার দিকে ফিরে তাকাতে পারেনি যতক্ষণ না তারা চূড়ান্ত গেট অতিক্রম করে। শুধু অর্ফিয়াস বাইরের গেট থেকে বেরিয়ে গেল; তিনি পরিণত চারপাশে এবং ইউরিডাইসের মুখের দিকে তাকালো। কিন্তু আফসোস, সে এখনও মৃতদের দেশের সীমানা অতিক্রম করেনি; সে চিরন্তন মৃত্যুতে অদৃশ্য হয়ে গেল।

জর্জ মুকেন জ্ঞানী ছিলেন, তাঁর প্রিয়জনকে বহন করেছিলেন এবং পিছনে ফিরে তাকাতে হয়নি। পার্বতী সর্বদা তাঁর সাথে এক দেহ এবং এক আত্মা হিসাবে ছিলেন।

কিন্তু থমা কুঞ্জ জ্ঞানী ছিলেন না কারণ তিনি নীরবতা বেছে নিয়েছিলেন এবং আত্মরক্ষা করতে অস্বীকার করেছিলেন। তিনি

অন্যের অপরাধ কাঁধে বহন করেছেন। ফাঁদ খালি শেষে তার জন্য অপেক্ষা করছিল।

সুপারিনটেনডেন্ট ইতিমধ্যে সেলের বাইরে পা রেখেছিলেন। থোমা কুঞ্জ উভয় দিকের কারারক্ষকদের সাথে, তার পিছনে প্রহরী নিয়ে তাকে অনুসরণ করেছিল; কুচকাওয়াজ শুরু হয়।

তৃতীয় অধ্যায় : প্যারেড

প্যারেড একটি দীর্ঘ করিডোরে প্রবেশ করল, যা ফাঁসির মঞ্চ পর্যন্ত প্রসারিত হল। এই ধরনের দুটি অ্যাক্সেস স্ট্রিপ ছিল, একটি দোষীকে ফাঁসিতে ঝুলানোর জন্য এবং অন্যটি গণ্যমান্য ব্যক্তিদের জন্য, জেলা ম্যাজিস্ট্রেট বা সরকার কর্তৃক নিযুক্ত একজন আমলা, যিনি ফাঁসি প্রত্যক্ষ করেছিলেন এবং সরকারকে রিপোর্ট করতেন যে সঠিক বন্দী মৃত্যুদণ্ড পেয়েছেন। . পথটি একই রকম লাগছিল, কিন্তু উদ্দেশ্য ভিন্ন ছিল কিন্তু অস্পষ্ট ছিল না। উল্লেখযোগ্যরা বিভিন্ন পটভূমি থেকে এসেছেন এবং আইন আরোপ করেছেন যা অনুভূত হুমকি দূর করে তাদের রক্ষা করেছে। তারা হামুরাবি এবং বেন্থামের বংশধর ছিলেন।

যারা আইন প্রণয়ন করেছে তারা এর অস্পষ্ট গ্যালারি থেকে পালিয়েছে। আইন কণ্ঠহীন, শক্তিহীন, নিপীড়িত, পরাধীন এবং কালো চামড়ার প্রতিশোধ এবং প্রতিশোধের সাথে কঠোরভাবে আচরণ করেছিল। যারা ক্ষমতায় আছে তারা অন্যদের চুপ করে দিয়েছে। থমা কুঞ্জ নীরব ছিল, পিতা-মাতা, আত্মীয়স্বজন, বন্ধুবান্ধব বা ভগবান নেই। তিনি একজন প্রত্যাখ্যাত মানুষ ছিলেন, একাকী কিন্তু সোজাসাপ্টা।

প্রজাতন্ত্র দিবসে ভারতের রাষ্ট্রপতি হিসেবে ড কুচকাওয়াজ, মিছিলের কেন্দ্রে ছিল থমা কুঞ্জ।

এটি ছিল একটি নীরব অশ্বারোহী, জেল কর্মীদের ভারী পদধ্বনি ছাড়া।

থোমা কুঞ্জ খালি পায়ে, পাদুকা পরার স্বাধীনতা হারিয়েছিল। তিনি রক্ষীদের কাছ থেকে কোনও সমর্থন ছাড়াই হাঁটতেন, কারণ তাঁর কোনও ভয়, আশা বা ঘৃণা ছিল না। আরও বেশ কয়েকটি অনুষ্ঠানে, রক্ষীদের নিন্দিতদের বহন করতে হয়েছিল কারণ অনেকে অজ্ঞান হয়ে পড়েছিল; কেউ কেউ হাঁটতে অস্বীকৃতি জানায় যেন পায়ে হেঁটে নাক ঠেকানো যায়। অনেকে হয়তো উচ্চস্বরে কাঁদতে পারে, হাহাকার করতে পারে বা বিলাপ করতে পারে; কেউ কেউ ভাগ্যকে মেনে নিতে পারেনি, পেন্টেকোস্টাল প্রচারকের মতো অসংলগ্ন ভাষায় চিৎকার করতে পারে এবং ঈশ্বরের করুণা ও হস্তক্ষেপের জন্য অনুরোধ করতে পারে। কয়েকজন ভয়ে প্রস্রাব করে ফেলেছে।

চূড়ান্ত সংগ্রাম ছিল ফাঁস এড়িয়ে নিজের নিঃশ্বাস বাঁচানোর, কিন্তু ভারা ছিল এক অনিবার্য সত্য; এটা থেকে কোন প্রস্থান ছিল না.

জীবনের বাস্তবতাগুলিকে যেমন ছিল তেমন গ্রহণ করে, থমা কুঞ্জ দুঃখ ও বেদনাকে জয় করেছিলেন।

বিচারককে বোঝানো খুব বুদ্ধিমান ছিল না, কারণ তিনি ইতিমধ্যে মামলার সিদ্ধান্ত নিয়েছিলেন। বিচার একটি জালিয়াতি ছিল, এবং তিনি বুঝতে পেরেছিলেন যে সাক্ষীদের বর্ণনা করার জন্য একটি প্রস্তুত পাঠ্য রয়েছে। থোমা কুঞ্জ ছয়জনের মধ্যে মাত্র তিনজন সাক্ষীকে দেখেছেন।

থোমা কুঞ্জ আত্মবিশ্বাসী ছিলেন যে তিনি খালাস পাবেন কারণ তিনি কোনো অন্যায় করেননি, এবং বিচারক বিচারের আগেও তার অপরাধবোধ উপলব্ধি করবেন। ঘটনাগুলো খুবই সহজ এবং স্পষ্ট ছিল। বিকেল তিনটার দিকে থমা কুঞ্জ হোস্টেলে গেল; এটা তার প্রথম সফর ছিল. পার্কিং বে-এ তার বাইক পার্ক করার পরে, তিনি হেঁটে প্রধান প্রবেশদ্বার পর্যন্ত গিয়ে কলিং বেল টিপলেন। একজন পরিচারক হাজির; তার বয়স পঞ্চাশ থেকে পঞ্চান্ন বছর হতে পারে; থমা কুঞ্জ তাকে বলেছিল যে হোস্টেলের ওয়ার্ডেন তাকে লিকিং পাইপ মেরামত করতে ডেকেছিল। তিনি তাকে ব্যাখ্যা করেছিলেন যে তিনি জর্জ মুকেনের শূকর খামার থেকে এসেছেন, এবং মুকেন তাকে জিজ্ঞাসা করেছিলেন যে তাকে জরুরি প্লাম্বিংয়ের কাজ করতে হোস্টেলে যেতে হবে কিনা। পরিচারক তাকে হোস্টেলের ওয়ার্ডেনের কাছে নিয়ে গেল, যার অফিস প্রবেশদ্বারের পাশে ছিল। তিনি কক্ষের

প্রবেশদ্বারে দাঁড়ালেন, এবং পরিচারক দরজায় টোকা দিল; কিছুক্ষণ পর, ওয়ার্ডেন তার দরজা খুলে বেরিয়ে এল। থোমা কুঞ্জ ওয়ার্ডেনকে তার গল্পটি পুনরাবৃত্তি করলেন, যিনি গম্ভীর লাগছিলেন। তিনি ছিলেন একজোড়া চশমা সহ লম্বা, চর্বিহীন মহিলা; তার ধূসর চুল বিশিষ্ট ছিল. ওয়ার্ডেন তাদের তিনতলা হোস্টেল ভবনের বারান্দায় কাজের ধরন ব্যাখ্যা করলেন। জলের ট্যাঙ্কের সাথে সংযুক্ত পাইপ থেকে ফুটো হয়েছিল।

হোস্টেলের ওয়ার্ডেন পরিচারককে থমা কুঞ্জকে ভবনের বারান্দায় নিয়ে যাওয়ার নির্দেশ দেন। তারা সিঁড়ি বেয়ে উঠল; ভবনটি অন্তত ত্রিশ বছরের পুরনো এবং কিছুটা জরাজীর্ণ ও নোংরা রাখা হয়েছিল। থমা কুঞ্জ অনুচরকে অনুসরণ করল। সিঁড়ির শেষে একটা দরজা ছিল; পরিচারক এটি খুললেন, এবং থমা কুঞ্জ এবং পরিচারক একটি জমকালো এবং অপরিচ্ছন্ন ছাদে প্রবেশ করলেন এবং এর এক কোণে ছিল জলের ট্যাঙ্ক।

জলের ট্যাঙ্কটি ল্যাটেরাইট ব্রাউনস্টোন ব্লক এবং সিমেন্ট দিয়ে তৈরি; অনেক জায়গা থেকে প্লাস্টারের খোসা ছিঁড়ে গেছে, পাথরগুলো উন্মুক্ত করে দিয়েছে। কিন্তু ফুটো গুরুতর ছিল না, এবং কোন জরুরী মেরামতের প্রয়োজন ছিল না; থেকে মাত্র কয়েক ফোঁটা জল দেখা যাচ্ছিল পাইপলাইন জয়েন্টগুলোতে. তিনি নিশ্চিত হোস্টেলের প্লাম্বার এটি দেখেছিলেন।

থমা কুঞ্জ আধ ঘন্টার মধ্যে কাজ শেষ করে, এবং ফুটো সম্পূর্ণভাবে বন্ধ হয়ে যায়। চৌদ্দ বছর বয়সে তিনি শূকর পালনে যোগদানের সাথে সাথে, প্রধানত শূকরকে কাস্টেট করার জন্য, অতিরিক্ত আয়ের জন্য তিনি জর্জ মুকেনের অনেক ভবনে প্লাম্বিং এবং বৈদ্যুতিক কাজ করা শুরু করেন। কিন্তু তিনি কখনও নদীর গভীরতানির্ণয় বা বৈদ্যুতিক কাজ করতে অন্য কোনও জায়গায় যাননি এবং এটিই প্রথমবারের মতো নদীর গভীরতানির্ণয় করতে গিয়েছিলেন। তিনি হোস্টেলে গিয়েছিলেন শুধুমাত্র জর্জ মুকেনের নির্দেশে যা তিনি প্রত্যাখ্যান করতে পারেননি। থমা কুঞ্জ জানতেন যে পার্বতী এবং জর্জ মুকেন একই বিকেলে তাদের মেয়ের সাথে অনির্দিষ্ট সময়ের জন্য আমেরিকা যাচ্ছেন। আগের দিন, তারা থমা কুঞ্জকে তাদের বাড়িতে ডেকেছিল, এবং রাতের খাবারের সময়, তারা তাকে ফিরে না আসা পর্যন্ত তাদের সম্পত্তি দেখাশোনা করতে বলেছিল। এর মানে তারা তাদের মেয়ে অনুপমার সাথে থাকবে, এবং সেখানে ফিরে আসার সম্ভাবনা কম ছিল বৃদ্ধ বয়সে আয়ানকুন্নু। পার্বতী এবং জর্জ মুকেন থমা কুঞ্জকে একটি সিল করা খাম দিয়েছিলেন এবং বলেছিলেন যে এতে একটি উইল, একটি নিবন্ধিত আইনি দলিল রয়েছে যে তাদের মৃত্যুর পরে এস্টেটটি থমা কুঞ্জের হবে। বাড়িতে পৌঁছে থমা কুঞ্জ তার স্টিলের আলমারিতে রাখলেন।

কাজ শেষ করে বারান্দা থেকে নিচের দিকে তাকাল। হোস্টেলের একটি বিস্তীর্ণ কম্পাউন্ড ছিল, অন্তত চার একর জমি, ঝাড়বাতি এবং লতা দিয়ে ভরা। হোস্টেলের সামনের বাগানটাও ছিল সমান এলোমেলো। থ্যালাসেরির কাছে একটি কাজুবাদাম কারখানায় এখানে-ওখানে ফেলে দেওয়া ধোঁয়ার স্তুপের মতো কিছু পুরনো বা মৃত নারকেল গাছ ছিল। পুরো কম্পাউন্ডটি পৈশাচিক লাগছিল, এবং থোমা কুঞ্জ ভাবছিল কিভাবে মহিলারা সেখানে আরামে এবং শান্তিতে থাকতে পারে। মূল বিল্ডিং থেকে প্রায় বিশ মিটার দূরে, একটি কূপ ঝোপের ছায়ায় ঢাকা ছিল এবং লতা দিয়ে ঢাকা ছিল। থমা কুঞ্জ হোস্টেল ভবনের বাইরে টেরেস থেকে মাটিতে একটি লোহার সিঁড়ি লক্ষ্য করলেন।

পরিচারক থমার জন্য অপেক্ষা করেনি কুঞ্জ; সে ইতিমধ্যে তাকে না বলে চলে গেছে। সে প্রমোনেড থেকে দরজা খুলে একাই সিঁড়ি বেয়ে নেমে গেল। হোস্টেল প্রায় ফাঁকা ছিল, এবং কবরস্থানের মত সর্বত্র নীরবতা ছিল। হোস্টেলরা নিশ্চয়ই অল্প ছুটিতে গেছে। তিনি বিল্ডিংটির শারীরিক অবস্থা সম্পর্কে ভয়ানক বোধ করেছিলেন কারণ অনেক জায়গায় প্লাস্টারিং খোসা ছাড়িয়ে গিয়েছিল এবং বর্ষাকালে জলের বিচ্ছুরণ বড় দিয়াবলিক চিত্র সহ দেয়ালে দৃশ্যমান ছিল।

থমা কুঞ্জ হোস্টেলের ওয়ার্ডেনের অফিসে ফিরে গেলে, তিনি তাকে জলের স্তর এবং কূপের মধ্যে নিমজ্জিত জলের পাম্পের অবস্থান

পরীক্ষা করতে বলেন। তিনি কূপটি দেখে এটি যাচাই করতে পারতেন, এবং তার অনুরোধ থমা কুঞ্জ বা হোস্টেলের জন্য কোন উদ্দেশ্য পূরণ করেনি, কারণ তিনি তাকে বলেছিলেন যে তিনি কূপটি পরিদর্শন করার পরে ফিরে যেতে পারেন। তিনি অবাক হয়েছিলেন কেন তিনি তার কাছ থেকে জলের পরিমাণ এবং পাম্পের অবস্থান সম্পর্কে একটি প্রতিবেদন পেতে চান না। এছাড়াও, তিনি তাকে তার কাজের জন্য অর্থ প্রদান করেননি, যা তাকে অপ্রয়োজনীয় বলে মনে হয়েছিল। এটা হতে পারে কারণ তিনি সরাসরি জর্জ মুকেনের সাথে যোগাযোগ করেছিলেন এবং অর্থ প্রদান করেছিলেন। কিন্তু পার্বতী এবং মুকেন ইতিমধ্যেই বিকেলে দোহা এবং ওয়াশিংটন ডুলেস আন্তর্জাতিক বিমানবন্দরে যাওয়ার জন্য কালিকট বিমানবন্দরের উদ্দেশ্যে রওনা হয়েছেন। তারা অনুপমার সাথে দীর্ঘ সময়ের জন্য থাকবেন।

আগের দিনের মতো, মুকেন এক সপ্তাহ আগে থমা কুঞ্জকে ডেকেছিল এবং তাকে তার অনুপস্থিতিতে তার সম্পত্তি দেখাশোনা করার জন্য, হিসাব বজায় রাখার, শ্রমিকদের বেতন দেওয়ার এবং গোয়াল এবং শূকরসহ খামারের কাজ তদারকি করার জন্য অনুরোধ করেছিল। যখনই তারা বাইরে যেতেন, থমা কুঞ্জ তাদের সমস্ত কাজ পরিচালনা করতেন। এটি একটি বড় দায়িত্ব ছিল, এবং থমা কুঞ্জ জর্জ মুকেন এবং পার্বতীর সাথে তার কাজ সম্পর্কে সৎ ছিলেন।

তারা তাকে বিশ্বাস করেছিল এবং তার জন্য তাদের কিছু পরিকল্পনা ছিল।

বিল্ডিংয়ের বারান্দা থেকে তিনি কূপটি দেখেছিলেন বলে তিনি একাই গিয়েছিলেন জলের স্তর খুঁজে বের করতে এবং নিমজ্জিত জলের পাম্পের অবস্থান খুঁজে বের করতে যা পানীয় জলকে ওভারহেড ট্যাঙ্কে প্রেরণ করেছিল। তিনি একটি অভ্যন্তরীণ করিডোর এবং পাশের একটি দরজা দিয়ে গিয়েছিলেন রান্নাঘর উঠোনের দিকে যাচ্ছে। কূপের পাশে একটি পাম্প হাউস ছিল, যা জরাজীর্ণ ছিল।

থোমা কুঞ্জ কূপের গোলাকার দেয়ালে হেলান দিয়েছিল। ল্যাটেরাইট পাথরের খণ্ডগুলো বিপজ্জনকভাবে টলমল করছে; অনেক পাথর ইতিমধ্যেই কূপে পড়েছিল এবং কিছু মাটিতে পড়েছিল। যেহেতু এটি বর্ষার শিখর ছিল, কূপে প্রচুর জল ছিল, এবং তিনি ভাবলেন যে তিনি এটি স্পর্শ করতে পারেন; সে তার ডান হাত কূপের ভিতরে প্রসারিত করল। কিন্তু পানি আরো নিচে ছিল। সে ঝুঁকে পড়তেই দুয়েকটা পাথর পানিতে পড়ল, এত জোরে একটা ছিটকে পড়ল যে কুকুরের কুকুরটা জোরে ঘেউ ঘেউ করতে লাগল। রান্নাঘর থেকে বাবুর্চি দৌড়ে বেরিয়ে গেল, এবং তার মুখ দেখায় যে তিনি শব্দে বিরক্ত ছিলেন।

"কি হলো? কূপে কিছু পড়ে গেছে?" সে জিজ্ঞেস করেছিল.

"কয়েকটি পাথর পড়ে গেছে," থমা কুঞ্জ বললেন।

"তাহলে কূপের দিকে ঝুঁকে আছ কেন?" সে আবার প্রশ্ন করল।

"জলের গভীরতা এবং নিমজ্জিত পাম্পের অবস্থান জানার জন্য শুধু কূপের দিকে তাকিয়ে," থমা কুঞ্জ উত্তর দিয়েছিলেন সামান্য বিব্রত

"না, আমি তোমাকে বিশ্বাস করতে পারছি না," এই বলে সে থমা কুঞ্জের কাছে এসে কূপের ভিতর তাকাল।

"আমি তোমাকে সত্য বলেছি," থমা কুঞ্জ বলল। তিনি জানতেন যে তাকে দেওয়া ব্যাখ্যাটি বরং বোকামি ছিল।

"এটা কিছু ওজনদার ছিল; জল এখনও উচ্ছল," তিনি বলেন.

"কেন তুমি আমাকে বিশ্বাস করো না?" প্রশ্ন করলেন থমা কুঞ্জ। সে কয়েক মিনিট থমা কুঞ্জের দিকে তাকিয়ে ফিরে গেল।

কূপের ভেতরের দেয়ালের মধ্যে ছিল আন্ডারগ্রোথ এবং লতা। নিমজ্জিত পাম্পের অবস্থান দেখা অসম্ভব ছিল কারণ এটি গভীর ছিল, কমপক্ষে বিশ ফুট জল ছিল। থোমা কুঞ্জ সেখানে দুই মিনিট কাটিয়ে পার্কিং বে-তে চলে গেল। তিনি হোস্টেলের প্রবেশদ্বারের জানালা দিয়ে একটি মুখ দেখতে পেলেও লোকটিকে চিনতে পারেননি। থমা কুঞ্জ বাইক স্টার্ট করে বেরিয়ে গেল।

কিন্তু থোমা কুঞ্জ ভয়ঙ্কর বোধ করলেন কারণ মহিলাটি তাকে সন্দেহ করেছিল। অন্য কিছু পানিতে পড়ে যাওয়ায় সে হয়তো ভেবেছিল সে মিথ্যা বলছে।

বিচারের প্রথম দিনে, বিচারক জিজ্ঞাসা করেছিলেন যে থমা কুঞ্জের পক্ষে তার পক্ষে কোনও আইনজীবী আছে কিনা। তিনি উত্তর দেন যে তিনি একজন আইনজীবী দিতে পারেন না। কিছুক্ষণ বিরতির পরে, তিনি বলেছিলেন যে মামলাটি এতই সহজ যে তিনি এটি ব্যাখ্যা করতে পারেন এবং কোনও আইনজীবীর প্রয়োজন নেই। এছাড়া তিনি আত্মরক্ষায় আগ্রহী ছিলেন না। বিচারক তাকে বলেন, তাকে রক্ষা করার জন্য আদালত বিনামূল্যে একজন আইনজীবী নিয়োগ করতে পারে। আবারও, থমা কুঞ্জ বিচারককে জানিয়েছিলেন যে তিনি সত্য ব্যাখ্যা করতে পারেন কারণ তিনি আত্মপক্ষ সমর্থনে বিশ্বাস করেন না। এই পৃথিবীতে, প্রত্যেকেরই অন্য সবাইকে রক্ষা করা উচিত।

থমা কুঞ্জ ট্রায়াল কোর্টে ডিফেন্ডিং শব্দের অর্থের কোন গুরুত্ব দেননি, কারণ তিনি ভেবেছিলেন যে তিনি বিচারকের সাথে ঠিক কী ঘটেছে তা ব্যাখ্যা করতে পারবেন। ভারতীয় দণ্ডবিধি, ফৌজদারি কার্যবিধি, এবং সাক্ষ্য আইন অনুসরণ করে ঘটনার উপর ভিত্তি করে প্রসিকিউটর বিভিন্ন প্রশ্ন করবেন তা তিনি পাত্তা দেননি। থমা কুঞ্জ অজ্ঞ ছিলেন যে এটি একটি প্রমাণ-ভিত্তিক বিচার, সত্য-ভিত্তিক নয়। পাবলিক প্রসিকিউটর ধর্ষণ ও হত্যার অভিযোগ প্রতিষ্ঠা করতে পারে তার বিরুদ্ধে সাক্ষীদের দেওয়া সাক্ষ্যের ভিত্তিতে এবং সত্য বা ঠিক কী ঘটেছে তার ভিত্তিতে নয়।

থমা কুঞ্জ আপ্পুর কথা ভেবেছিল, প্রধান শিক্ষকের কেবিনে থমা কুঞ্জ যে শারীরিক নির্যাতন সহ্য করেছিল এবং এমিলির নামে যে শপথ নিয়েছিল যে সে কোনও পরিস্থিতিতে নিজেকে রক্ষা করবে না। প্রধান শিক্ষকের কেবিনে প্রশ্ন করা এবং ফৌজদারি আদালতে সাক্ষ্য-ভিত্তিক বিচার দুটি পৃথক বাস্তবতা বলে তিনি খেয়াল করেননি। একটি আদালতে, কিছু ঘটনা প্রমাণের অভাব ছিল, যদিও সেগুলি সত্য ছিল এবং কেউ এটি অস্বীকার করতে পারে না কিন্তু প্রমাণ হিসাবে ব্যর্থ হয়। সুতরাং, ট্রায়াল কোর্টে বিচারের সময় সত্যটি খারিজ হতে পারে। ঘটনা সত্য না মিথ্যা, এবং কোন বিতর্ক ছিল না. থোমা কুঞ্জের জগতে শুধুমাত্র বাস্তব ঘটনা ছিল, এবং কোন মিথ্যা ঘটনা থাকতে পারে না, কারণ মিথ্যার অস্তিত্ব থাকতে পারে না। তার জন্য, যা ঘটেছিল তা ছিল বাস্তবতা এবং এর সত্যতা সমস্ত পরীক্ষার বাইরে ছিল।

১১০ বন্দীদের নীরবতা

বহু দিনের বিচারের পর, বিচারক যখন রায় ঘোষণা করেন, থমা কুঞ্জ বুঝতে পারেন যে এটি একটি অন্যায্য বিচার ছিল এবং রায় জাল ছিল. আদালতের মতে, তথ্যের সীমার বাইরে প্রমাণ থাকতে পারে না। এটা অবশ্যই দেখা, শোনা, স্পর্শ, স্বাদ বা গন্ধ করা উচিত। ধরুন একজন ব্যক্তি বনের একটি ফুলকে চিনেন না যার অস্তিত্ব নেই। থমা কুঞ্জ বাস্তবতার নতুন সংজ্ঞা, পোস্ট-ট্রুথ জানতে পেরে অবাক হয়েছিলেন। তিনি ধারণার অধীনে ছিলেন যে জ্ঞান বা প্রমাণ ছাড়াই কিছু বিদ্যমান ছিল। কিন্তু ট্রায়াল কোর্টের জন্য, ঘটনাটি ছিল একটি অভিজ্ঞ বাস্তবতা।

সুতরাং, এটি প্রমাণিত হিসাবে ঘটেছিল যখন সরকারী আইনজীবী এবং সাক্ষীরা বলেছিলেন যে থমা কুঞ্জ নাবালিকাকে ধর্ষণ করেছিল, তাকে শ্বাসরোধ করে হত্যা করেছিল এবং তার দেহ কুয়োতে ফেলেছিল। অনেকে দাবি করেছিলেন যে এটি ঘটেছে এবং এর সংজ্ঞা পরিবর্তন করে একটি সত্য হয়ে উঠেছে। কিন্তু থোমা কুঞ্জ তা মেনে নিতে পারেননি, কারণ প্রমাণসহ উদ্ধৃত ঘটনাগুলো ঘটেনি।

বিচারে, বিচারক আদালতে অনুসরণ করা স্থূল নিয়ম ব্যাখ্যা করেছেন। হঠাৎ করেই থমা কুঞ্জ আসামী হয়ে গেল। পাবলিক প্রসিকিউটর মামলার মূল সম্বলিত একটি উদ্বোধনী বিবৃতি দিয়েছেন: থমা কুঞ্জ গেল মহিলা হোস্টেলে, একটি কক্ষে একটি নাবালিকা

মেয়েকে ধর্ষণ করে, তাকে শ্বাসরোধ করে এবং শেষ পর্যন্ত তার লাশ কুয়োতে ফেলে দেয়।

থমা কুঞ্জের কোন দীর্ঘ বক্তব্য ছিল না। তিনি আদালতকে বলেছিলেন যে তিনি জর্জ মুকেনের নির্দেশিত হোস্টেলে গিয়েছিলেন, ওয়ার্ডেনের সাথে দেখা করেছিলেন এবং অনুরোধ অনুসারে লিকিং পাইপলাইনটি মেরামত করেছিলেন। আবারও ওয়ার্ডেনের কাছে গিয়ে জানালেন তিনি কাজ শেষ করেছেন। তারপর ওয়ার্ডেন তাকে করতে বললে পানির স্তর দেখতে এবং নিমজ্জিত পাম্পের অবস্থান দেখতে সে কূপের কাছে গেল। অবশেষে তিনি দেশে ফিরে আসেন।

থমা কুঞ্জ বিচারকে গুরুত্ব সহকারে নেননি কারণ তিনি কখনও ভাবেননি যে এটি তার জীবনে প্রভাব ফেলবে; সে এমন অপরাধের জন্য শাস্তি পেতে পারে যা সে করেনি। মৃত্যুদণ্ডে দণ্ডিত হওয়া এবং আবার আপিল করার কথা তিনি কল্পনাও করতে পারেননি। আর চূড়ান্ত আপিল খারিজ হলে তাকে ফাঁসির মঞ্চে নিয়ে যাওয়া হবে। বিচারটা ছিল একটা নাটকের মতো; তিনি ভেবেছিলেন যে তিনি স্কুলে অভিনয় করেছেন যেখানে তিনি একটি চরিত্র। একক নাটকের পর, তিনি তার স্কুলের ইউনিফর্ম পরেছিলেন এবং দেশে ফিরে আসেন সন্ধ্যা তিনি বিশ্বাস করেছিলেন যে তিনি দেশে ফিরে আসবেন, শূকরের খামারে তার দৈনন্দিন কাজে নিয়োজিত থাকবেন এবং

পার্বতী এবং জর্জ মুকেনের অনুপস্থিতিতে এস্টেট দেখাশোনা করবেন কারণ তারা মার্কিন যুক্তরাষ্ট্রে গিয়েছিলেন।

থোমা কুঞ্জের পক্ষ থেকে কোন সাক্ষী ছিল না, কারণ তিনি মনে করেছিলেন যে তিনি একাই যথেষ্ট কারণ তিনি মামলাটি রক্ষা করতে অস্বীকার করেছিলেন। একজন সাক্ষী থাকা অপ্রয়োজনীয় ছিল, কারণ পার্বতী এবং জর্জ মুকেন ছাড়া তার মহিলা হোস্টেলে যাওয়ার কথা কেউ জানত না, যারা মার্কিন যুক্তরাষ্ট্রে তাদের মেয়ের কাছে গিয়েছিল। থমা কুঞ্জ সেই রবিবার কর্মজীবী মহিলা হোস্টেলে ঠিক কী ঘটেছিল তার সত্যতা বিশ্বাস করেছিলেন। তিনি ভেবেছিলেন বিচারক তাকে বিশ্বাস করবেন যখন তিনি সাধারণ ঘটনাগুলি ব্যাখ্যা করবেন। সত্য ছিল সহজ, তা ছিল সূর্যের আলোর মতো পরিষ্কার এবং এতে কোনো সন্দেহ ছিল না। এটা কি ঘটেছে; এটি ঘটেনি তা নয়, এবং এটি নিয়ে কোনও বিতর্ক ছিল না, কারণ যা ঘটেনি তার অস্তিত্ব নেই। যেন সবাই বলে সূর্য সূর্য আর চন্দ্র চাঁদ, যেমন সূর্য পারেনি চাঁদ হতে, এবং চাঁদ সূর্য হতে পারে না.

একটি ফৌজদারি মামলায় একটি বিচার অর্থহীন ছিল কারণ যুক্তি বা যাচাই করার কিছুই ছিল না এবং থমা কুঞ্জ তার মনে একটি বিচারের উদ্দেশ্য নিয়ে প্রশ্ন তুলেছিলেন। প্রমাণ মিথ্যা তৈরি করতে পারে, এবং বিচারের সময় বা তার শেষের দিকে সত্যকে কোথাও দাফন করা হবে। প্রমাণ ছিল সিদ্ধান্তের কারণ, এবং পাবলিক

প্রসিকিউটর এটি তৈরি করতে পারে, এবং একজন নির্বোধ বিচারক এটি বিশ্বাস করতে পারে, অথবা তিনি গল্প বুনতে একটি পক্ষ হয়ে যেতে পারেন।

বিচারক ছিলেন ফৌজদারি বিচারের সিদ্ধান্তের কারণ। তিনি সত্যের পক্ষে বা বিপক্ষে থাকতে পারেন। তিনি পাবলিক প্রসিকিউটরের সৃষ্ট ঢেউয়ে ভাসতে পারতেন এবং মিথ্যা প্রমাণের ভিত্তিতে সত্যকে চাপা দিতে পারতেন বা মিথ্যা সাক্ষ্য প্রত্যাখ্যান করে সত্যের সাথে দাঁড়াতে পারতেন।

সত্য বাস্তবতার প্রতিনিধিত্ব করে, যা মিথ্যার বিপরীত ছিল, এবং অসত্য থাকতে পারে না কারণ এতে স্ব-কম্পন এবং অভ্যন্তরীণ সম্ভাবনার অভাব ছিল। সত্য অভিজ্ঞতার সাথে সম্পৃক্ত ছিল, কিন্তু তা সত্য ছাড়া কিছুই ছিল না; একজন সাক্ষী তা পরিবর্তন করতে পারেনি। মিথ্যা যেমন বদলাতে পারেনি সত্য, সত্য সবসময় অন্য সত্যকে সমর্থন করে এবং পরেরটি বুঝতে পারে। সত্যটি স্পষ্ট ছিল, এবং যখন এটি বলা হয়েছিল, এটি নির্দিষ্ট তথ্য, বিশ্বাস এবং বিবৃতিগুলিকে জোর দিয়েছিল যা একে অপরকে সমর্থন করে এবং কোনও দ্বন্দ্ব ছিল না। এমিলি, তার মা ছিলেন সত্য, এবং তার বাবা কুরিয়ানও ছিলেন, যিনি তাকে ভালোবাসতেন। তিনি যীশু, ভার্জিন মেরি এবং সমস্ত সাধুদের পবিত্র হৃদয়ের সমস্ত ছবি পুড়িয়ে

ফেলেছিলেন তা সত্য ছিল। ঈশ্বরের অস্তিত্বই ছিল সত্য। সমস্ত মানুষের নির্দিষ্ট জ্ঞান এবং বিশ্বাস ছিল যে তাদের পৃথিবী সত্য।

থমা কুঞ্জ সব সময় সত্য কথা বলে অসত্য ভাবতে পারেননি। তার মা এবং বাবা তাকে সত্য বলতে শিখিয়েছিলেন। এবং যখন তিনি আদালতে বলেছিলেন যে তিনি মেয়েটিকে দেখেননি, তাকে ধর্ষণ করেননি, তাকে শ্বাসরোধ করেননি এবং তার লাশ কুয়ায় ফেলেননি, তিনি যা বলেছিলেন তা সত্য। এবং তিনি জানতেন না কেন তিনি একজন আইনজীবীকে বিচারে তাকে রক্ষা করতে বলবেন। থমা কুঞ্জ তাঁর আইনজীবী ছিলেন, কারণ তিনি সত্য বলতে পারতেন। কিন্তু কেন তাকে বোঝাতে হবে তা বুঝতে ব্যর্থ হলেন একজন বিচারক যা বলেছেন তা সত্য। ধর্ষক কে, যে নাবালিকাকে খুন করেছে, শ্বাসরোধ করে কুয়োতে ফেলে দিয়েছে, তা খুঁজে বের করা পুলিশের দায়িত্ব ছিল। একজন নিরপরাধ ব্যক্তির এতে কোন ভূমিকা ছিল না, এবং থমা কুঞ্জ একজন আইনজীবী নিয়োগ করতে অস্বীকার করেছিলেন এবং তাকে রক্ষা করার জন্য আদালত-নিযুক্ত আইনজীবীকে গ্রহণ করেননি। তার নিজেকে রক্ষা করার দরকার ছিল না কারণ তার নির্দোষতা সম্পর্কে কাউকে বোঝানো অন্য ব্যক্তির ক্ষতি করেছে, কারণ প্রত্যেকেই প্রত্যেকের জন্য দায়ী।

পাবলিক প্রসিকিউটর একটি মিথ্যা গল্প বুনছিলেন, এবং থমা কুঞ্জ ধরে নিয়েছিলেন যে বিচারক এটি প্রত্যাখ্যান করবেন কারণ তার

কাজ সত্যের সন্ধান করছে। পাবলিক প্রসিকিউটর তার ঘটনার উপস্থাপনায় স্পষ্ট এবং সামঞ্জস্যপূর্ণ ছিলেন। তিনি যৌক্তিক ছিলেন এবং থমা কুঞ্জের নির্দোষতাকে চ্যালেঞ্জ করে এমন একটি শক্ত ভিত্তির উপর ভিত্তি করে প্রমাণের পরে প্রমাণ তৈরি করেছিলেন। কিন্তু পাবলিক প্রসিকিউটর যা বলেছেন তা ছিল সাক্ষ্য-প্রমাণ দ্বারা সমর্থিত হওয়া সত্ত্বেও। প্রমাণগুলি সত্যের বিরোধী হয়ে ওঠে, থমা কুঞ্জকে ভারাগুলির দিকে নিয়ে যায়।

সাক্ষীরা ছিলেন ড হোস্টেলের ওয়ার্ডেন, পরিচারক, বাবুর্চি এবং তিনজন অচেনা ব্যক্তি। তাদের গল্পটি ভারতীয় দণ্ডবিধির আন্তঃলক টাইলস এবং পাবলিক প্রসিকিউটর দ্বারা বোনা এবং উচ্চারিত সাক্ষ্য আইন দ্বারা তৈরি একটি শক্ত যৌক্তিক ভিত্তির উপর নির্মিত হয়েছিল। তারা প্রকৃত সত্যের মত দেখাচ্ছিল, কিন্তু সাক্ষীরা সত্যই রোবট ছিল।

প্রথম সাক্ষী ছিলেন পরিচারক। তাকে শাড়িতে অন্যরকম লাগছিল, কিন্তু থমা কুঞ্জ তাকে চিনতে পেরেছে। তিনি আদালতে বলেছিলেন যে বিবাদী বেল বাজানোর পরে এবং অভিযুক্তকে হোস্টেলের ওয়ার্ডেনের কাছে নিয়ে যাওয়ার পরে তিনি দরজা খুলেছিলেন। ওয়ার্ডেন থেকে আদেশ পাওয়ার পর, তিনি বিবাদীকে অভ্যন্তরীণ সিঁড়ি দিয়ে বারান্দায় নিয়ে যান। তিনি লক্ষ্য করেছেন যে আসামী কৌতূহলী এবং সাবধানে দেয়াল এবং মাটি পর্যবেক্ষণ করেছে। টেরেসের ঠিক নীচে পৌঁছে তিনি ভিতর থেকে দরজাটি খুললেন, যা

সর্বদা তালাবদ্ধ ছিল। বারান্দায়, তিনি বিবাদীকে কাজটি দেখিয়েছিলেন এবং তিনি অবিলম্বে কাজটি শুরু করেছিলেন, কিন্তু তিনি কখনও তার সাথে কথা বলেননি। দুই মিনিট পর, সে তাকে ছেড়ে নিচে চলে গেল ভিতর থেকে দরজা লক না করে, কারণ বিবাদী ওয়ার্ডেনকে কাজ সম্পর্কে জানাতে তার সাথে দেখা করতে নেমে আসবে। বিবাদী ত্রিশ মিনিটের মধ্যে ফিরে এলো, এবং সে দেখতে পেল আসামী হোস্টেলের ওয়ার্ডেনের ঘরে ঢুকছে। তিনি হোস্টেলের ওয়ার্ডেন এবং বিবাদীর সাথে থাকেননি কারণ তার অন্য কাজ ছিল এবং তারপরে কী হয়েছিল সে সম্পর্কে সে অজ্ঞাত ছিল।

বিচারক আসামীকে বলেন, যেহেতু তার প্রতিনিধিত্ব করার জন্য তার কোন আইনজীবী নেই, তিনি সাক্ষীকে জিজ্ঞাসাবাদ করতে পারেন। থমা কুঞ্জ সাক্ষীর কাছে কিছু জিজ্ঞাসা করেননি কারণ সাক্ষী আদালতে যা বলেছিলেন তা সাক্ষীর পক্ষে সত্য ছিল এবং তিনি সাক্ষীকে পরীক্ষা করতে চাননি।

"তুমি চুপ কেন?" বিচারক জিজ্ঞাসা.

"চুপ থাকা আমার অধিকার?" উত্তর দিলেন থমা কুঞ্জ।

বিচারক বললেন, আপনি অভিযুক্ত।

"তাদের জন্য, আমি অভিযুক্ত, কিন্তু আমার জন্য, আমি নির্দোষ," থমা কুঞ্জ বলেছিলেন।

"আপনাকে নিজেকে রক্ষা করতে হবে," বিচারক বললেন।

"তাদের অবশ্যই আমাকে মিথ্যা অভিযোগ না করে রক্ষা করতে হবে, কারণ আমি কাউকে অভিযুক্ত করি না। সমস্ত অভিযোগের জবাব দেওয়া অসম্ভব, এবং আমি তাদের কোনও প্রতিক্রিয়া জানাই না, "থমা কুঞ্জ উত্তর দিয়েছিলেন।

বিচারক হাসলেন।

পরবর্তী সাক্ষী ছিলেন একজন যুবক যার হাঁটতে সমস্যা হচ্ছিল যেন সে পোলিওতে ভুগছে। তিনি আদালতকে জানান, গত দশ বছর ধরে তিনি হোস্টেলে ঝাড়ুদার ছিলেন। কিশোর বয়সে, তিনি সেখানে গিয়ে কাজ করতেন, রান্নার কাজে সাহায্য করতেন এবং হোস্টেলের ওয়ার্ডেনের জন্য কাজ করতেন। তিনি সাধারণত প্রতিদিন ভোর পাঁচটায় এবং সন্ধ্যা ছয়টায় পাম্প চালু করেন। হোস্টেলের নিচতলায় সিঁড়ির নীচে একটি ছোট ঘরে, তিনি থাকতেন এবং একজন ব্যাচেলর ছিলেন। এতিম হিসাবে, ছুটির দিনে তার কোথাও যাওয়ার ছিল না।

বন্দীদের নীরবতা

রবিবার বিকেল চারটা পঁয়তাল্লিশটা। তিনি তার ঘরে বিশ্রাম নিচ্ছিলেন, চলচ্চিত্রের গান শুনছিলেন। হঠাৎ সে শুনতে পেল কারো কান্না। এটা ছিল একটি অল্পবয়সী মেয়ের কণ্ঠ; যেহেতু তিনি দশ বছরেরও বেশি সময় ধরে মহিলা হোস্টেলে ছিলেন, তিনি পারেন নারীর কণ্ঠস্বর চিনুন। কিন্তু এটি একটি মেয়ের কান্না, এবং সে দরজা খুলে করিডোরে প্রবেশ করল। আবার ক্ষীণ কান্নার আওয়াজ। এটা নিচতলায় একটা ঘর থেকে এসেছে, সে নিশ্চিত। তিনি ক্ষিপ্ত হয়ে রুমটি খুঁজতে লাগলেন এবং দেখতে পেলেন একটি ঘর ভেতর থেকে তালাবদ্ধ। তিনি জানতেন একটি মেয়ে তার বোনের ঘরে অবস্থান করছে। সে সকালে হোস্টেলে আসে, না জেনে তার বোন আগের দিন বাড়ি গেছে। মেয়েটি তার ঘরে অপেক্ষা করছিল কারণ তার শহরে সন্ধ্যার বাস প্রায় পাঁচটার দিকে।

সে দরজায় টোকা দিল, কেউ খুলল না। তবে তিনি নিশ্চিত ছিলেন যে মেয়েটি ঘরে রয়েছে। তিনি হোস্টেল ওয়ার্ডেন এর অফিসের দিকে দৌড়ে গেলেন, কিন্তু তিনি সেখানে ছিলেন না এবং তাকে খুঁজতে লাগলেন এবং প্রায় বিশ মিনিট পর তাকে বাগানে খুঁজে পেলেন। ঘটনাটি তাকে জানিয়ে সে মেয়েটির রুমের দিকে ছুটে যায়। হোস্টেলের ওয়ার্ডেন তার সামনে দৌড়ে গেল। তারা যখন করিডোরে প্রবেশ করে, তখন সন্ধ্যা প্রায় পাঁচটা বাজে, এবং তিনি দেখেন আসামী মেয়েটিকে তার কোলে নিয়ে করিডোর দিয়ে দৌড়াচ্ছে। প্রতিবাদী রান্নাঘরের পাশ দিয়ে দরজা খুলল কিন্তু ওয়ার্ডেনকে দেখতে

পেল না। সাক্ষী দোরগোড়ায় পৌঁছলে আসামিকে কুয়োর দিকে ঝুঁকে দেখতে পান।

"আমি তার মুখ দেখিনি, তবে আমি তার পাশের দৃশ্য দেখেছি। আমি নিশ্চিত যে আসামী সেই ব্যক্তি যে মেয়েটির লাশ নিয়ে দৌড়াচ্ছিল," বলেন সাক্ষী। প্রসিকিউটর বিচারককে তাদের ক্রমানুসারে ঘটনাটি নোট করার জন্য অনুরোধ করেছিলেন এবং টাইপিস্ট সাক্ষীর প্রতিটি শব্দ টাইপ করেছিলেন।

ঝাড়ুদার যা বলছে তা শুনে থমা কুঞ্জ অবাক দৃষ্টিতে তাকিয়ে রইল। এটি একটি অসত্য ছিল.

বিচারক আসামিকে জিজ্ঞাসা করেন তিনি সাক্ষীকে প্রশ্ন করতে চান কিনা। থমা কুঞ্জ তার সম্পর্কে সাক্ষী যা বলেছেন তা বলেছেন এবং বর্ণিত ঘটনাগুলি মিথ্যা। তিনি মেয়েটির ঘরে প্রবেশ করেননি এবং সাক্ষী যে মেয়েটির কথা বলছেন তা তিনি কখনই জানতেন না। থমা কুঞ্জ মেয়েটিকে কখনও দেখেনি, এবং ধর্ষণ, শ্বাসরোধ, করিডোর দিয়ে তার দেহ নিয়ে দৌড়ে এবং কুয়োতে ফেলে দেওয়ার কোনও প্রশ্নই আসে না।

থমা কুঞ্জ সাক্ষীকে জিজ্ঞাসাবাদ করতে অস্বীকার করেন সাক্ষী পরীক্ষা করে বিশ্বাস করেন, তিনি সাক্ষীর দ্বারা উচ্চারিত অসত্য পরিবর্তন করতে পারেননি।

আপনি কিভাবে প্রমাণ করবেন যে আপনি নির্দোষ?" বিচারক জিজ্ঞাসা.

"আমি কেন নির্দোষ প্রমাণ করব? আমি নির্দোষ, এবং এটি একটি সত্য. কিন্তু যারা আমার বিরুদ্ধে মিথ্যা অভিযোগ করে তাদের কাছে আমি প্রমাণ করতে চাই না। মানুষকে মিথ্যা বলা থেকে বিরত রাখা আমার পক্ষে মানবিকভাবে অসম্ভব। মিথ্যার প্রতি প্রতিক্রিয়া না জানানো আমার অধিকার," থমা কুঞ্জ বলেছেন।

"আপনিই অভিযুক্ত। সাক্ষী আপনাকে যা বলেছে কেবল তা অস্বীকার করলেই প্রমাণিত হতে পারে আপনি নির্দোষ," বিচারক বলেছিলেন।

"আমি. কেন আমার দোষ প্রমাণ করার জন্য বাহ্যিক প্রমাণের প্রয়োজন? উত্তর দিলেন থমা কুঞ্জ।

“আমার প্রমাণ দরকার; আমি সত্যের সন্ধান করছি না। প্রমাণ একটি অসত্য খণ্ডন করতে পারেন. বিচার আদালতে আপনার নীরবতা, স্ব-ধার্মিকতা এবং সরলতা অপর্যাপ্ত হবে। আপনি আপনার জীবনের বিপদ থেকে নিজেকে রক্ষা করতে হবে,” বিচারক ব্যাখ্যা.

"আমি এমন কোনো বিচারে বিশ্বাস করি না যা স্পষ্ট সত্যের উপর ভিত্তি করে নয়," থমা কুঞ্জ উত্তর দিয়েছিলেন।

বিচারক হাসলেন।

দ্য পরবর্তী সাক্ষী হোস্টেলের মালী। তিনি জানান, ছয় বছর ধরে তিনি তার স্ত্রী ও দুই সন্তানকে নিয়ে হোস্টেল প্রাঙ্গণে একটি পুরনো দুই কক্ষের খুপরিতে ছিলেন। রবিবার, তার কোন কাজ ছিল না, তবে তিনি প্রায়ই হোস্টেলের বাগানে ঘুরে বেড়াতেন। আনুমানিক পাঁচ-কুড়ির দিকে তিনি কূপের কাছে একটি হৈচৈ শুনতে পেলেন, সেদিকে দৌড়ে গিয়ে দেখেন আসামী একটি মেয়ের লাশ কুয়ায় ফেলে দিচ্ছে। হোস্টেলের ওয়ার্ডেন ছিল দরজার বাইরে, রান্নাঘরের পাশে, এবং ঝাড়ুদার তার পিছনে ছিল। কূপ থেকে ছিটকে পড়ার শব্দ হল। বাবুর্চি দৌড়ে বেরিয়ে এল, এবং সে বিবাদীর দিকে চিৎকার করে জিজ্ঞেস করলো সে কি করছে। আসামী একটি শব্দও উচ্চারণ করেনি; তিনি নীরব ছিলেন। মালী জানান, আসামীর মুখ দেখে তিনি

ভয় পেয়েছিলেন। শীঘ্রই সে তার বাইক স্টার্ট করে এমনভাবে বেরিয়ে গেল যেন কিছুই হয়নি।

থমা কুঞ্জ বিস্ময়ে মালীর দিকে তাকাল। তিনি তার বর্ণনায় আত্মবিশ্বাসী ছিলেন যেন এটি ঘটেছে। কিন্তু মালী ছিল অসৎ; এমন কিছুই ছিল না যা তিনি বলেছিলেন সত্য।

আবারও বিচারক কি না পুনরাবৃত্তি করলেন আসামী সাক্ষী জিজ্ঞাসা করতে আগ্রহী ছিল. থমা কুঞ্জ বিচারককে যা বলেছেন সাক্ষী যা বলেছেন তা ছিল বিশুদ্ধ কল্পনা। যদিও সাক্ষী মিথ্যা বলেছিল, থমা কুঞ্জ সাক্ষীকে প্রশ্ন করতে আগ্রহী ছিল না, কারণ মিথ্যাকে সত্যে রূপান্তর করা যায় না।

হোস্টেলের দারোয়ান পরবর্তী সাক্ষী ছিলেন, একজন মোটা মানুষ, প্রায় ছয় ফুট লম্বা, প্রায় চল্লিশ বছর বয়সী। গত বারো বছর ধরে তিনি মহিলা হোস্টেলে ছিলেন। সেখানে আরও দুজন দারোয়ান ছিল, প্রত্যেকেই প্রতিদিন আট ঘণ্টা কাজ করত। যখনই একজন ব্যক্তি ছুটি নেন, অন্যরা বারো ঘন্টা কাজ করে। রোববার সকাল ছয়টায় তিনি কাজ শুরু করেন। আসামী বিকেল তিনটার দিকে হোস্টেলে পৌঁছায়, এবং দারোয়ান তাকে তার সাইকেল পার্কিং বে-এ টু-হুইলারের জন্য পার্ক করতে বলে। তিনি বিবাদীকে জিজ্ঞাসা করলেন

কেন তিনি সেখানে ছিলেন, এবং বিবাদী তাকে বলেছিল যে সে কিছু মেরামতের কাজ করার জন্য ওয়ার্ডেনের সাথে দেখা করতে এসেছিল। এরপর আসামি ভেতরে যান। প্রায় পাঁচ-বিশটা, কূপ থেকে একটা বিকট আওয়াজ হল, আর তিনি কিছু লোকের চিৎকার ও কান্না শুনতে পান। সে কূপের দিকে দৌড়ে গেল, আর আসামী কূপের কাছে দাঁড়িয়ে আছে। হোস্টেলের ওয়ার্ডেন রান্নাঘরের দরজার বাইরে ছিল, আর ঝাড়ুদার তার পিছনে ছিল। মালী দাড়িয়ে কুয়োর ভিতর দেখছিল। বাবুর্চি ছুটে এসে বিবাদীকে জিজ্ঞেস করলো সে কি করছে, কেন আওয়াজ হচ্ছে এবং আরো কিছু প্রশ্ন। দারোয়ান আসামীর মুখ চিনতে পেরেছিলেন কারণ তিনি তাকে তার বাইকটি পার্কিং বে-তে দ্বি-চাকার জন্য পার্ক করতে বলেছিলেন।

এরপর পাবলিক প্রসিকিউটর জানতে চাইলেন তিনি আসামীকে শনাক্ত করতে পারেন কিনা। দারোয়ান জোরে বললেন, "হ্যাঁ," এবং থোমা কুঞ্জের দিকে ফিরে আদালতকে বললেন যে তিনিই যার কথা বলছেন এবং তিনিই সেই ব্যক্তি যিনি কূপের কাছে দাঁড়িয়ে ছিলেন।

থোমা কুঞ্জের মনে হল দারোয়ান মিথ্যে বলছে জেনে হাসছে। কিন্তু সে ভেবেছিল সে সিরিয়াস নয়; পুরো কোর্ট নাটকটি ছিল একক নাটক, নাটক শেষে তিনি বাড়ি চলে যেতেন। থমা কুঞ্জের বিচারের গুরুত্ব অনুধাবন করতে পারেননি, যা তিনি একটি শিশুর খেলা চিন্তা.

বিচারক থোমা কুঞ্জকে সাক্ষীকে প্রশ্ন করার আরেকটি সুযোগ দেন এবং থমা কুঞ্জ বিচারককে বলেছিলেন যে সাক্ষী আদালতে যা বলেছিলেন তা একটি অসত্য যা কখনও ঘটেনি। এছাড়া, তিনি আগে কখনো সাক্ষীকে দেখেননি এবং আদালতে মিথ্যা বলেছেন এমন কাউকে জিজ্ঞাসাবাদ করতে চাননি।

নিচের সাক্ষী ছিলেন বাবুর্চি। তিনি আদালতে বলেছিলেন যে কুয়োর কাছে রান্নাঘরের বাইরে একটি বড় গোলমাল হয়েছিল, তাই কী ঘটছে তা দেখতে তিনি বাইরে দৌড়ে যান। হোস্টেলের ওয়ার্ডেন এবং ঝাড়ুদার আগে থেকেই সেখানে ছিল। মালী কূপের দিকে তাকিয়ে ছিল।

সাক্ষী বিবাদীকে জিজ্ঞাসা করলেন কি হয়েছে এবং কুয়োতে কিছু পড়েছে কিনা। আসামী জবাব দেয় কূপে কিছু পাথর পড়েছিল। তারপর সাক্ষী জিজ্ঞাসা করলেন কেন আসামী কূপের দিকে ঝুঁকছিল, এবং সে উত্তর দিল যে সে পানির লিভার এবং নিমজ্জিত পাম্পের অবস্থান খুঁজে বের করতে কূপের দিকে তাকিয়ে ছিল। সাক্ষী বলেছিলেন যে তিনি আসামীকে বিশ্বাস করতে পারছিলেন না, কারণ সেখানে ভারী কিছু পড়েছিল ভাল, এবং জল বেড়েছে. সাক্ষী আদালতকে বলেন, আসামিকে দেখে মনে হচ্ছে সে কিছু লুকাচ্ছে। দুয়েকটা পাথর পড়লে এমন আওয়াজ হতো না। বিবাদী একটি ভারী বস্তু কূপে ফেলে দেওয়ায় গোলমাল হয়েছে।

আসামি সাক্ষীকে জিজ্ঞাসাবাদ করতে চান কিনা তা জানতে চান বিচারক। থোমা কুঞ্জ বিচারকের কাছে জবাব দিয়েছিলেন যে তিনি সাক্ষীকে প্রশ্ন করতে অস্বীকার করেছিলেন, কিন্তু সাক্ষী কী বলেছিলেন সে সম্পর্কে তিনি মন্তব্য করতে চান। বিচারক তাকে মন্তব্য করার অনুমতি দেন। আসামী বলেছেন সাক্ষী তার সম্পর্কে যা বলেছেন তা সত্য, তবে সাক্ষী অন্য সাক্ষীদের সম্পর্কে যা বলেছেন তা অসত্য।

পাবলিক প্রসিকিউটর বলেন, আসামি সাক্ষীকে প্রশ্ন করতে অস্বীকার করে সাক্ষীর বক্তব্য গ্রহণ করেছেন।

শেষ সাক্ষী ছিলেন হোস্টেলের ওয়ার্ডেন। তিনি একটি সাদা সুতির শাড়ি এবং একটি ফুলহাতা ব্লাউজ পরেছিলেন। প্রায় 55 বছর বয়সী, তাকে চিত্তাকর্ষক লাগছিল, তার ধূসর চুল সুন্দরভাবে আঁচড়ানো এবং তার মাথার পিছনে বাঁধা। চশমার ফ্রেমটি রূপালী, এবং তার কণ্ঠস্বর ধীর কিন্তু জোরে এবং স্পষ্ট ছিল যেন তিনি একটি মাটির পাত্র থেকে কথা বলছেন, যদিও তার মুখটি অভিব্যক্তিহীন ছিল; তার শব্দে কোন আবেগগত তারতম্য ছিল না। শুরুতে, তিনি তৃতীয় ব্যক্তিতে ঘটনাগুলি বর্ণনা করেছিলেন।

বিকেল সাড়ে তিনটার দিকে আসামি হোস্টেলে আসে। ওয়ার্ডেন থমা কুঞ্জের কাজের ধরণ ব্যাখ্যা করলেন। হোস্টেল অ্যাটেনডেন্টের সাথে

তিনি ওভারহেড ট্যাঙ্কের পাইপলাইনে ফুটো ঠিক করতে বারান্দায় উঠেছিলেন। পরিচারক সঙ্গে সঙ্গে ফিরে, এবং বিবাদী আধা ঘন্টার মধ্যে কাজ শেষ. বিবাদীকে তার কাজের জন্য অর্থ প্রদান করা হয়েছিল এবং ওয়ার্ডেন তাকে চলে যেতে বলেছিল। এরপর ওয়ার্ডেন নির্যাতিতার কথা বলতে থাকেন।

সে ছিল পনের বছর বয়সী স্কুল ছাত্রী কে সকাল সাড়ে আটটার দিকে হোস্টেলে পৌঁছে তার বোনের সঙ্গে দেখা করতে। মেয়েটি কর্মজীবী মহিলা হোস্টেল থেকে প্রায় দুই কিলোমিটার দূরে একটি স্কুলে বোর্ডার ছিল। কিছু অনুষ্ঠানে, তার স্কুলের প্রধান শিক্ষিকার অনুমতি নিয়ে, সে তার বোনের সাথে রবিবার কাটানোর জন্য তার সাথে দেখা করতে যায় এবং পরের দিন খুব সকালে তার স্কুলে ফিরে আসে। সেদিন, সে তার বোনের সাথে সাত দিনের ছুটিতে তাদের বাড়িতে বেড়াতে হোস্টেলে গিয়েছিল, তার বোন ইতিমধ্যে চলে গেছে জানতে পারেনি। সন্ধ্যা পাঁচটার দিকে তার নিজের শহরে যাওয়ার জন্য একটি সরাসরি বাস ছিল, যা দুই ঘন্টার মধ্যে তার শহরে পৌঁছেছিল, তাই মেয়েটি তার বোনের ঘরে একা অপেক্ষা করেছিল। হোস্টেলের করিডোর দিয়ে হেঁটে যাওয়ার সময় আসামী মেয়েটিকে দেখেছিল; সে তার ঘরে ঢুকে তাকে ধর্ষণ করে এবং তাকে শ্বাসরোধ করে হত্যা করে।

রুমের মধ্যে আওয়াজ শুনে হোস্টেলের সুইপার রুমে ছুটে গেল। ভেতর থেকে তালা লাগানো ছিল। সে ঘর থেকে ক্ষীণ কান্না শুনতে

পায়। তারপর ওয়ার্ডেনকে খবর দিতে দৌড়ে গেল। হঠাৎ ওয়ার্ডেন প্রথম ব্যক্তির কাছে বর্ণনা পরিবর্তন করে।

"সুইপার আমার সাথে বাগানে দেখা করেছিল এবং মেয়েটির ঘরে গোলমাল সম্পর্কে আমাকে বলেছিল। তাকে নিয়ে আমিও দ্রুত হোস্টেল ভবনের ভেতরে ঢুকলাম। আমি দেখলাম আসামী মেয়েটির লাশ নিয়ে করিডোর দিয়ে দৌড়ে যাচ্ছে। তার মুখ দেখা যাচ্ছিল। তিনি আসামী ছিলেন। প্রায় পাঁচ-পনেরো বাজে, এবং আসামী প্রায় আধা ঘন্টা মেয়েটির ঘরে ছিল। আমি চিৎকার করে তার পিছনে দৌড়ে যাই, কিন্তু সে দরজা খুলে বাইরে গিয়ে মেয়েটির লাশ কুয়ায় ফেলে দেয়। মালী আগে থেকেই সেখানে ছিল, আর দারোয়ান দৌড়ে এল, তারপর বাবুর্চি।"

আসামী মেয়েটিকে ধর্ষণ করে, তাকে শ্বাসরোধ করে, তার লাশ হাতে নিয়ে, কূপে গিয়ে ফেলে দেয়।

থমা কুঞ্জ ওয়ার্ডেনকে অবিশ্বাসের চোখে তাকাল। তিনি যা বলেছিলেন তা একটি অসত্য। হোস্টেলের ওয়ার্ডেন জানত যে সে মিথ্যা বলছে, কিন্তু সে যা বলেছিল তা সত্য বলে প্রক্ষেপণ করেছিল।

বিচারক থমা কুঞ্জকে জিজ্ঞাসা করলেন তিনি সাক্ষীকে পরীক্ষা করতে চান কিনা। থমা কুঞ্জ বিচারককে বলেন প্রায় সবই সাক্ষী মিথ্যা বলেছিল। তিনি তাকে প্রশ্ন করতে চাননি, কারণ মিথ্যা কখনো সত্য হতে পারে না। সে যা চায় তা বলার অধিকার তার ছিল, কিন্তু একই সাথে সত্য বলারও তার কর্তব্য ছিল। কিন্তু তার প্রমাণ বাস্তব না হওয়ায় তিনি খারাপভাবে ব্যর্থ হন।

সত্য ছিল আন্তরিক, অকৃত্রিম এবং সৎ এবং সত্য হওয়ার জন্য কোন পরীক্ষা বা প্রমাণের প্রয়োজন ছিল না। যারা অন্যদের ভয় পেত তারাই আত্মরক্ষা করত। যে নিজের উপর আস্থা রেখেছিল সে একা, আর থোমা কুঞ্জ একা দাঁড়িয়েছিল। নির্ভীক, তিনি যা কিছু ঘটেছে তা মেনে নিলেন। কিন্তু তিনি বাস্তবের বিরোধিতাকারী সমস্ত কিছুকে চ্যালেঞ্জ করেছিলেন, যদিও তিনি বিচারককে বোঝাতে ব্যর্থ হন, যিনি ইতিমধ্যেই তার ইতিহাস দ্বারা নিশ্চিত ছিলেন। সেই ইতিহাসকে তিনি চিরতরে মুছে দিতে চেয়েছিলেন, বিচারটা অন্যদের কাছে ছিমছাম। যখন শিশুটি গর্ভে বেড়ে উঠছিল, তখন তিনি মায়ের কাছে এটিকে গর্ভপাত করার জন্য অনুরোধ করেছিলেন, কারণ এর জন্ম তার আইন অনুশীলন এবং তার ভবিষ্যতকে প্রভাবিত করবে। কিন্তু মহিলা বাধ্য হননি।

এটা নিছক কাকতালীয় থোমা কুঞ্জের মামলা তার আদালতে বিচার হয়েছিল। তিনি থমা কুঞ্জের নির্দোষতা জানতেন, কিন্তু তিনি যুবতীর সাথে তার মোহের ভার বহন করতে চাননি।

কোট্টায়ামের জুবিলি পার্কে যে মহিলার সাথে তার দেখা হয়েছিল সে সম্পর্কে কুরিয়েন কখনও জিজ্ঞাসা করেননি। তার ফুফুর জায়গায় তার সন্তানের জন্ম হয়। তিনি তাকে বিয়ে করেছিলেন, তার সাথে দূরবর্তী দেশে গিয়েছিলেন এবং শূকর পালনে কাজ করেছিলেন। কুরিয়ান থমা কুঞ্জকে নিজের ছেলের মতো ভালোবাসতেন।

থমা কুঞ্জ হত্যাকাণ্ড করেননি, কারণ তিনি মেয়েটিকে ধর্ষণ করেননি এবং শ্বাসরোধ করেননি। বিচারক থমা কুঞ্জ যা বলেছেন তা গ্রহণ করেননি কারণ তিনি পাবলিক প্রসিকিউটর যা বলেছেন তা বিশ্বাস করেছিলেন। বিধায়ক তার বন্ধু হওয়ায় পাবলিক প্রসিকিউটর তার মামলা জিততে চেয়েছিলেন; এছাড়া বিচারক তার অতীত মুছে দিতে চেয়েছিলেন। তাদের উভয়েরই একে অপরের উদ্দেশ্য না জেনে, অর্জনের বিভিন্ন উদ্দেশ্য ছিল।

থমা কুঞ্জের দায়িত্ব ছিল না সমস্ত যুক্তির মোকাবিলা করা, অন্যের মিথ্যাকে প্রকাশ করা। তার নীরব থাকার অধিকার ছিল, রক্ষা করার নয় এবং সে আত্মরক্ষায় বিশ্বাসী ছিল না। তিনি নাবালিকা মেয়েটিকে

দেখেননি, এবং এটি একটি সত্য। যদি বিচারক ড বিন্দুটি মানতে অস্বীকার করেছিলেন, এটি থমা কুঞ্জের দোষ ছিল না, কারণ বিচারক সত্য জানতে ব্যর্থ হন এবং প্রকৃত ধর্ষককে খুঁজে বের করতে বিভ্রান্ত হন। ধর্ষককে খুঁজে বের করা থোমা কুঞ্জের দায়িত্ব ছিল না, যেমন পুলিশের দায়িত্ব ছিল।

থমা কুঞ্জ কল্পনা করেছিলেন যে বিচারক তার দোষণীয়তা সহজেই পড়তে পারেন কারণ তিনি তথ্য এবং ইঙ্গিতগুলি অনুসন্ধান করেন। বিচারকের দায়িত্ব ছিল তথ্যের ভিত্তিতে একটি রায় ঘোষণা করা এবং থমা কুঞ্জের বিচারককে আলোকিত করার কোনো বাধ্যবাধকতা ছিল না। যদি বিচারক একটি ভুল রায় প্রদান করেন, এটি ন্যায়বিচার প্রদানে তার অক্ষমতা প্রদর্শন করবে। স্বার্থপর লোকেরা নিজেদের রক্ষা করেছিল, এবং নির্বোধ বিচারকরা একটি ভুল রায় দিয়েছিলেন। থমা কুঞ্জের বেঁচে থাকার স্বার্থপর উদ্দেশ্য ছিল না। অন্যকে কষ্ট না দিয়ে আন্তরিক জীবন যাপন করাই ছিল তার প্রচেষ্টা। যেহেতু তিনি তার জীবনের কারণ ছিলেন না, তাই তার জীবন রক্ষা করার কোন কারণ ছিল না, যদিও প্রত্যেকের জীবনই সকলের কাছে মূল্যবান ছিল।

পাবলিক প্রসিকিউটর আদালতকে বলেছিলেন যে সমস্ত সাক্ষী আসামীকে দেখেছিল এবং তাদের মধ্যে দুজন তাকে দেখেছিল নাবালিকা মেয়ের লাশ নিয়ে কুয়ায় ফেলে দেওয়া। তাদের মধ্যে দুজন

তাকে কূপের দিকে ঝুঁকে থাকতে দেখেছিল; নাবালিকা মেয়েটির মৃতদেহ পানিতে পড়ার সময় ছয়জনই কুয়ো থেকে বিকট শব্দ শুনতে পান। ছয়জন সাক্ষীই নিশ্চিত ছিলেন যে আসামী অপরাধ করেছে। অভিযুক্ত নাবালিকাকে ধর্ষণ, শ্বাসরোধ ও হত্যা করেছে। অতঃপর সে তার লাশ কূপে ফেলে দিল। তিনি সাক্ষীদের জিজ্ঞাসাবাদ করতে ভয় পেতেন কারণ তিনি প্রমাণের মুখোমুখি হতে ভয় পেতেন এবং সাক্ষীদের যুক্তিতে তিনি কিছু মিথ্যা প্রমাণ করতে পারেননি।

এর বিভিন্ন ধারা এবং ফৌজদারি আইনের জটিলতা এবং সাক্ষ্য আইনের জটিলতার সাথে, পাবলিক প্রসিকিউটর এমন একটি বিশ্ব তৈরি করেছিলেন যেখানে তিনি থমা কুঞ্জকে একজন ধর্ষক এবং খুনি উপাধি দিয়েছিলেন। তার প্রতিটি শব্দ ছিল একটি ফাঁদ, একটি বিশাল জালের একটি ক্ষুদ্র অংশ, যা থমা কুঞ্জকে ধীরে ধীরে কিন্তু ধারাবাহিকভাবে, ধাপে ধাপে আটকে রেখেছে। অন্যদের দৃষ্টিতে, টমাস কুঞ্জের কোন নিস্তার ছিল না, প্রস্থান করার কোন পথ ছিল না, কারণ তার অপরাধহীনতা পাহাড়ের চূড়ার উপর সকালের কুয়াশার মত অদৃশ্য হয়ে গিয়েছিল। থমা কুঞ্জ তার অস্তিত্বের প্রতি কোনো সংযুক্তি দেখায়নি। আদালতে যা ঘটছে তা থেকে তিনি বিচ্ছিন্ন ছিলেন এবং কী ঘটবে তা নিয়ে উদ্বিগ্ন ছিলেন না। এই অভিব্যক্তিটি ছিল পাবলিক প্রসিকিউটরের কাছে তার অপরাধের স্বীকৃতি।

১৩২ বন্দীদের নীরবতা

কিছু ক্ষেত্রে, থোমা কুঞ্জ অপরাধ স্বীকার করার কথা ভেবেছিলেন। একটি দরিদ্র মেয়ে কেউ ধর্ষিত এবং খুন হয়েছে, এবং কাউকে অপরাধের মালিক হতে হয়েছে। এটা অত্যাবশ্যক ছিল যে কেউ বলেছিল সে এটা করেছে, এবং আদালতে দর্শকদের মধ্য থেকে কেউ উঠে বলছে না, "হ্যাঁ, আমি এটা করেছি।" দোষ স্বীকার না করাটা অন্যায় ছিল কারণ কারোর এটা করা দরকার ছিল। কিন্তু তিনি দায় স্বীকার করে পরবর্তী বিচার বন্ধ করাকে তার কর্তব্য মনে করেন। জীবনে কখনোই থমা কুঞ্জ এমন একটা জলাবদ্ধতার মধ্যে পড়েনি যে তার মন তাকে এমন কিছু করতে বলেছিল যা সে করেনি। এটি ছিল বিচারককে কোনো দৃশ্যমান অপরাধী ছাড়া বিচার চালিয়ে যেতে সাহায্য করার জন্য। এটি একটি শিকার ছিল, এবং এটা অনিবার্য ছিল একটি খুনী ছিল; এটা তার মালিকানা দায়িত্ব ছিল যদিও সে অপরাধী ছিল না। কিন্তু তিনি ছিলেন অভিযুক্ত, যদিও সে মেয়েটিকে ধর্ষণ না করে, তাকে শ্বাসরোধ করে কুপে ফেলে দেয়। এটি একটি বিপথগামী চিন্তা ছিল, কিন্তু তার বিশ্বাস এবং বিশ্বাসের বিরুদ্ধে.

তার নীরবতায়, থমা কুঞ্জ একটি নাবালিকা মেয়ের ধর্ষক হিসাবে উপস্থিত হয়েছিল, যদিও সে তাকে কখনও দেখেনি। অপরাধের বোঝা কাঁধে বয়ে বেড়াতে হয়েছে তাকে।

নীরব থাকা আত্ম-অপরাধের বিরুদ্ধে বিশেষাধিকারের বাইরে ছিল। এমনকি নিজের নির্দোষ সম্পর্কে কথা না বলা, নিজেকে রক্ষা না করা

একটি অধিকার ছিল, কারণ প্রত্যেককে রক্ষা করা প্রত্যেকের কর্তব্য ছিল এবং মিথ্যা অভিযোগ করে অন্যকে দোষারোপ না করার জন্য দায়ী ছিল। কেন নিজেকে রক্ষা করা উচিত থমা কুঞ্জের কাছে একটি উত্তরহীন প্রশ্ন ছিল; কেউ তাকে উপযুক্ত উত্তর দিতে পারেনি, এমনকি বিচারকও নয়।

এটি অপরাধহীনতা সম্পর্কে তথ্য আটকে রাখা ছিল, যেহেতু একজন ব্যক্তির নিজের গৌরবকে ভেঙ্গে দেওয়া উচিত নয়।

"আমি আমার অ্যাটর্নি, কিন্তু আমি নিজের সম্পর্কে কথা বলতে চাই না, কারণ আমি বিশ্বাস করি আমার নিজেকে রক্ষা করার দরকার নেই। আমার সম্পর্কে মিথ্যা না বলা অন্য ব্যক্তি ও সমাজের কর্তব্য," থমা শেষ দিনে আদালত শুরু হলে বিচারককে কুঞ্জ বললেন, আর বিচারক তার পাগলামিতে হেসে ফেললেন। বিচারক থোমা কুঞ্জের যুক্তিকে অযৌক্তিক, খালি, অগভীর বা বোকামি বলে মনে করেন।

থমা কুঞ্জ অবিশ্বাসের দৃষ্টিতে বিচারকের দিকে তাকালেন কারণ তিনি আশা করেছিলেন যে বিচারক তার নীরবতাকে তার বিরুদ্ধে প্রমাণ হিসাবে গ্রহণ করবেন না।

পাবলিক প্রসিকিউটর উচ্চস্বরে হাসলেন, বিচারকের সাথে যোগ দিলেন। থমা কুঞ্জ পাবলিক প্রসিকিউটরের দিকে সন্দেহের চোখে তাকাল। তিনি মনে করতেন বিচারক এবং সরকারী আইনজীবী সকল কর্ম ও বিশ্বাসে ন্যায়পরায়ণ হতে মানুষের হৃদয়ের আকাঙ্ক্ষা সম্পর্কে অজ্ঞ।

বিচারক যখন থমা কুঞ্জকে দোষী বলে রায় ঘোষণা করেন তখন পাবলিক প্রসিকিউটরের অভিব্যক্তি বিজয়ী হবে। সে ধর্ষণ করে, শ্বাসরোধ করে এবং মহিলা হোস্টেলের কূপে নাবালিকা মেয়ের লাশ ফেলে দেয়।

পাবলিক প্রসিকিউটরের আনন্দের অভিব্যক্তি শুনে থোমা কুঞ্জের মুখে বিস্ময় ছড়িয়ে পড়ে, একজন নির্দোষের যন্ত্রণা থেকে অঙ্কুরিত আনন্দ। পাবলিক প্রসিকিউটর জানতেন যে তিনি তার রাজনীতিবিদ বন্ধুর সুবিধার জন্য মিথ্যা বুনছেন; মন্ত্রী হলে তাকে বিচারক করা হবে।

থমা কুঞ্জ পাবলিক প্রসিকিউটর এবং বিচারকের দিকে ঘৃণা ও করুণার দৃষ্টিতে তাকাল।

কাউকে বোঝানোর জন্য তার প্রচেষ্টা বৃথা ছিল যে তিনি তার মা, এমিলি, পার্বতী এবং অম্বিকা ছাড়া অন্য কোন মেয়ে বা মহিলাকে স্পর্শ করেননি। তিনি প্রমাণ করতে ব্যর্থ হয়েছিলেন যে তিনি কখনই

কোনও মেয়ে বা মহিলাকে ধর্ষণ করার কথা ভাবেননি কারণ তার কখনও এমন ত্রুটিপূর্ণ যৌন ইচ্ছা ছিল না।

আপু ছাড়া অন্য কারো ওপর রাগ না হওয়ায় কাউকে শ্বাসরোধ করার কথা সে কখনো ভাবেনি।

কিন্তু আপু ছিল দুষ্টু। তিনি থমা কুঞ্জকে জনসমক্ষে অপমান করার চেষ্টা করেছিলেন এবং তার লক্ষ্য ছিল থমা কুঞ্জের মা। এমিলি তার গর্ব ছিল, এবং যে কেউ তার সম্পর্কে খারাপ কথা বলতে চেয়েছিল তার হৃদয় ভেঙ্গেছে। তিনি তা মেনে নিতে পারেননি; ব্যথা তার কল্পনার বাইরে ছিল। মানুষের আচরণ সম্পর্কে তার অজ্ঞতা তাকে এমন নীরবতা বজায় রাখতে বাধ্য করেছিল যে অন্যরা তার অপরাধের প্রকাশ বলে মনে করেছিল। যার সাথে তার দেখা হয়েছিল তার প্রতি তার বিশ্বাস তাকে দুর্বল করে তুলেছিল এবং তার নীরবতা এবং ধার্মিকতা তার বিরুদ্ধে দাঁড়িয়েছিল। ঘটনার ব্যাখ্যায় তার কোন স্বচ্ছতা ছিল না, পুলিশ, আইন ও আদালতের ধারণা বোঝার ক্ষেত্রে তিনি ব্যর্থ হন। তার সরল জীবন তার বিরুদ্ধে দাঁড়িয়েছিল যেন সে একজন অন্তর্মুখী, অসামাজিক এবং মানুষের শত্রু। পাবলিক প্রসিকিউটরের কথা শোনার সময়, থমা কুঞ্জ তার দৃঢ় বিশ্বাসকে সন্দেহ করেছিলেন যে তিনি নির্দোষ, এবং তিনি ভেবেছিলেন যে তিনি হয়তো তাকে ধর্ষণ করেছেন, তাকে শ্বাসরোধ করেছেন এবং

মেয়েটিকে না দেখে এবং স্পর্শ না করেই একটি গর্তে ফেলে দিয়েছেন।

এমনকি ফাঁসির মঞ্চেও, জেলা ম্যাজিস্ট্রেট পরোয়ানা পড়ার আগে কয়েক মিনিট ছাড়া সবকিছুকে নীরবতা ঢেকে ফেলে।

কোনো বন্দীকে সহকর্মী আসামির মৃত্যুদণ্ড প্রত্যক্ষ করতে দেওয়া হয়নি। থমা কুঞ্জ জানতেন যে জেল সুপার, দুই সিনিয়র জেলর এবং দশজন কনস্টেবল ও দুই হেড কনস্টেবল সহ কমপক্ষে বারোজন প্রহরী থাকবেন। ফাঁসির মঞ্চে থাকা থোমা কুঞ্জ ঈশ্বরে বিশ্বাস করেননি বলে কোনও পুরোহিত সেখানে থাকবেন না। সুপারিনটেনডেন্ট হত্যাকারী এবং দোষীদের আচরণের উপর গবেষণায় নিযুক্ত সমাজ বিজ্ঞানী, মনোবিজ্ঞানী এবং মনোরোগ বিশেষজ্ঞদের মৃত্যুদন্ড প্রত্যক্ষ করার অনুমতি দিতে পারেন।

মৃত্যুদণ্ড কার্যকর হবে সূর্যোদয়ের আগে, এবং সমস্ত বন্দীদের তাদের ব্যারাকে এবং সেলগুলিতে তালাবদ্ধ করা হবে।

ফাঁসির মঞ্চ দেখতে দেওয়া হবে না বলে থোমা কুঞ্জকে হুড দেওয়া হবে।

ভর্গীস বী দেবস্য

কারাগার ছিল তার নিজস্ব একটি মহাবিশ্ব, যারা তাদের স্বাধীনতা হারিয়েছে তাদের জন্য একটি পৃথিবী। সমাজের জন্য, স্বাধীনতার অপব্যবহারের কারণে স্বাধীনতার ক্ষতি হয়েছিল। কিন্তু প্রথমেই যদি স্বাধীনতা না থাকত, তাহলে থমা কুঞ্জ তার স্বায়ত্তশাসন কোথায় দিতে পারত? তা অর্জনের জন্য আত্মনিয়ন্ত্রণ হারিয়ে গেল, আর স্ব-শাসন না থাকলে অস্তিত্বের মরুভূমিতে বিলীন হয়ে গেল।

থমা কুঞ্জ চিরতরে হেরে গেলেন যখন তার চূড়ান্ত আবেদন খারিজ হয়ে যায়।

"দণ্ডপ্রাপ্ত একজন বিপজ্জনক যৌন শিকারী; সে ব্যক্তিদের শান্তিপূর্ণ সহাবস্থানের জন্য হুমকিস্বরূপ যারা সম্মান করে এবং দেশের আইন মান্য করা; তার ক্ষমার আবেদন গ্রহণ করা যাবে না।"

এক বাক্যে রায় ছিল সুনির্দিষ্ট; এটি জেল কর্তৃপক্ষকে ফাঁসির মঞ্চে তেল দিতে বাধ্য করে, যা দীর্ঘদিন ব্যবহার করা হয়নি, এবং সুপারিনটেনডেন্টকে থমা কুঞ্জকে ফাঁসি দেওয়ার জন্য একটি শক্ত ফাঁসি পেতে নির্দেশ দেয়।

কিন্তু 'বিপজ্জনক যৌন শিকারী' কথাটির অর্থ ছিল তার বোধগম্যতার বাইরে। তিনি পুরো সপ্তাহ ধরে এটি বোঝার চেষ্টা করেছিলেন কিন্তু ব্যর্থ হন। জেলের কেউ তাকে এর অর্থ উপলব্ধি করতে পারেনি। তার মা বেঁচে থাকলে তিনি তাকে সহজ ভাষায় ব্যাখ্যা করতে বলতে পারতেন। তিনি তার স্কুলের প্রধান শিক্ষকের জন্য চিঠির খসড়া তৈরি করতে দেখেছিলেন, যিনি সঠিকভাবে ইংরেজি বলতে বা লিখতে পারেন না। পার্বতী এবং জর্জ মুকেন সেখানে থাকলে তিনি তাদের জিজ্ঞাসা করতে পারতেন। কিন্তু তারা আমেরিকার উদ্দেশ্যে রওনা দেয় ওইদিন বিকেলে থমা কুঞ্জ ওভারহেড ট্যাঙ্কের ফুটো পাইপলাইন মেরামত করতে মহিলা হোস্টেলে যায়।

থমা কুঞ্জের পক্ষে শব্দের অর্থ বোঝাও সমান চ্যালেঞ্জিং ছিল, শান্তিপ্রিয়দের জন্য হুমকি। ব্যক্তিদের সহাবস্থান। থমা কুঞ্জ কখনই কারও জন্য বিপদের কারণ হয়ে ওঠেনি, শুধু আপ্পুকে আঘাত করা ছাড়া, যিনি তার মাকে ভেশ্যা বলেছিলেন। অপু মামা চরিত্রকে খারাপ করার চেষ্টা করায় তিনি রেগে যান। এটা খুবই কষ্টকর ছিল; এটা মেরামতের বাইরে তাকে আঘাত. তার দুটি দাঁত পড়ে গেছে এবং কাশি দিয়ে রক্ত বের হচ্ছে। এটাই ছিল একমাত্র সময় থমা কুঞ্জ ব্যক্তিদের শান্তিপূর্ণ সহাবস্থানের জন্য হুমকিস্বরূপ। কিন্তু আপুর কথায় বিদ্বেষের মাধ্যাকর্ষণ কেউ বুঝতে পারেনি। মামাকে পতিতা বলার কোনো ব্যবসা ছিল না তার।

কিন্তু স্কুল থমা কুঞ্জকে রোল থেকে মুছে ফেলে এবং তাকে ট্রান্সফার সার্টিফিকেট দিতে অস্বীকার করে; সে অন্য স্কুলে যোগ দিতে পারেনি। যেহেতু এটি তার পড়াশোনার শেষ ছিল, জর্জ মুকেন একটি বদলি শংসাপত্রের জন্য প্রধান শিক্ষকের সাথে দেখা করেন এবং তিনি হতাশ হয়ে ফিরে আসেন।

থোমা কুঞ্জ শূকরের কাছে গেল। তিনি শূকরকে ঢালাই করতে পারদর্শী ছিলেন; তার ছুরিটি ধারালো ছিল, এবং থমা কুঞ্জের কাজটি করতে মাত্র দুই মিনিট লেগেছিল। দুদিনের মধ্যে শূকরগুলো স্বাভাবিক হয়ে গেল; তারা আরও খেয়েছে এবং মোটা ও বড় হয়ে উঠেছে। কাস্টেটেড শূকরের মাংসের আরও চাহিদা ছিল। কিন্তু পার্বতী ও মুকেনের মতো পড়াশোনা করতে, ইঞ্জিনিয়ার হতে এবং বিদেশে যেতে চেয়েছিলেন বলে তিনি তার স্কুলকে ভুলতে পারেননি। কিন্তু থোমা কুঞ্জ তার শূকরের স্বপ্ন দেখতে ঘুমিয়েছিল এবং শূকরের গন্ধ পছন্দ করেছিল।

তার প্রথম আপিলের প্রত্যাখ্যানটিও তীক্ষ্ণ এবং ছিদ্রকারী ছিল:

"আইন নিরপেক্ষতা, ন্যায়বিচার ও সমতা দাবি করে। নাবালিকাকে শ্বাসরোধ করে হত্যার পর আসামি তাকে ধর্ষণ করে লাশ একটি

কূপে ফেলে দেয়। তার একটি গুরুতর অসদাচরণের ইতিহাস রয়েছে। ক্ষমার প্রার্থনা প্রত্যাখ্যান করা হয়েছে।"

থমা কুঞ্জ রায়ে ব্যবহৃত শব্দের সত্যতা বুঝতে ব্যর্থ হন। তার জীবনে কখনও এমন ঘটনা ঘটেনি, এবং তিনি একজন নাবালিকাকে ধর্ষণের কথা মনে করতে পারেননি, তার কোন অসদাচরণের ইতিহাস ছিল না এবং এমনকি তার মা ছাড়া কাউকে জড়িয়ে ধরেননি। যখন সে ছোট ছিল, পার্বতী তাকে জড়িয়ে ধরতেন, তার কপালে মিষ্টি চুমু দিতেন। থমা কুঞ্জের পক্ষে, রায়ে ঘটনা এবং অভিযোগ এবং তার আপিল খারিজ করা ছিল জাল। তিনি একবারও কোন মহিলার সাথে যৌনমিলন করেননি, এবং তিনি পঁয়ত্রিশ বছর বয়সী এবং একটি নাবালিকাকে ধর্ষণ ও হত্যার জন্য ফাঁসির মঞ্চের দিকে এগিয়ে যাচ্ছিলেন।

হঠাৎ প্যারেড থেমে গেল; কোন পদচিহ্ন নেই; সম্পূর্ণ নীরবতা ছিল। সুপারিনটেনডেন্ট, জেলর, ডাক্তার, প্রহরী এবং থমা কুঞ্জ ছাড়া সবাই কারাগারের দেয়ালের মধ্যে ঘুমাচ্ছিল। তারা ঘটনাস্থলে পৌঁছতে তিন মিনিট সময় নিয়েছিল; ফাঁসির মঞ্চে যেতে দুই মিনিট সময় লাগবে। জেলা ম্যাজিস্ট্রেট পরোয়ানা পাঠ করেন; জল্লাদ তাকে ভারার দিকে নিয়ে যাবে, ফাঁদের দরজার উপরে রাখবে এবং তার গলায় দড়ি দেবে। তিনি নিন্দুকের কাছাকাছি এসে কানে ফিসফিস করে বলবেন:

"আমাকে ক্ষমা কর; আমি আমার দায়িত্ব পালন করছি।"

তার দায়িত্ব ছিল একজন নিরপরাধ মানুষকে ফাঁসি দেওয়া। কিন্তু দোষী সত্যিকার অর্থে দোষী কিনা তা যাচাই করা তার দায়িত্ব ছিল না; এটা ছিল বিচারকের দায়িত্ব। অগণিত মামলায় অন্য অনেক বিচারকের মতো বিচারকও তার কাজে ব্যর্থ হয়েছেন।

জল্লাদের চূড়ান্ত কাজ ছিল ফাঁসির মঞ্চ টানানো। তারপর ডাক্তার ফাঁসি মারা হয়েছে কিনা তা যাচাই করবেন এবং চূড়ান্ত শংসাপত্রে স্বাক্ষর করবেন।

তা গ্রহণ করা হবে সেল থেকে ফাঁসির মঞ্চ পর্যন্ত দশ মিনিটেরও কম সময়।

আরও দশ মিনিট গর্তের মধ্যে ফাঁদ থেকে ঝুলে থাকা অবস্থায়।

সমাজ বিজ্ঞানী, মনোবিজ্ঞানী, অপরাধবিদ এবং মনোরোগ বিশেষজ্ঞরা তাদের অন্তহীন বিতর্ক শুরু করবেন এবং অসংখ্য

সাংবাদিক তাদের সাথে যোগ দেবেন। তারা শেখা প্রবন্ধ লিখত এবং আলোচনা নোঙর করত।

সুপারিনটেনডেন্ট মুখ ফিরিয়ে নিলেন:

"তার মুখ ঢাকুন," তিনি আদেশ দিলেন।

সিনিয়র জেলর একটা কালো সেলাই করা কাপড় বের করে থোমা কুঞ্জের মাথায় রাখলেন, সুন্দরভাবে মুখ ঢেকে দিলেন। তিনি আর সূর্য, চাঁদ, তারা, পশুপাখি, পাখি, গাছ, লতা, তার প্রিয় আয়ানকুন্নু, বর্ষার মেঘে ঢাকা আত্তায়লির চূড়া, বড়পুঝা, তার তীরে হাতি এবং বাঘ, নারকেলের খামার, শূকর বা শূকর দেখতে পাবেন না। পার্বতী, জর্জ মুকেন এবং রাজাক সহ মানুষ।

ফাঁসির আগে নিন্দুকের মাথা ও মুখ কালো কাপড় দিয়ে ঢেকে রাখা ছিল ফাঁসির মর্যাদা রক্ষার জন্য। ফাঁসির মঞ্চ দেখতে আসা উচিত নয়; কেউ তার মুখ দেখবে না অভিব্যক্তি এবং সংবেদনশীল উত্থান যখন ফাঁদ থেকে ঝুলন্ত. সমাজ নিন্দিত ব্যক্তির আত্মসম্মান নিয়ে উদ্বিগ্ন ছিল, যদিও তার বিরুদ্ধে একটি নাবালিকা মেয়েকে ধর্ষণ এবং শ্বাসরোধ করে হত্যার অভিযোগ এনে তার স্বাধীনতাকে অস্বীকার করতে কোনো দ্বিধা ছিল না, যা সাক্ষীরা মিথ্যা ছিল। কিন্তু তারা থমা

কুঞ্জকে অভিযুক্ত করে কারণ সে সহজ শিকার ছিল। সব সাক্ষী একটি কল্পকাহিনী বলার দ্বারা উপকৃত হয়েছে. কেরালার আইন প্রণেতাদের চূড়ান্ত আসন রাজ্য বিধানসভায় নির্বাচনে দাঁড়ানো একজন রাজনীতিকের প্রাপ্তবয়স্ক ছেলেকে ওয়ার্ডেন রক্ষা করেছিলেন।

থমা কুঞ্জ এগারো বছর জেলে কাটিয়েছেন। ততক্ষণে, একজন যুবক রাজ্যের শিক্ষামন্ত্রী হয়েছিলেন এবং সম্মানিত অতিথি হিসাবে অনেক স্কুল এবং কলেজ পরিদর্শন করেছিলেন। তিনি মেয়েদেরকে ধারণাযোগ্য ধর্ষণ এবং থোমা কুঞ্জের মতো ছিনতাইকারীদের যৌন অপকর্ম থেকে নিজেদের রক্ষা করার পরামর্শ দিয়েছিলেন, স্পষ্টভাবে স্মরণ করেন যে তিনি নাবালিকা মেয়েটিকে ধর্ষণ করার পরে এবং তার দেহ কূপে ফেলে দেওয়ার পরে হোস্টেলের ওয়ার্ডেনের বেডরুমে লুকিয়েছিলেন। বীর যুবক রাজাকের কথা কখনো শোনেনি, কিন্তু থমা কুঞ্জ আকিম ছিলেন না, এবং তিনি আত্মরক্ষা করতে ভুলে গিয়েছিলেন।

হাইকোর্ট, সুপ্রিম কোর্ট এবং রাষ্ট্রপতি থোমা কুঞ্জের আবেদন প্রত্যাখ্যান করেছেন এবং মিছিলটি দশ মিনিটের জন্য ভারতের সবচেয়ে সুরক্ষিত মানব থমা কুঞ্জের সাথে শুরু হয়েছিল। একবার, তিনি প্রজাতন্ত্র দিবসের কুচকাওয়াজে ছিলেন, এবং জীবনের শেষ দিনে, একটি কালো কাউয়াল পরে, তিনি বক্তৃতা থেকে বঞ্চিত হয়ে, অপরাধবোধ ছাড়াই ফাঁসির মঞ্চের দিকে অগ্রসর হন।

চতুর্থ অধ্যায় : কালো কাপড়

এমিলি যখন ক্রুশের সাথে ঝুলেছিল, তখন সে প্রায় নগ্ন ছিল। মনে হচ্ছিল যেন সে নগ্ন যিশুকে জড়িয়ে ধরে আছে।

এমিলি নারকেলের তুষ থেকে তার দড়ি তৈরি করেছিল; এটি শেষ করতে প্রায় এক সপ্তাহ লেগেছিল। সকাল সাড়ে তিনটার দিকে, তিনি তার ছেলের দরজা খুললেন, তার বিছানার কাছে গিয়ে এক মিনিটের জন্য তার দিকে তাকিয়ে রইলেন। সে তার জন্য তেরো বছর বেঁচে ছিল এবং যখন সে তার গর্ভে বেড়ে উঠছিল তখন তাকে গর্ভপাত করতে অস্বীকার করেছিল। থমা কুঞ্জ যখন জন্মগ্রহণ করেন, তখন এমিলির বয়স উনিশ।

বত্রিশ বছর বয়সে মারা যাওয়ার বয়স ছিল।

এমিলি গির্জার সামনে ক্রুশে একাই মারা যান।

এটি একটি বৃষ্টির রাত ছিল; এমিলি তার বাড়ি থেকে হাঁটছিল; তার বাম হাতে দড়ি ছিল, এবং একটি প্লাস্টিকের মল তার ডানদিকে

ছিল। পিচ অন্ধকারে, তিনি প্রায় পাঁচশো মিটার হাঁটলেন; তিনি পথটি ভালভাবে জানতেন কারণ তিনি হাজার বার, প্রতি রবিবার, ভোজের দিন, সমস্ত সাধুদের দিন এবং তেরো বছর ধরে সমস্ত আত্মার দিনগুলি দিয়েছিলেন।

গির্জার খাড়া থেকে একটি আবছা আলো বিশাল অন্ধকারের উপর দীর্ঘ ছায়া ফেলে গ্রানাইট ক্রস, এবং যীশুর ধাতব মূর্তি একটি বড় টিকটিকি মত দেখায়।

এমিলি একজন নিয়মিত গির্জাগামী ছিলেন, এবং থমা কুঞ্জ একটি ছোট শিশু হিসাবে তার সাথে ছিলেন।

কুরিয়ান গির্জায় যেতে অস্বীকার করেন; সে ঈশ্বরে বিশ্বাস করত না; তিনি শূকর পছন্দ করেন।

কুরিয়েন এমিলি ও থমা কুঞ্জের চার্চে যাওয়ার বিরোধিতা করেননি; তিনি কখনই তার বিশ্বাস অন্যের উপর চাপিয়ে দেননি। তিনি তার স্ত্রী এবং পুত্রকে ভালোবাসতেন এবং তাদের জন্য বেঁচে ছিলেন। যখন তার খালা এমিলির সাথে গির্জার বিয়ের জন্য জোর দিয়েছিলেন, তখন তিনি তার সাথে চার্চে গিয়েছিলেন।

জর্জ মুকেন এবং পার্বতী তাকে চাকরি দিয়েছিলেন এবং তিনি কৃতজ্ঞ ছিলেন। কুরিয়েন সবেমাত্র একটি ভেটেরিনারি কলেজ থেকে শূকর পালনে তার এক বছরের সার্টিফিকেট কোর্স শেষ করেছিলেন এবং একটি শূকর খামার সুপারভাইজারের জন্য একটি ছোট বিজ্ঞাপন দেখেছিলেন। তিনি আয়ানকুন্নু পর্যন্ত ভ্রমণ করেন এবং পার্বতী ও মুকেনের সাথে দেখা করেন; তারা তাকে পছন্দ করেছিল এবং তার উৎসাহ, পদ্ধতিগত পদ্ধতি, আশা এবং প্রতিশ্রুতির প্রশংসা করেছিল। তার বয়স মাত্র সতেরো। কুরিয়ান জর্জ মুকেনের জমির কোণে একটি ছোট খুপরি তৈরি করেছিলেন এবং পরে মুকেন তাকে কুঁড়েঘরের চারপাশে আধা একর জমি উপহার দিয়েছিলেন যখন এমিলি এবং থমা কুঞ্জ তার সাথে যোগ দেন।

এমিলি এবং থমা কুঞ্জকে আয়ানকুন্নুতে আনার আগে তিনি তাদের সাথে সাত বছর কাজ করেছিলেন। প্রথমবারের মতো, কুরিয়ান তিন দিনের ছুটি নিয়ে কোট্টায়ামে গিয়েছিলেন তার বাবার বোন মরিয়মের সাথে দেখা করতে, তার একমাত্র জীবিত আত্মীয়। তিনি চল্লিশ বছর ধরে যুক্তরাজ্যে একজন নার্স ছিলেন, এবং যখন তার স্বামী, একজন ডাক্তার, মারা যান, তখন তিনি এবং তার পত্নী কোট্টায়ামে যে বাড়িতে তৈরি করেছিলেন সেখানে ফিরে আসেন, তার সন্তানদের এবং তাদের সন্তানদের ইংল্যান্ডে রেখে।

ভর্গীস বী দেবস্য ১৪৭

কুরিয়েন খুব অল্প বয়সে তার মাকে হারিয়েছিলেন, এবং তার বাবা, ট্যাক্স কালেক্টর অফিসের একজন কেরানি, আর বিয়ে করেননি, অ্যালকোহল পান করেছিলেন, সবকিছু হারিয়েছিলেন এবং রাস্তার কোণে মারা যান। দশ বছর বয়স থেকে, কুরিয়ান একটি গোয়ালে কাজ করেছিলেন, পড়াশোনা চালিয়েছিলেন, ম্যাট্রিকুলেশন করেছিলেন এবং তারপরে শূকর পালনে এক বছরের সার্টিফিকেট কোর্স করেছিলেন।

দ্বিতীয় দিন তার বাবার বোনের সাথে, সন্ধ্যা সাতটার দিকে, কুরিয়ান তার খালার বাড়ির পাশে জুবিলি পার্কে এক তরুণী গর্ভবতী মহিলাকে একা বসে থাকতে দেখেন। তিনি বুঝতে পেরেছিলেন যে তার সাহায্য দরকার। ইহা ছিল গুঁড়ি গুঁড়ি এবং অন্ধকার হওয়া; সে তার কাছে গেল। তার শূকরের অনুভূতি থেকে, তিনি অনুভব করেছিলেন যে সে তার গর্ভাবস্থার শেষ পর্যায়ে রয়েছে এবং তার অবিলম্বে সহায়তা প্রয়োজন। মহিলাটি তাকে বলেছিল যে তার কোথাও যাওয়ার নেই, এবং কুরিয়ান তাকে কিছু না ভেবে তার সাথে তার খালার বাড়িতে যেতে বলেছিলেন। সে হাঁটতে পারত না; কুরিয়ান তাকে কোলে তুলে নিলেন।

মরিয়ম সময় নষ্ট করেননি। সে এমিলিকে ভিতরে নিয়ে গেল, তাকে গরম জল দিয়ে পরিষ্কার করল, তার পুষ্টিকর খাবার খাওয়াল এবং তার পা ও বাহু ম্যাসেজ করল। সারা রাত সে ঘুমায়নি এবং গর্ভবতী

মহিলার সাথেই থাকে। অবিকল পরের দিন পাঁচটা চারটায়, এমিলি জন্ম দেয়। কুরিয়েন তার খালাকে সারারাত সাহায্য করার জন্য সেখানে ছিলেন, এবং জর্জ মুকেনের পিগস্টিতে তার অভিজ্ঞতা তাকে অনেক সাহায্য করেছিল বলে তিনিই প্রথম শিশুটিকে স্পর্শ করেছিলেন।

সপ্তম দিনে, মারিয়াম শিশুটিকে তার প্যারিশ চার্চে নিয়ে যান; এমিলি এবং কুরিয়েন তাকে অনুসরণ করেন। তারা শিশুটিকে বাপ্তিস্ম দিয়েছিল; এর প্রতিষ্ঠাতা সেন্ট টমাস দ্য এপোস্টেলের স্মরণে মারিয়াম থমাসকে শিশুর নাম হিসেবে প্রস্তাব করেছিলেন। কেরালায় খ্রিস্টান ধর্ম। পুরোহিত আরামাইক-সিরিয়াক এবং মালায়ালম ভাষায় প্রার্থনা পাঠ করেন।

মরিয়ম একটি পার্টির আয়োজন করেছিল এবং সেই সন্ধ্যায় প্যারিশ পুরোহিত, সেক্সটন, বেদীর ছেলেদের এবং তার নিকটবর্তী প্রতিবেশীদের আমন্ত্রণ জানায়।

কুরিয়েন তার ছুটি আরও এক সপ্তাহ, মোট দশ দিন বাড়িয়ে দেন এবং পরের দিন এমিলি এবং থমা কুঞ্জকে মরিয়মের তত্ত্বাবধানে রেখে তিনি মালাবারে ফিরে যাওয়ার পরিকল্পনা করেন। তিনি

এমিলিকে বলেছিলেন যে তিনি পরের দিন ফিরে যাবেন। এমিলি তার দিকে তাকিয়ে নীরবে কেঁদে ফেলল।

"তুমি কি আমার সাথে আসতে চাও? আমি শূকর পালনে কাজ করি; আমার নিয়োগকর্তার জমিতে তৈরি একটি কুঁড়েঘর ছাড়া আমার আর কিছুই নেই, "কুরিয়েন বলেছিলেন।

"আমি পৃথিবীর যে কোন জায়গায় তোমার সাথে যেতে ভালোবাসি; আমার কোন সম্পদের প্রয়োজন নেই, শুধু ভালবাসা এবং ভালবাসার জন্য কাউকে দরকার," এমিলি জবাব দিল।

"তুমি কি নিশ্চিত?" কুরিয়েন এমিলির কাছ থেকে আশ্বাস পেতে চেয়েছিলেন।

"অবশ্যই. আমি আপনার সাথে বাঁচব এবং আপনার সাথেই মরব," এমিলি বলেছিলেন।

কুরিয়ান এবং এমিলি তাদের সিদ্ধান্তের কথা মারিয়ামকে জানান। মরিয়ম এমিলির কাছে বিয়ের পোশাক, একটি স্যুট উপহার দেওয়ার পরে তাদের আবার গির্জায় নিয়ে যান কুরিয়ান এবং দুটি বিয়ের

আংটি। পুরোহিতের আগে, এমিলি এবং কুরিয়েন প্রতিজ্ঞা বিনিময় করেছিলেন, তারা একে অপরের প্রতি ভালবাসা এবং ভক্তির প্রতিশ্রুতি দিয়েছিলেন। শপথ উচ্চারণের পরে, তারা বাম হাতের চতুর্থ আঙুলে বিয়ের আংটি বিনিময় করেছিল, বিশ্বাস করে যে অনামিকাটি তাদের হৃদয়ে সরাসরি প্রবাহিত একটি শিরা ছিল। এরপর পুরোহিত এমিলি ও কুরিয়েনকে স্বামী-স্ত্রী ঘোষণা করেন।

"আমি এখন আপনাকে স্বামী এবং স্ত্রী উচ্চারণ করি।"

অবশেষে, পুরোহিত তাদের আশীর্বাদ করলেন "পিতা, পুত্র ও পবিত্র আত্মার নামে।"

মরিয়ম থমা কুঞ্জকে দত্তক নেওয়ার ইচ্ছা প্রকাশ করেছিলেন, কারণ এমিলি এবং কুরিয়েন গসিপ এবং চরিত্র হত্যার শিকার হবেন না। তিনি সত্যিকারের থমা কুঞ্জকে ভালোবাসতেন এবং তাকে তার নাতি হিসেবে দেখাশোনা করতে ইচ্ছুক ছিলেন, তাকে একজন ডাক্তার, প্রকৌশলী বা আইএএস অফিসার হতে শিক্ষিত করেছিলেন।

এমিলি তার ছেলে এবং স্বামী ছাড়া একটি পৃথিবী কল্পনা করতে পারে না।

মরিয়ম তার বৃদ্ধ বয়সে ভালোবাসার কাউকে পেতে চেয়েছিল, কারণ সে তার একাকী জীবন থেকে ক্লান্ত ছিল; তবুও, সে তার প্রতি এমিলির ভালবাসা বুঝতে পেরেছিল পুত্র.

কোট্টায়াম থেকে থ্যালাসেরিতে ট্রেনে উঠার সময় এমিলি থমা কুঞ্জকে তার হৃদয়ের কাছে ধরে রেখেছিল।

এটি ছিল মালাবারে এমিলির প্রথম যাত্রা, এবং তিনি আয়ানকুন্নুকে পছন্দ করেছিলেন। পার্বতী এবং জর্জ মুকেন এমিলি, থমা কুঞ্জ এবং কুরিয়েনকে উন্মুক্ত হাতে গ্রহণ করেন এবং এমিলি এবং শিশুকে স্বাগত জানাতে তাদের ফার্মহাউসে তাদের সকল কর্মীদের জন্য একটি পার্টির ব্যবস্থা করেন। পার্বতী এমিলির সাথে অবিরাম কথা বলেছিল এবং তার সাথে দেখা করতে এবং তাকে তার প্রতিবেশী এবং বন্ধু হিসাবে পেয়ে আনন্দ প্রকাশ করেছিল।

জর্জ মুকেন এবং পার্বতী এমিলি, থমা কুঞ্জ এবং কুরিয়েনকে তাদের আশ্রয়ের চারপাশে আধা একর জমি উপহার দিয়েছিলেন।

কুরিয়ান এবং এমিলি তাদের ছোট্ট কেবিনে তাদের জীবন শুরু করেছিলেন এবং পার্বতী এবং জর্জ মুকেন তাদের একটি বাড়ি তৈরি

করতে আর্থিকভাবে সাহায্য করার প্রতিশ্রুতি দিয়েছিলেন। এমিলি তাদের বলেছিল যে তার কাজ করা দরকার এবং সরাসরি আর্থিক সাহায্য আশা করেননি। কিন্তু যেহেতু তিনি শিক্ষকের প্রশিক্ষণ ডিপ্লোমা করেননি, তাই তিনি প্রাথমিক বিদ্যালয়ের শিক্ষক হিসাবে চাকরি পাওয়ার যোগ্য ছিলেন না এবং কলেজ শেষ করেননি, যা তাকে অন্যান্য চাকরি পাওয়ার অযোগ্য করে তুলেছে।

এমিলি যে কোনো কাজ করতে প্রস্তুত ছিল এবং গোয়ালঘরে বা শূকর পালনে কাজ করার ইচ্ছা প্রকাশ করেছিল, কিন্তু পার্বতী তাকে নিরুৎসাহিত করেছিল।

এমিলি তাদের প্যারিশ চার্চের স্কুলে ঝাড়ুদারের চাকরির জন্য আবেদন করেছিল। বেতন সরকার থেকে এসেছিল, কিন্তু তিনি বিশপকে মোটা ঘুষ দিতে পারেননি, যিনি ছিলেন স্কুল ম্যানেজার। জর্জ মুকেন এমিলিকে বলেছিলেন যে তাদের বাড়ি থেকে প্রায় দুই কিলোমিটার দূরে সরকার দ্বারা পরিচালিত একটি স্কুলে একজন ঝাড়ুদারের পদ খালি ছিল এবং এমিলি চাকরির জন্য আবেদন করেছিলেন। তিন মাসের মধ্যে এমিলি শিক্ষা অফিসারের কাছ থেকে নিয়োগের আদেশ পান।

এমিলি যখন সরকারি স্কুলে চাকরি গ্রহণ করে তখন ভিকার তার ওপর অসন্তুষ্ট ছিল। তিনি প্যারিশ যাজককে ব্যাখ্যা করেছিলেন যে

গির্জার প্ররোচনা প্রদান করা তার পক্ষে কঠিন ছিল। তা সত্ত্বেও, সরকারি স্কুলে কোনও ফিক্স দেওয়ার দরকার ছিল না, কারণ নিয়োগের মাপকাঠি ছিল তার যোগ্যতা।

তার বয়স যখন পাঁচ, থোমা কুঞ্জ চার্চ-চালিত স্কুলে পড়া শুরু করে, যেটি বাড়ি থেকে মাত্র পাঁচ মিনিটের পথ ছিল। জর্জ মুকেন স্কুলে আসন পাওয়ার জন্য ভিকারকে দশ হাজার টাকা দান করেছিলেন। থমা কুঞ্জ একটি বুদবুদ শিশু ছিল, পড়াশোনায় এবং পাঠ্যক্রম বহির্ভূত কার্যকলাপে ভালো ছিল। তার মায়ের মতো, তিনি মালায়ালম এবং ইংরেজিতে ভাল কথা বলতে পারতেন; অনেক শিক্ষক তাকে ঈর্ষান্বিত বোধ করেন।

থোমা কুঞ্জ কুরিয়েনের ঘাড় ও পা কোমরের চারপাশে হাত রেখে পিগিব্যাক রাইড উপভোগ করেছেন। কুরিয়েন যখনই সময় পেতেন তাকে পিঠে নিয়ে যেতে পছন্দ করতেন। এমিলি প্রায়ই জোরে হেসে উঠত, বাবা ও ছেলেকে বাইক চালাতে দেখে।

পরিবারটি কান্নুর এবং থ্যালাসেরি পর্যন্ত ভ্রমণ করেছিল, সমুদ্র সৈকতে দীর্ঘ সময় কাটিয়েছিল এবং প্রতি তিন মাসে বালির উপর বল ছুঁড়ে খেলত। তারা সন্ধ্যায় মালায়ালাম এবং হলিউড সিনেমা দেখে, একটি হোটেলে থাকতেন এবং বাইরে খেতে পছন্দ করতেন।

দুবার তারা কোট্টায়াম পর্যন্ত ভ্রমণ করেছিল এবং মরিয়মের সাথে ছিল, এবং তিনি থমা কুঞ্জ এবং এমিলিকে কাপড় সহ একটি ব্যাগ ভর্তি উপহার দিতে ভুলে যাননি। কিন্তু মরিয়মের আকস্মিক মৃত্যু তাদের কোট্টায়াম ভ্রমণের অবসান ঘটায়।

থমা কুঞ্জ কুরিয়ান এবং দুজনকেই ভালোবাসতেন এমিলি। প্রতি সন্ধ্যায় সে তার বাবার দীর্ঘ কর্মঘণ্টা পরে শূকরের ঘরে ফিরে আসার জন্য অপেক্ষা করত। সপ্তাহে দু'বার, কুরিয়ান একজন ড্রাইভারের সাথে ব্যাঙ্গালোর, মহীশূর এবং কর্ণাটকের অন্যান্য দূরবর্তী স্থানে যেতেন, কারণ কুরিয়েন সেখানকার অনেক রেস্তোরাঁ এবং হোটেলে শুকরের মাংস বিতরণ পরিচালনা করেছিলেন। থমা কুঞ্জের জন্য উপহার পেতে তিনি কখনই ভোলেননি, বিশেষ করে বিজ্ঞান ও প্রযুক্তি বিষয়ক বই।

কুরিয়েন ছিলেন থমা কুঞ্জের সবচেয়ে ভালো বন্ধু এবং এমিলি ছিলেন তার ভাইবোন। তিনি তার আকাঙ্ক্ষা এবং প্রত্যাশাগুলি তার সাথে ভাগ করেছিলেন এবং এমিলি তার কথা শুনেছিলেন। কুরিয়েনের আকস্মিক মৃত্যুর পর, এমিলি থমা কুঞ্জের সাথে তাদের পরিবার, আর্থিক পরিস্থিতি এবং পরিকল্পনা নিয়ে আলোচনা করেছিলেন। যখন তার বয়স বারো, তখন এমিলি তার পটভূমি তার সাথে শেয়ার করেছিলেন, যা তিনি একটি অন্তরঙ্গ গোপন রেখেছিলেন। এমিলি থমা কুঞ্জকে সম্মান করতেন এবং ভেবেছিলেন

তিনি একজন পরিপক্ক ব্যক্তি হয়ে উঠবেন যিনি বারো নাগাদ মানুষের জটিল সমস্যা বুঝতে পারবেন। থমা কুঞ্জ তার সমস্ত উদ্বেগ ও দুশ্চিন্তায় মায়ের সাথে দাঁড়িয়েছিল।

থমা কুঞ্জ এমিলির চেহারা পছন্দ করতেন। তিনি একটি বিরল কবজ ছিল, এবং তিনি তার চিন্তা মা সুন্দরী ছিলেন। তিনি তার ছোট চুল আঁচড়াতে পছন্দ করতেন, যা দেখতে গাঢ় এবং সুন্দর লাগছিল।

এমিলি তার আশেপাশের মহিলা দলের একজন সক্রিয় সদস্য ছিলেন। মহিলারা তার কথা বলার এবং স্পষ্ট ভাষায় তার ধারণা প্রকাশ করার ক্ষমতা পছন্দ করত। তিনি অনেক বাড়ি পরিদর্শন করেছেন এবং মহিলাদের এবং মেয়েদের তাদের স্বামীদের মদ্যপান এবং পারিবারিক সহিংসতার মতো সমস্যাগুলির সমাধান করতে তাদের সাথে দাঁড়িয়েছেন, যেখানে বেশিরভাগ মহিলাই শিকার হয়েছেন।

প্রতি রবিবার বিকেলে, এমিলি তাদের বাড়ি থেকে প্রায় বারো কিলোমিটার দূরে শহরের বয়স্কদের জন্য থমা কুঞ্জে নিয়ে যেতেন। এমিলির একটি দ্বি-চাকার গাড়ি ছিল এবং তিনি অনায়াসে তা চালাতেন। হোম ফর দ্য এজেড প্রায় পঁয়ষট্টি বন্দী ছিল, যাদের বেশিরভাগই বিধবা এবং প্রত্যাখ্যাত নারী। বেশিরভাগ মহিলার বয়স

ছিল পঁয়ষট্টি থেকে আশি বছরের মধ্যে। অসংখ্য স্বেচ্ছাসেবক স্বেচ্ছাসেবী কাজ করতে বাড়িতে যেতেন। এমিলি ডাইনিং হল, বসার ঘর, ডরমিটরি এবং শৌচাগার পরিষ্কার এবং মুপিয়েছে। কখনও কখনও তিনি ওয়াশিং মেশিনে বন্দীদের জামাকাপড় ধুতেন, বন্দীদের গোসল দিতেন এবং তোয়ালে দিয়ে তাদের শরীর শুকিয়েছে। থমা কুঞ্জ সবসময় এমিলির সাথে ছিলেন এবং তিনি তার মাকে কাজে সাহায্য করতেন। তিনি বয়স্ক ব্যক্তিদের প্রতি একটি সখ্যতা এবং ভালবাসা গড়ে তুলেছিলেন এবং তাদের আবেগ, বিশেষ করে যন্ত্রণা, উদ্বেগ, দুঃখ এবং দুঃখ বোঝার চেষ্টা করেছিলেন। তিনি জানতেন যে বিধবা নারীদের তাদের ছেলেরা তাদের বাড়ি থেকে তাড়িয়ে দিয়েছে এবং কেউ কেউ রাস্তার কোণে দুঃখজনক জীবনযাপন করেছে। বেশিরভাগ জানালা তাদের নিকটাত্মীয়রা, প্রাথমিকভাবে তাদের সন্তানদের দ্বারা প্রতিষ্ঠানে রাখা হয়েছিল। থমা কুঞ্জ সহানুভূতির সাথে তাদের গল্প শুনতেন। এই মহিলারা বেশ কয়েকটি সমস্যার সম্মুখীন হয়েছিল: তারা তাদের স্বামীর বাইরে বেঁচে ছিল, সন্তানরা বিদেশে বসতি স্থাপন করেছিল এবং কিছু মহিলা তাদের সমস্ত সম্পত্তি সন্তানদের কাছে ছেড়ে দিয়েছিল, এই বিশ্বাসে যে তারা তাদের বৃদ্ধ বয়সে তাদের দেখাশোনা করবে।

প্রত্যাখ্যাতদের সাথে ঘনিষ্ঠতা এবং আত্মীয়তা থমা কুঞ্জকে জীবনের লক্ষ্য, আত্ম-বিচ্ছিন্নতা বিকাশে প্রভাবিত করেছিল। তিনি বাড়ির সমস্ত বন্দীদের সাথে এক অনুভব করেছিলেন; তাদের গল্প ছিল তার গল্প,

ভর্গীস বী দেবস্য ১৫৭

তাদের কষ্ট ছিল তার বেদনা, তাদের আশা ছিল তার আশা এবং তাদের আনন্দ ছিল তার আনন্দ। তার উপলব্ধি মানুষের জীবনের উদ্দেশ্য অন্যদের সাথে তার অভিজ্ঞতার সামগ্রিকতার ফলে, এবং এটি একটি বটবৃক্ষের মতো বেড়ে ওঠে, সবাইকে ছায়া দেয়। তিনি তার অস্তিত্বকে অতিক্রম করেছেন এবং অন্যের অনুভূতিকে আলিঙ্গন করেছেন, অন্যের কল্যাণের জন্য সমান দায়িত্ব গড়ে তুলেছেন, কারণ তার এবং অন্যের মধ্যে কোনও পার্থক্য ছিল না।

থোমা কুঞ্জ নিজেকে ভুলে গেল; তিনি অন্য হিসাবে বিবর্তিত.

থমা কুঞ্জের মানসিক ও মানসিক বৃদ্ধিতে এমিলির অনুপ্রেরণা তার কথা ও কাজে বিশিষ্ট ছিল। তিনি একটি প্রভাবশালী অহং ছাড়াই বড় হয়েছিলেন যা তার জীবন এবং ভবিষ্যতকে গঠন করেছিল। এমিলি ছিল তার আকর্ষণের কেন্দ্রবিন্দু; অন্যদের প্রতি তার স্নেহ, সরলতা, সাহস এবং সরলতা তাকে মুগ্ধ করেছিল।

এমিলি নারীদের একজন প্রতিনিধি হিসেবে স্থানীয় প্যারিশ কাউন্সিলের সদস্য নির্বাচিত হন। বোর্ডে তিনজন নারী ও সাতজন পুরুষ সদস্য ছিলেন। অন্য দুই মহিলা ছিলেন কনভেন্টের সন্ন্যাসী যারা প্যারিশ স্কুলের শিক্ষক ছিলেন। সন্নাসীরা সর্বদা শ্রেষ্ঠত্ব দেখিয়েছেন কারণ তারা স্নাতক এবং শিক্ষক তারা এমিলিকে সমাজে

কোনো মর্যাদা ছাড়াই একজন অস্পৃশ্য নারী হিসেবে ব্যবহার করত। তারা ঈর্ষান্বিত ছিল কারণ এমিলি একজন ভাল বক্তা ছিলেন যিনি তার ধারণাগুলি কার্যকরভাবে প্রকাশ করতে পারেন। তারা ঈর্ষান্বিত ছিল কারণ এমিলি ভালো ইংরেজি জানত এবং কোন ভয় ছিল না; তিনি খোলাখুলিভাবে তার মতামত প্রকাশ করেছেন।

পুরোহিত প্যারিশ কাউন্সিলের সভায় মহিলাদের কথা বলতে নিরুৎসাহিত করেছিলেন এবং ননরা গভীর নীরবতা পালন করেছিলেন। যখনই এমিলি কথা বলতে চাইত, ভিকার তাকে মনে করিয়ে দিত যে মিটিংটি পুরুষদের জন্য এবং মহিলাদের কাজ হল ভিকারের কথা শোনা। এমিলি পুরোহিতের সাথে তার মতানৈক্য প্রকাশ করেছিলেন এবং ধীরে ধীরে ভিকারের জন্য এমিলিকে উপহাস করার রীতি হয়ে ওঠে যে তিনি গির্জায় মহিলাদের অবস্থান জানতে বাইবেল পড়েননি। বেশিরভাগ পুরুষ পুরোহিতের সাথে একমত হন এবং এমিলিকে তার দৃঢ় আচরণের জন্য শাস্তি দেন। তারা বলেছিলেন যে প্যারিশ পুরোহিতের সামনে একজন মহিলার সাহসী হওয়া উচিত নয়।

পুরোহিত বাইবেল নিয়েছিলেন এবং টিমোথির কাছে সেন্ট পলের প্রথম চিঠিটি পড়েছিলেন:

"আমি কোনো নারীকে কোনো পুরুষের ওপর শিক্ষা বা কর্তৃত্ব গ্রহণের অনুমতি দিই না; তাকে চুপ থাকতে হবে।"

অনুচ্ছেদটি পড়ার পরে, পুরোহিত বলেছিলেন যে গির্জা এবং সমাজে মহিলাদের কেবল একটি অধস্তন অবস্থান ছিল। তাদের পুরুষদের, বিশেষ করে প্যারিশ পুরোহিতের বাধ্য হওয়া দরকার ছিল।

এমিলি কিছু বলল না। তিনি একটি চিন্তাশীল নীরবতা পালন.

অন্য একটি অনুষ্ঠানে, এমিলি প্যারিশের মেয়েদের সম্পর্কে কথা বলতে চেয়েছিলেন যারা কলেজ শিক্ষা থেকে বঞ্চিত ছিল, কারণ অনেক বাবা-মা তাদের ছেলেদের উচ্চ শিক্ষা পছন্দ করেন। পুরোহিত তাকে তার মুখ বন্ধ করতে বলেছিল, তাকে বলেছিল তার পরিবার এবং গির্জায় চুপ থাকা উচিত ছিল। তাকে কথা বলার অনুমতি দেওয়া হয়নি তবে তাকে অবশ্যই জমা দিতে হবে।

এমিলি পুরোহিতকে বলেছিলেন যে তিনি এখনও মধ্যযুগে আছেন; কয়েক শতাব্দী ধরে বিশ্ব ব্যাপকভাবে পরিবর্তিত হয়েছে এবং নারীরা নাম ও খ্যাতি অর্জন করেছে। এছাড়া নারীর অংশগ্রহণ ছাড়া কোনো সংস্কৃতি বা সভ্যতা টিকে থাকতে পারে না।

প্যারিশ পুরোহিত হিংস্রভাবে অঙ্গভঙ্গি করে এবং এমিলির দিকে চিৎকার করে। দুই সন্ন্যাসী এবং প্রায় সব পুরুষই এমিলিকে গালাগাল করার জন্য ভিকারকে সমর্থন করেছিলেন। কিন্তু এমিলি যাজককে বলেছিল যে সে তার জীবনের সবচেয়ে খারাপ যৌনতাবাদী দেখা পুরোহিত রাগ করছিলেন এবং প্যারিশ কাউন্সিল থেকে এমিলিকে সরিয়ে দিয়েছিলেন। পরবর্তী সভায় কমিটিতে আরও একজন সন্ন্যাসী নির্বাচিত হন।

এটি এমিলিকে প্রভাবিত করেনি, এবং তিনি কুরিয়েনের সাথে সবকিছু নিয়ে আলোচনা করেছিলেন, যিনি তাকে বলেছিলেন যে তারা গির্জা এবং ঈশ্বর ছাড়া বাঁচতে পারে। যদিও উভয়েরই মানবজীবনে যথেষ্ট প্রভাব ছিল, তারা যদি তাদের প্রত্যাখ্যান করার সিদ্ধান্ত নেয় তবে তাদের ছাড়া বেঁচে থাকা সহজ ছিল। ধর্ম এবং ঈশ্বরকে পৌরাণিক এবং কুসংস্কার, নিপীড়ক এবং পুরুষতান্ত্রিক, সংস্কৃতির বিবর্তন প্রক্রিয়ার দুষ্ট শাখা হিসাবে বিবেচনা করুন। পুরুষরা নারীদের নিপীড়ন এবং তাদের দাসত্ব ও যৌন অপব্যবহার করার জন্য পুরুষদের জন্য ধর্ম তৈরি করেছিল। ইতিহাস তুলে ধরেছে পুরুষরা বুদ্ধিমান কণ্ঠস্বর, সামাজিক অগ্রগতি এবং গণতন্ত্রকে দমন করতে ধর্মকে অস্ত্র হিসেবে ব্যবহার করেছে। ধর্ম সবসময়ই গণতন্ত্র ও জ্ঞানার্জনের বিরুদ্ধে ছিল। এমিলি আগ্রহের সাথে কুরিয়েনের কথা শুনেছিল, কারণ তার স্বামী স্বাধীনতা ও সমতা, বিশেষ করে তার

স্ত্রীর সন্ধানকারী মহিলাদের আকাঙ্ক্ষা বুঝতে পেরেছিলেন। তিনি তার কষ্টে পাথরের মতো তার পাশে দাঁড়িয়েছিলেন।

এমিলি এবং কুরিয়ান একে অপরের সঙ্গ ভালবাসতেন এবং লালন করতেন এবং থমা কুঞ্জ তাদের কাছ থেকে স্নেহের প্রাথমিক পাঠ শিখেছিলেন। তাদের উপস্থিতি তাকে সমৃদ্ধ করছিল এবং তিনি তাদের কথা ও কর্মে তাদের প্রতি নিবিড়ভাবে পর্যবেক্ষণ করেছিলেন। তারা সবসময় তার জন্য একটি অনুপ্রেরণা ছিল.

তার মা এবং বাবাকে অনুসরণ করে, থমা কুঞ্জ অহংবোধের বাইরে জীবনের একটি দর্শন গড়ে তুলেছিলেন। প্রত্যেকেরই মর্যাদার সাথে অস্তিত্বের জায়গা ছিল কারণ তিনি তার স্কুলের অন্যান্য ছাত্রদের সাথে তার বাবা-মা, জর্জ মুকেন এবং পার্বতীর কাছ থেকে উপহারগুলি ভাগ করতে পছন্দ করতেন। শৈশব থেকেই, তিনি অন্যদেরও বুঝতেন, ব্যথা এবং দুঃখ, উদ্বেগ এবং দুঃখ ছিল এবং সেগুলি প্রত্যেকের জীবনকে নেতিবাচকভাবে প্রভাবিত করতে পারে এবং তাদের জীবনকে লালন করতে তাদের সাহায্য করার দায়িত্ব ছিল তার। তিনি মিথ্যা বলতে অস্বীকার করেছিলেন এবং অন্যদের কষ্ট দেওয়া থেকে বিরত ছিলেন। অন্যান্য ছাত্রদেরও তার একই ইচ্ছা ছিল, অনুরূপ অনুভূতি সে তার হৃদয়ে রেখেছিল এবং একই রকম উদ্বেগ সে নিজের মধ্যে বহন করেছিল। তিনি লক্ষ্য করেছেন যে চতুর্থ শ্রেণী পর্যন্ত প্রায় সব ছেলে ও মেয়েই সহানুভূতি ও বিবেচনার সাথে আচরণ করেছে। একবার তারা পঞ্চম শ্রেণীতে প্রবেশ করে বা

দশ বছর বয়সে পৌঁছে, তারা ক্রমাগত সহানুভূতি এবং সমতা হারিয়ে ফেলে। থোমা কুঞ্জে তিনি যেমন ছিলেন তেমনই থাকার ইচ্ছা ছিল, তিনি তার পিতামাতার কাছ থেকে যা শিখেছেন এবং তার মধ্যে যে মূল্যবোধগুলি গড়ে তুলেছেন তা অনুশীলন করে। কিন্তু এটি স্ট্রেন তৈরি করেছে এবং তার জীবনে দ্বন্দ্ব, অন্যরা তাকে সন্দেহের চোখে দেখে, তার সম্পর্কে দুষ্টু মন্তব্য করেছিল এবং কখনও কখনও তাকে বিদ্বেষপূর্ণ পরিকল্পনার শিকার করেছিল।

যখন তিনি তার পিতামাতার সাথে বা একা ভ্রমণ করতেন, তখন তিনি তার সহযাত্রীদের সাথে সুশীল ছিলেন; কখনও কখনও, তার আচরণ ভুল ব্যাখ্যা করা হয়. তিনি শিখেছেন যে অন্যদের, বিশেষ করে অপরিচিতদের সাথে তার খুব বেশি বন্ধুত্বপূর্ণ হওয়া উচিত নয়। থমা কুঞ্জের কালিকট বিমানবন্দর থেকে কোচি যাওয়ার প্রথম ফ্লাইট ছিল, এবং যাত্রীরা বিমানের প্রবেশপথের দিকে একে অপরকে ধাক্কা দিচ্ছে এবং কনুই করছে দেখে তিনি বিস্মিত হয়েছিলেন। ডিপ্ল্যানিংয়ের সময় একই আচরণ লক্ষ্য করা গেছে, যা তিনি বড় শহর এবং বাজারে প্রত্যক্ষ করেছিলেন। মৌলিক মানব আচরণ সব পরিস্থিতিতে একই ছিল এবং পরিবর্তন করা যায় না, কারণ মানুষ চরম পরিস্থিতিতে পশুদের মতো নিজেদের আচরণ করে। উচ্চ শিক্ষিত, ক্ষমতাবান, ধনী, প্রভাবশালী এবং নিরক্ষর, দুর্বল, দরিদ্র এবং অপ্রভাবশালীদের কর্মের মধ্যে কোন পার্থক্য ছিল না, থমা কুঞ্জ আন্দিজে বিমান দুর্ঘটনার শিকারদের গল্প পড়ে শিখেছিলেন। কিছু

যাত্রী নরখাদককে অবলম্বন করে অনুসন্ধান দলগুলি না আসা পর্যন্ত বেঁচে যায়।

থমা কুঞ্জ তাদের সাথে একমত হতে পারেনি যারা মিগনোনেটের ক্যাপ্টেন ডুডলির অবস্থানকে সমর্থন করেছিল, যিনি তার দুই নাবিকের সাথে কেবিন বয় রিচার্ড পার্কারকে হত্যা করেছিলেন এবং খেয়েছিলেন। তারা দক্ষিণ আটলান্টিকে জাহাজ ভেঙ্গে পড়েছিল এবং উনিশ দিন ধরে তাদের কোন খাবার ছিল না। কেবিন বয়কে মেরে খাওয়াই ছিল তাদের একমাত্র উপায়। থমা কুঞ্জ মানুষের সম্মিলিত জীবন নিয়ন্ত্রণকারী আইনের প্রকৃতির প্রতিফলন ঘটিয়েছে। তিনি একটি মূল্যবোধ ব্যবস্থা গড়ে তুলেছিলেন যে নির্দিষ্ট কর্তব্য এবং অধিকারগুলি সামাজিক পরিণতি থেকে মুক্ত কারণগুলির জন্য সমাজের সম্মানকে নির্দেশ করতে হবে। মানুষ জৈবিকভাবে আত্মকেন্দ্রিক ছিল এবং অন্য প্রাণীর মতো তাদের সুবিধার জন্য আচরণ করত, কিন্তু থমা কুঞ্জ ভিন্ন হতে চেয়েছিল; তিনি নিঃস্বার্থভাবে বাঁচতে চেয়েছিলেন, অন্যের অনুভূতিকে সম্মান করে।

থমা কুঞ্জ নিঃসঙ্গ এবং নীরব হয়ে পড়েছিল, সর্বত্র, বিশেষ করে স্কুলে অন্যায়ের মুখোমুখি হয়েছিল। তার বন্ধুরা আরও বেশি আত্ম-সচেতন হয়ে ওঠে, আত্ম-বৃদ্ধিতে আগ্রহী এবং ফলস্বরূপ, অন্যদের হেয় করা। বেশিরভাগ শিক্ষক ব্যক্তিত্ব এবং ব্যক্তিগত অর্জনকে উৎসাহিত করেছেন; এটা থমা কুঞ্জ ব্যাথা. যখন তিনি প্রজাতন্ত্র

দিবসের কুচকাওয়াজে অংশগ্রহণের জন্য নির্বাচিত হন, তখন তাঁর প্রায় সমস্ত বন্ধুরা তাঁর প্রশংসা ও উৎসাহ দেওয়ার পরিবর্তে তাঁর বিরুদ্ধে গসিপ করেছিলেন। হঠাৎ, তিনি তাদের হিংসার লক্ষ্যে পরিণত হন, কিন্তু থমা কুঞ্জের জন্য, তিনি কখনও তাদের কাছ থেকে কিছু কেড়ে নেননি, তাদের বিরুদ্ধে কোন খারাপ কথা বলেননি বা তাদের আঘাত করেননি।

তিনি তার এবং তার বন্ধুদের মধ্যে একটি বড় বিভাজন দেখেছিলেন, যা সেতু করা কঠিন ছিল।

"সে একজন ঝাড়ুদারের ছেলে, এবং কিভাবে তারা তাকে নির্বাচন করতে পারে?" কিছু জিজ্ঞাসা. তাদের জন্য, নির্বাচনের মাপকাঠি ছিল পিতামাতার অবস্থা, সামাজিক পটভূমি এবং আর্থিক অবস্থা।

"তার মৃত বাবা শূকর পালনে কাজ করতেন এবং তিনি প্রজাতন্ত্র দিবসের কুচকাওয়াজে অংশ নেন," কয়েকজন শিক্ষকও মন্তব্য করেছেন।

থমা কুঞ্জ তার শিক্ষকদের জন্য করুণা অনুভব করেছিলেন। মানবতার তাদের দৃষ্টিভঙ্গি ছিল ক্ষীণ, সংকীর্ণ, অবমাননাকর মূল্য ব্যবস্থা এবং আত্মসম্মান শূন্য।

মানুষের যোগ্যতা ও মানবিকতা পরিমাপের মানদণ্ড ছিল ভিন্ন শিক্ষক-শিক্ষার্থীরা একে সম্মিলিত কৃতিত্ব, উদযাপন ও আনন্দের সাধারণ কারণ হিসেবে দেখেননি। পরিবর্তে, তারা ঘৃণা এবং ঈর্ষা ছড়িয়ে দিয়েছিল। থমা কুঞ্জ অন্য কাউকে দেওয়া কিছু কেড়ে নেয়নি; প্রজাতন্ত্র দিবসের কুচকাওয়াজে অংশগ্রহণের জন্য তার নির্বাচন স্পষ্ট, সুনির্দিষ্ট এবং আত্মবিশ্বাসী পছন্দের উপর ভিত্তি করে ছিল এবং তিনি সেই ব্যবস্থাগুলি পূরণ করেছিলেন। তবুও, থমা কুঞ্জ বিশ্বাস করেননি যে তিনি আরও মেধাবী ছিলেন, কারণ যোগ্যতা নির্বাচনের ক্ষেত্রে একটি নীতি হওয়া উচিত ছিল না কারণ এটি একটি নির্দিষ্ট সামাজিক এবং মনস্তাত্ত্বিক পটভূমির ফলাফল যা অন্যরা নাও পেতে পারে। সুতরাং, প্রচেষ্টা মেধার জন্য একটি কারণ ছিল না.

কিন্তু থোমা কুঞ্জ তার পটভূমি এবং যোগ্যতার কারণে তার বন্ধুদের কাছ থেকে প্রত্যাখ্যানের সম্মুখীন হন; উভয়ই তাঁর সৃষ্টি নয়, এবং তিনি উভয়কেই নিন্দা করতে চেয়েছিলেন। তার জীবন ছিল ভিন্ন হতে একটি পরীক্ষা; তিনি জীবনের একটি ভিন্ন উপলব্ধি কামনা করেছিলেন এবং জীবনের একটি নিঃস্বার্থ প্রিজমের মাধ্যমে ঘটনাগুলি পর্যবেক্ষণ করেছিলেন। কেউ তাকে তা করতে শেখায়নি, তবে এটি ছিল জ্ঞানার্জন, একটি নতুন সচেতনতা, এবং ফোকাস কাউকে আঘাত করা ছিল না. তিনি মিথ্যা বলতে বা আত্মপক্ষ সমর্থন করতে চাননি এবং নীরব থাকতে চেয়েছিলেন। তার বাবার হার তাকে

বিবর্তনের সেই নতুন প্রক্রিয়ায় রূপ দিয়েছে। তিনি নিজেকে অন্যের জুতা দিয়েছিলেন, এবং অন্যরা তাকে একজন নিঃস্বার্থ মানুষ হিসাবে দেখতে ব্যর্থ হয়েছিল, অথবা তারা নিঃস্বার্থ এবং আত্মকেন্দ্রিক হতে ব্যর্থ হয়েছিল।

এটি ছিল থমা কুঞ্জের জন্য একটি সংগ্রাম, যেমন প্যারিশ পুরোহিতের সাথে এমিলির লড়াই। এটি বেদনাদায়ক এবং স্ব-প্রয়োজনীয় ধ্রুবক প্রশিক্ষণ হিসাবে ভুলে যাওয়া কঠিন ছিল। তিনি অন্যদের পর্যবেক্ষণ করেছেন, শিখেছেন যে প্রতিটি ব্যক্তির জীবনে একটি লক্ষ্য রয়েছে এবং এটি অর্জনের জন্য প্রচেষ্টা করেছেন। প্রত্যেকেরই দুঃখ ও সুখের পটভূমি ছিল; তারা তার নিজের মত বেদনাদায়ক বা মূল্যবান ছিল.

বৃদ্ধদের জন্য বাড়িতে তার মা, এমিলির সাথে কাজ করা একটি মেটানোইয়া ছিল; এটি তার মন, হৃদয় এবং জীবনধারা পরিবর্তন করে। সে তার মধ্যে অন্যকে এবং অন্যের মধ্যে নিজেকে দেখতে শুরু করে। কিন্তু একবার তিনি একজন সহকর্মীর উপর রেগে গেলেন, এটি তার জীবনকে আমূল বদলে দিল। তিনি কখনই অপুকে আঘাত করতে চাননি; যাইহোক, এটা ঘটেছে. এতে বেদনাদায়ক শাস্তি ছিল। তার সর্বোচ্চ চেষ্টা একটি শান্তিপূর্ণ সহাবস্থান যথেষ্ট ছিল না; শত্রুরা কোথাও থেকে আবির্ভূত হতে পারে। এমিলির ক্ষেত্রেও তাই হয়েছে।

ভিকার এমিলি প্যারিশ কাউন্সিলের সভায় প্রশ্ন উত্থাপন অপছন্দ. যদিও তিনি তাকে কাউন্সিলের সদস্যপদ থেকে সরিয়ে দিয়েছিলেন, তার মনে তার বিরুদ্ধে ক্ষোভ ছিল। যখনই সুযোগ ছিল, তিনি এমিলিকে প্রকাশ্যে অপমান করার চেষ্টা করেছিলেন। কিন্তু এমিলি যৌক্তিক এবং নম্রভাবে কথা বলতে পারে, যাজকের অহংকার এবং অজ্ঞতা প্রকাশ করে। ভিকার তার রবিবারের হোমলিতে তাকে বিব্রত করার কথা ভেবেছিল যখন সে কথা বলার সুযোগ পাবে না। ভিকার জানত যে এমিলি রবিবারের পরিষেবায় নিয়মিত ছিল এবং তার ধর্মোপদেশের সময় এমিলিকে শায়েস্তা করার পরিকল্পনা করেছিল। তার রবিবারের বক্তৃতাগুলি মূলত গসপেল এবং প্রেরিতদের পত্র থেকে ছিল এবং অনেক রবিবারের জন্য, তিনি সেন্ট পলের একটি উদ্ধৃতি খুঁজতেন।

সেই রবিবার, পাঠটি ছিল প্রথম করিন্থীয় অধ্যায় এগারো থেকে, এবং তাঁর উপদেশ সেই পাঠের উপর ছিল। স্পষ্ট কণ্ঠে, তিনি যা পড়েছিলেন তা পুনরাবৃত্তি করলেন।

"একজন মানুষ ঈশ্বরের মহিমা, এবং এই কারণে, তিনি তার মাথা ঢেকে রাখা উচিত নয়। একজন নারী পুরুষের গৌরব।" তারপর তিনি গির্জায় জড়ো হওয়া বিশ্বাসীদের দিকে তাকালেন, এবং তার চোখ এমিলিকে খুঁজতে থাকে যেমন একটি হিংস্র টাক ঈগল খরগোশের জন্য শিকার করে। তিনি পিউয়ের দ্বিতীয় সারিতে বসে

ছিলেন; তিনি গির্জায় তার মাথা ঢেকে রাখেননি, তার ছোট চুল উন্মুক্ত করে।

যেন ভক্তদের উদ্দেশ্যে, তিনি তাঁর উপদেশ চালিয়ে যান, "একজন মহিলার তার মাথা ঢেকে রাখা উচিত।"

এমিলিই একমাত্র মহিলা যিনি গির্জায় তার মাথা ঢাকতে অস্বীকার করেছিলেন এবং তিনি বুঝতে পেরেছিলেন যে পুরোহিত তার সম্পর্কে কথা বলছেন। মহিলা এবং পুরুষরা দুষ্টু কৌতূহল নিয়ে এমিলির দিকে তাকালো এবং কেউ কেউ পরচর্চা শুরু করল। যাজক খুশি হয়েছিলেন যে এমিলি এবং মণ্ডলী তার কথার গভীর অর্থ বুঝতে পেরেছিল।

আবার এমিলির দিকে তাকিয়ে পুরোহিত বললেন:

"স্ত্রীর চুল কেটে ফেলা লজ্জাজনক।"

কয়েক সেকেন্ড নীরবতার পর, পুরোহিত আবার কথা বললেন:
"স্বামীর যদি অনুগ্রহের অভাব থাকে তবে স্ত্রী যা করে তা তার গৌরব।"

ভর্গীস বী দেবস্য ১৬৯

পুরোহিত তার মৃত স্বামীকে টার্গেট করছিলেন। কুরিয়ান ছিলেন না বিশ্বাসী, এবং তিনি একটি গির্জা মধ্যে সেবা যোগদান. একজন পুরোহিতের পক্ষে মিম্বরে দাঁড়িয়ে এমন একজন ব্যক্তির সম্পর্কে খারাপ কথা বলা অধার্মিক ছিল। একটি মন্দ কাজের কোন প্রান্ত ছিল না, এবং একজন ভিকার অবাধ ক্ষমতা পেয়ে গেলে খুব কদর্য হয়ে উঠতে পারে, এবং শ্রোতারা প্রতিক্রিয়া জানাতে পারে না এবং তাকে প্রতিরোধ করা নিষিদ্ধ করা হয়েছিল। কুরিয়েনের সোনার হৃদয় ছিল এবং পুরোহিতের বিপরীতে একজন সম্ভ্রান্ত ব্যক্তি ছিলেন। এমিলির হৃদয় পুড়ে গেল, এবং তার রক্ত ফুটে উঠল। কিন্তু তাকে সমাজের দ্বারা প্রতিক্রিয়া দেখানো থেকে সীমাবদ্ধ ছিল, কারণ গির্জাটি ছিল একটি পবিত্র স্থান, যেখানে পুরোহিত শেষ নৈশভোজ এবং ক্রুশবিদ্ধকরণের স্মরণের জন্য খ্রিস্টের দেহ এবং রক্তে রুটি এবং ওয়াইন স্থানান্তরিত করেছিলেন। একজন মৃত ব্যক্তি এবং তার স্ত্রীর শারীরিক চেহারার বিরুদ্ধে পুরোহিতের খারাপ কথা বলা উচিত ছিল না। চুল কাটা ছিল একজন মহিলার ব্যক্তিগত পছন্দ, তার স্বাধীনতা এবং সাম্যের প্রকাশ; কোন যাজক, কোন গির্জা এটা অস্বীকার করার ক্ষমতা ছিল না, এটা সম্পর্কে খারাপ কথা বলতে.

এমিলি তার চুল ছাঁটাতে কুরিয়েনের কোনো আপত্তি ছিল না; সে তাকে দেখে খুশি হয়েছিল চুলের স্টাইল এবং সর্বদা তাকে তার চাহিদা এবং নির্বাচন অনুসারে একজন মুক্ত মহিলা হতে উৎসাহিত

করে। পুরোহিতের দিকে তাকিয়ে এমিলি গর্জে উঠতে চেয়েছিল, "তোমার নোংরা মুখ বন্ধ করো, নারীদের নিয়ে খারাপ কথা বলো না," কিন্তু সে নিজেকে সামলে নিল। প্রথম শতাব্দীতে, টারসুসের একজন পাগল, একজন গ্রীক ধর্মান্ধ এবং একজন পুরুষ শাউভিনিস্ট, করিন্থের পুরুষদের কাছে মূর্খতাপূর্ণ চিঠি লিখেছিলেন। তিনি প্রগতিশীল নারীদের নিয়ন্ত্রণ করতে চেয়েছিলেন যারা সবসময় তাদের স্বামীদের থেকে এক ধাপ এগিয়ে ছিল। তার নাম ছিল পল, এবং সে নিজেকে যীশুর শিষ্য বলে দাবি করেছিল যদিও সে যীশুর সাথে কখনও দেখা করেনি। কিন্তু পল যীশুকে খ্রীষ্টে রূপান্তরিত করেছিলেন, একজন কাল্পনিক সত্তা, মানুষ এবং ঈশ্বরের সংমিশ্রণ, ঈশ্বরের লিঙ্গহীন পুত্র।

পল ছিলেন একজন জোকার, একজন নিপীড়ক, একজন মৌলবাদী যিনি যীশুর নারী বন্ধুদের বশীভূত করার অভিজ্ঞতা অর্জন করেছিলেন, যিনি সর্বদা যীশুর সাথে চলতেন এবং তাঁর দৃষ্টান্ত শুনেছিলেন। তারা তার সাথে ছিল যখন তিনি একজন পুরুষ শিষ্য জুডাস ইসকারিওট দ্বারা বিশ্বাসঘাতকতা করেছিলেন। আরেকজন পুরুষ, পিটার, যীশুকে গোলগোথায় নিয়ে যাওয়ার পর যীশুর কাছ থেকে পালিয়ে গিয়েছিল। রোমানরা যখন তাকে ক্রুশবিদ্ধ করেছিল, তখন তার নারী বন্ধুরা তার সাথে ছিল; জন ছাড়া সমস্ত পুরুষ অদৃশ্য হয়ে গেল এবং নিজেদের বাঁচাতে অন্ধকারে লুকিয়ে রইল। মেরি ম্যাগডালিন তার কবরে তিন রাত কাটিয়েছিলেন এবং যখন তিনি পুনরুত্থিত হন, তখন তিনিই প্রথম ব্যক্তি যিনি তাকে দেখেছিলেন। তিনি আনন্দ এবং সুখে স্তব্ধ

হয়ে গিয়েছিলেন এবং তাকে "আমার প্রভু" বলে ডাকতেন, স্বামীর জন্য হিব্রু এবং আরামাইক ভাষায় ব্যবহৃত একটি শব্দ।

যীশুর পুরুষ শিষ্যরা তার স্বামী মেরি ম্যাগডালিনকে অস্বীকার করতে চেয়েছিলেন। তারা তাকে, তার অবস্থান এবং তার ঘনিষ্ঠতা কেড়ে নেওয়ার চেষ্টা করেছিল এবং তাকে পতিতা বলে অভিহিত করেছিল। যীশুর পুরুষ শিষ্যরা নারীদের গির্জায় তাদের ন্যায্য অবস্থান অস্বীকার করেছিল। এবং এমিলি ভেবেছিল পুরোহিতও তাই করছে। বিশের পরও শতাব্দীর পর শতাব্দী, গির্জা সেই অস্বীকারের মধ্যে বসবাস করতে থাকে। এটি মিসজিনিস্টদের একটি সংগঠন হতে চেয়েছিল। এমিলি তার আসন থেকে উঠে গেল; সে চারপাশে তাকাল; সমস্ত মণ্ডলী তার দিকে তাকাল।

“আমি ভিকারের জন্য লজ্জিত। তার কথা যীশুর নয়; তিনি মিম্বরের অপব্যবহার করেন একজন বিধবা সম্পর্কে খারাপ কথা বলার জন্য; আমার প্রয়াত স্বামী সম্পর্কে তার অবমাননাকর কথায় আমি আপত্তি করি। যদিও তিনি নাস্তিক ছিলেন, তিনি কখনো কারো ক্ষতি করেননি বা অন্যকে খারাপ বলেননি। ধর্মগুরু যদি ঈশ্বরে বিশ্বাস করেন, তাহলে তিনি তাঁর কাছে জবাবদিহি করেন,” এমিলি শান্তভাবে বলল এবং বেরিয়ে গেল।

গির্জার মধ্যে ছিল পিন-ড্রপ নীরবতা। মণ্ডলী অবিশ্বাসের দৃষ্টিতে পুরোহিতের দিকে তাকালো, এবং কেউ বুঝতে পারল না যে প্রচারক তার অবশিষ্ট ধর্মানুভূতিতে কী বলেছেন।

রবিবারের ধর্মোপদেশ প্যারিশিয়ানদের মধ্যে অবিরাম তর্ক, উত্তেজনা এবং দ্বন্দ্ব সৃষ্টি করেছিল যা বহু মাস ধরে চলতে থাকে। এটি বিশ্বস্তদের তিনটি স্পষ্ট দলে বিভক্ত করেছিল, যারা পুরোহিতকে সমর্থন করেছিল, সবচেয়ে উল্লেখযোগ্য সংখ্যাগরিষ্ঠ। তারা পুরোহিত এবং বিশপের ভয়ে ভীত ছিল পুরোহিতের অভিশাপ, বাপ্তিস্ম প্রত্যাখ্যান, বিবাহের অনুষ্ঠান এবং গির্জার কবরস্থানের মধ্যে সমাধি। চার্চ-চালিত স্কুল, কলেজ, হাসপাতাল এবং অন্যান্য প্রতিষ্ঠানে চাকরির জন্য, যদিও প্যারিশিয়ানদের ঘুষ দিতে হয়েছিল, তাদের পুরোহিত এবং বিশপের সমর্থন এবং সুপারিশের প্রয়োজন ছিল। কেউ কেউ নিরপেক্ষ অবস্থান নেন। খুতবার সময় একজন মহিলাকে গালি দেওয়া কোন বিষয় ছিল না; তারা আত্মকেন্দ্রিক ছিল। একটি ছোট সংখ্যালঘু তার রবিবারের বক্তৃতার সময় পুরোহিতের অকথ্য ভাষায় আপত্তি জানায়। তারা সুস্পষ্টভাবে এমিলিকে সমর্থন করছিল না কিন্তু একজন মহিলা এবং তার মৃত স্বামীর বিরুদ্ধে পুরোহিতের অশ্লীল কথায় আপত্তি করছিল। সেখানে মাত্র অর্ধ ডজন এই ধরনের প্যারিশিয়ান ছিল এবং তারা খুব সোচ্চার ছিল।

ছয় মাস পর, এমিলি বিশপের কাছ থেকে একটি বার্তা পান যে তিনি তাকে শহরের বিশপ্রিকে দেখতে চান। কুরিয়েনের মৃত্যুর পর, এমিলি একবারও শহরে যাননি; তার সাথে যাওয়ার মতো কেউ ছিল না। তিনি স্কুল থেকে একদিনের ছুটি নিতে চাননি বা থমা কুঞ্জকে তার ক্লাস মিস করতে বলতে চাননি তার সাথে যাচ্ছে। এক মাস পর, বিশপ প্যারিশ পুরোহিতের মাধ্যমে এমিলির কাছে তার অসন্তুষ্টির কথা জানান। তিনি রবিবারের উপদেশের সময় পুরোহিতের কাছে একটি চিঠি পাঠান। তার চিঠিতে, বিশপ দৃঢ়ভাবে বলেছিলেন যে কোনও প্যারিশিয়ানের ভিকারের অনুমতি ছাড়া গির্জার মধ্যে কথা বলা উচিত নয়। ধর্মসভার সময় বা পরে ধর্মযাজকের সাথে তর্ক করা বা পাল্টা প্রশ্ন উত্থাপন করা গ্রহণযোগ্য ছিল না এবং যদি কেউ তা করার সাহস করে তবে সেই ব্যক্তি প্রাক্তন যোগাযোগের মুখোমুখি হতে পারে। বিশপের বার্তাটি বিশ্বস্তদের জন্য একটি কঠিন এবং কঠোর সতর্কবাণী ছিল। রবিবারের বক্তৃতার সময় এমিলিকে গালি দেওয়ার ক্ষেত্রে প্যারিশ পুরোহিতের অপকর্মের বিষয়ে তিনি সুবিধামত নীরব ছিলেন।

বিশপের চিঠিটি ভিকারকে নতুন প্রাণশক্তি দিয়েছে, কাউকে গালি দেওয়ার লাইসেন্স, এমনকি রবিবারের সেবার সময়ও। তিনি তার স্বাধীনতা এবং শক্তিতে আনন্দিত এবং এমিলির উপর এটি পরীক্ষা করার একটি সুযোগ কামনা করেছিলেন। তিনি জানতেন না অনেকেই গসিপের ভয়ে বিধবাকে প্রকাশ্যে সমর্থন করে। পুরোহিত

তার বক্তৃতা অনেকবার রিহার্সাল করেছেন, প্রধানত বাথরুমে। এমিলির মুখ তার সামনে ভেসে উঠল বারবার তার চেহারা জন্য লুকানো প্রশংসা হিসাবে, এবং ব্যক্তিগত সাহস তার হৃদয় পূর্ণ. তিনি সচেতনভাবে তার সম্পর্কে যৌন কল্পনা শুরু করেছিলেন, জড়িয়ে ধরেন এবং প্রেম করেন। কিন্তু তিনি প্রায়ই তার ইচ্ছা পূরণ করতে ব্যর্থতার কারণে হতাশ বোধ করতেন এবং এমিলি তার মানসিক নির্যাতনের লক্ষ্যবস্তু থেকে যায়। পুরোহিতের উদ্দীপ্ত কামোত্তেজক আকাঙ্ক্ষা তাকে অভিভূত করেছিল, যা তাকে কষ্ট, হতাশা এবং ঘৃণার নরকে ফেলেছিল। প্রতিবার তিনি মিম্বরের কাছে যেতেন, তার চোখ এমিলির জন্য মণ্ডলীকে আঁচড়াতে থাকে।

এমিলি অনেক সপ্তাহ ধরে গির্জায় যাননি; তার আপত্তি একটি ঘৃণা-উদ্দীপক শোনা ছিল. এটি একটি রবিবার ছিল, কুরিয়েনের দ্বিতীয় মৃত্যুবার্ষিকী, এবং এমিলি চার্চে যাওয়ার কথা ভাবলেন; এবং যথারীতি, গির্জা বিশ্বাসীদের দ্বারা পরিপূর্ণ ছিল। এমিলিই একমাত্র মহিলা যিনি মাথা ঢেকে রাখেননি; তার সিদ্ধান্তের ভিত্তি ছিল আরোপিত মূল্যবোধকে প্রত্যাখ্যান করা, পলের শিক্ষার বিরুদ্ধে বিদ্রোহ এবং নারীকে পুরুষের দাস হতে বাধ্য করা। এটি গির্জা, বিশপ এবং যাজকদের বিরুদ্ধেও একটি বিদ্রোহ ছিল যারা প্রচার করেছিলেন নারীদের নিপীড়ন করে এবং তাদের নিছক যৌন বস্তু হিসেবে ব্যবহার করে।

দ্বিতীয় পাঠটি ছিল জনের গসপেল থেকে: "আমি জগতের আলো। যে আমাকে অনুসরণ করে সে কখনই অন্ধকারে চলে না বরং সে জীবনের আলো পাবে।" পুরোহিত তখন সুসমাচারকে উপেক্ষা করে পলের পত্রের প্রথম পাঠের উপর ভিত্তি করে উপদেশ শুরু করেছিলেন: "আপনার শরীর যৌন অনৈতিকতার জন্য নয়, কিন্তু প্রভুর জন্য এবং শরীরের জন্য প্রভু।"

পুরোহিত এক মিনিটের জন্য থামলেন এবং মণ্ডলীর দিকে তাকালেন, নির্দিষ্ট মুখগুলি পরীক্ষা করলেন। তিনি এমিলিকে মাঝের সারিতে দেখতে পেলেন; সে তার কথাগুলো মনোযোগ দিয়ে শুনল। তারপরে তিনি পলের আরেকটি উদ্ধৃতি পড়েন: "যে কেউ নিজেকে বেশ্যার সাথে যোগ দেয় সে তার শরীরের সাথে এক হয়ে যায়।" এমিলি সেই বিশেষ প্রেক্ষাপটে অনুচ্ছেদের অপ্রাসঙ্গিকতার কথা ভেবেছিলেন কারণ সুসমাচার পাঠটি ছিল যীশুকে আলো হিসাবে এবং তাঁর আলোকে অনুসরণ করা। যেখানে খুতবা ছিল পতিতাবৃত্তির উপর।

দীর্ঘ বিরতি ছিল, এবং পুরোহিত আবার এমিলির দিকে তাকাল। তারপর উচ্চস্বরে, তিনি বললেন: "আমরা একজন পতিতার সাথে থাকতে অস্বীকার করি আমাদের মধ্যে।" বিশ্বাসীরা স্তব্ধ হয়ে গেল, এবং তারা একে অপরের দিকে তাকাল।

"আপনার শরীর পবিত্র আত্মার মন্দির। আপনার শরীর দিয়ে ঈশ্বরকে সম্মান করুন," তিনি প্যারিশিয়ানদের দিকে তাকিয়ে এবং তাদের মুখে আবেগের পরিধি যাচাই করে বললেন। "আমার প্রিয় মানুষ, আমাদের মধ্যে একটি ভেশ্য আছে। তিনি আমাদের প্যারিশে একটি কালো দাগ. কোন ভেশ্য আমাদের সাথে থাকা উচিত নয়।" প্রচারক একজন পতিতার জন্য মালায়ালাম শব্দ 'ভেশ্য'-এর ওপর জোর দিয়েছিলেন।

"আমি ভেশ্যাকে চার্চ ছেড়ে চলে যেতে নির্দেশ দিচ্ছি," পুরোহিত এমিলির দিকে তাকিয়ে বজ্রপাত করলেন।

এমিলি তার শরীরে একটা শিহরণ অনুভব করল। যাজক এমিলিকে যৌন সীমালঙ্ঘনের জন্য অভিযুক্ত করেছিলেন এবং রবিবারের একটি গণসমাবেশের সময় গির্জার মধ্যে প্যারিশিয়ানদের সামনে তাকে অপমান করেছিলেন।

"আমি ভেশ্য নই; আপনি আমার বিরুদ্ধে মিথ্যা অভিযোগ করছেন," এমিলি তার আসন থেকে উঠে গর্জে উঠল। তার কণ্ঠস্বর গির্জার দেয়ালের মধ্যে প্রতিধ্বনিত হয়েছিল, এবং মণ্ডলী তার দিকে অবিশ্বাসের দৃষ্টিতে তাকিয়েছিল।

তারপর এমিলি চার্চ থেকে বেরিয়ে গেল। সে কাঁদেনি, কিন্তু তার হৃদয় ফেটে যাচ্ছিল। গির্জার সামনে দৈত্যাকার ক্রুশের আগে, নিঃসঙ্গের মতো প্রাগৈতিহাসিক স্টোনহেঞ্জে, এমিলি এক মিনিটের জন্য শিকারের নগ্ন শরীরের দিকে তাকিয়েছিল।

"শুধু আপনি এবং আমি গির্জার ভিতরে নই," সে বিড়বিড় করে বলল।

যীশু চুপ করে রইলেন।

"কেন আমাদের ভিতরে থাকতে হবে, ঘৃণা ও অপমানের নরকে?" তিনি ক্রুশবিদ্ধ ত্রাণকর্তা জিজ্ঞাসা।

"এখানে থাকাই ভালো, এমিলি, ঝুলন্ত," সে শুনতে পেল যেন যিশু তাকে আমন্ত্রণ জানাচ্ছেন।

"তোমার সাথে থাকাই ভালো, তোমাকে জড়িয়ে ধরে," সে চলে যাওয়ার সময় বললো।

রাস্তা ফাঁকা ছিল।

থমা কুঞ্জ তার ক্যাটেকিজম এবং ক্যাথলিক শিশুদের জন্য বিশ্বাস গঠনের ক্লাসের জন্য গির্জায় যোগ দেওয়ার জন্য প্রস্তুতি নিচ্ছিলেন। ক্যাটিসিজম ক্লাসে, প্রধান পাঠ ছিল নিউ টেস্টামেন্ট, ট্রিনিটি সম্পর্কে গল্প, যিশুর জন্ম ও মৃত্যু, গির্জা, ধর্ম, প্রার্থনা, ধর্মানুষ্ঠান এবং নৈতিকতা। ক্যাটিসিজম ক্লাসে ভিকারের চূড়ান্ত বক্তব্য ছিল।

"মা এত তাড়াতাড়ি ফিরে এলেন কেন?" তিনি বিস্ময়ের উদ্রেক.

“মা, তোমার কি হয়েছে? তুমি ভালো না?" জিজ্ঞেস করলেন।

"কিছু না," সে বলল এবং ভিতরে চলে গেল।

এমিলি একজন পরিবর্তিত ব্যক্তি ছিলেন; সে জীবনের প্রতি আগ্রহ হারিয়ে ফেলেছে। তিনি দুই সপ্তাহের জন্য স্কুল থেকে ছুটি নিয়েছিলেন, যা ছিল অস্বাভাবিক। দেখে মনে হচ্ছিল যেন তিনি একটি ধাঁধার সমাধান করার চেষ্টা করছেন যার কোনো সমাধান নেই, কারণ প্রায় সমস্ত প্যারিশিয়ানরা উপস্থিত থাকাকালীন একটি ধর্মোপদেশের সময় তিনি গির্জার মধ্যে অপমান হজম করতে পারেননি। প্রচারক

তাকে একটি ভেশ্যা বলে অভিহিত করেছেন, যে কোনও ভাষার সবচেয়ে অপমানজনক শব্দ, একটি চরিত্র হত্যা, একটি নিষ্ঠুর রসিকতা। পুরোহিত একজন বিধবা, একজন মা এবং একজন গির্জার সদস্যের ব্যক্তিত্ব, আচরণ এবং মর্যাদা নিয়ে প্রশ্ন তোলেন। এমিলি অনেক দিন একসাথে কাঁদতে চেয়েছিল; যেমন কান্না তাকে সাহায্য করবে, এটি একজন পুরোহিতের দ্বারা প্রকাশ করা ঘৃণাকে ধুয়ে ফেলবে, একটি আগ্নেয়গিরির মতো দুঃখ ও যন্ত্রণা ফেটে যাওয়ার সুযোগ। তিনি বারবার কাঁদতে, চিৎকার করতে এবং চিৎকার করার চেষ্টা করেছিলেন, ভিকারকে বলতে চেয়েছিলেন যে তিনি যা করেছিলেন তা তাঁর সারাজীবনে প্রকাশিত যিশুর আত্মার বিরুদ্ধে ভুল ছিল।

নিম্ন আত্মসম্মান এমিলিকে নিপীড়িত করেছিল এবং প্রত্যাখ্যানের অনুভূতি এনেছিল যেন কেউ তাকে চায় না। এটা ছিল মূল্যহীনতার অনুভূতি, একটি বিপথগামী কুকুর যা করুণার জন্য রাস্তার কোণে ঘুরে বেড়াচ্ছে। তার মন ঘুরে বেড়ায় উদ্দেশ্যহীনভাবে ভবঘুরের মতো, জীবনের উদ্দেশ্য ছাড়াই, লক্ষ্যহীন পথ চলা। তার মনে হচ্ছিল ঘন ঘন বমি হচ্ছে এবং খেতে বা পান করতে পারছে না; বিতৃষ্ণা এবং যন্ত্রণা তার অন্তরকে গ্রাস করেছিল। তার চোখ বিস্তৃতভাবে খুলে, ভয়ঙ্কর পরিস্থিতিগুলি অনুসন্ধান করে যেন সে সেগুলিকে পিষে ফেলতে চায়, সম্পূর্ণরূপে অকল্পনীয় গর্জে ফেলে দিতে চায়, সে শূন্যতার দিকে তাকাল।

এটি তার জন্য একটি অপমান ছিল, তার অস্তিত্ব, ব্যক্তি, অনুভূতি, ইচ্ছা, আশা, পরিবার এবং জীবনকে অপব্যবহার করে। সেই অপমান থেকে উদ্ভূত উদ্বেগ তার মন ও হৃদয়কে আহত করেছিল। তিনি এমনকি থমা কুঞ্জের সাথে কথা বলতে অস্বীকার করেছিলেন, যিনি তাকে তার সাথে কী ঘটেছে তা বলার জন্য অনুরোধ করেছিলেন। থমা কুঞ্জ তার মাকে জড়িয়ে ধরে তাকে বলেছিল যে সে তাকে ভালবাসে, তার যত্ন নেয় এবং শুধুমাত্র তার জন্যই বেঁচে থাকে। এমিলি অনেকক্ষণ চুপ করে ছেলের দিকে তাকিয়ে রইল। কিন্তু তাকে ফাঁকা লাগছিল।

"সোম, আমি আর যেতে পারব না," সে বলল।

"তোমার কি হয়েছে বলো?" তিনি জিজ্ঞাসা.

"ভিকার তার ধর্মোপদেশের সময় আমাকে অপমান করেছিল," সে উত্তর দিল।

"মা, আমি তোমার সাথে আছি; আমি তাকে ক্ষমা চাইতে বলব," তিনি তাকে সান্ত্বনা দেওয়ার চেষ্টা করেছিলেন।

"সে পুরো মণ্ডলীর সামনে আমাকে ভেশ্যা বলে ডাকল। এটা আমার আত্মসম্মান, মানুষ হিসেবে আমার মর্যাদা নষ্ট করেছে," এমিলি বলেন।

"মা, আমি ভিকারের মুখোমুখি হব এবং তাকে ক্ষমা চাইতে বাধ্য করব। তিনি অবশ্যই আমাদের বাড়িতে আপনার সাথে দেখা করবেন এবং আপনার কাছে ক্ষমা প্রার্থনা করবেন। আমি দেখব; তিনি এটা করবেন," থমা কুঞ্জ বলেন।

"আমি তার মুখ দেখতে চাই না," সে উত্তর দিল।

"তাহলে আমি তাকে রবিবারে মণ্ডলীর কাছে তার দুঃখ প্রকাশ করতে বলব," তিনি জোর দিয়েছিলেন।

থমা কুঞ্জ চার্চের দিকে ছুটে গেল।

পুরোহিত অন্য পুরোহিতের সাথে সন্ধ্যার রোদে তার বাসভবনের কাছে মাটিতে দ্রুত হাঁটলেন। থোমা কুঞ্জ তার সমস্ত সাহস সঞ্চয় করে পুরোহিতকে বলেছিলেন যে তার রবিবারের উপদেশের সময় তার মাকে অপমান করা ভুল ছিল এবং তাকে রবিবারের সেবার

সময় মণ্ডলীর কাছে তার দুঃখ প্রকাশ করা উচিত। পুরোহিত তাকে দেখে হেসে তার মাকে বলল থমা কুঞ্জ কুরিয়েনের সাথে তার বিয়ের আগে জন্মেছিলেন বলে একজন ভেশ্যা ছিলেন। থমা কুঞ্জ তাকে বলেছিলেন যে তিনি যা বলেছিলেন তা একটি মহিলার চরিত্র হত্যা। প্যারিশিয়ানদের সামনে তার মায়ের ইতিহাস পড়া তার কাজ ছিল না। এছাড়া তার মা তাকে তার জন্মের কথা জানিয়েছিলেন। পুরোহিত ক্ষুব্ধ হয়ে থমা কুঞ্জকে মনে করিয়ে দিলেন যে তিনি পাপ থেকে জন্মগ্রহণ করেছেন। থমা কুঞ্জ এক মিনিটের জন্য পুরোহিতের দিকে তাকিয়েছিলেন এবং তাকে যীশুর জন্ম সম্পর্কে গসপেল পড়তে বলেছিলেন, কারণ তিনিও পিতা ছাড়াই জন্মগ্রহণ করেছিলেন; মেরি অবিবাহিত ছিল. থোমা কুঞ্জের কথা শুনে, পুরোহিত ক্রোধে পড়েছিলেন এবং তাকে চিৎকার করে বলেছিলেন যে যিশুর জন্ম একটি রহস্য, মানবতার জন্য ঈশ্বরের উপহার। যীশু ঈশ্বরের পুত্র ছিলেন এবং পবিত্র আত্মার মাধ্যমে জন্মগ্রহণ করেছিলেন। যীশুর জন্মের আগে ও পরে মেরি কুমারী ছিলেন।

"এটি আপনার বিশ্বাস, আমার নয়," থমা কুঞ্জ উত্তর দিলেন।

"পোদা পট্টি," পুরোহিত থমা কুঞ্জে চিৎকার করে উঠলেন।

থমা কুঞ্জ একটি অভিশাপ ছিল, এবং ক্ষমার অযোগ্য ব্লাসফেমির জন্য ঈশ্বর তাকে শাস্তি দেবেন, পুরোহিত চিৎকার করতে থাকলেন। থমা কুঞ্জ দৌড়ে জর্জ মুকেনের কাছে যান এবং তাকে তার মায়ের সাথে কী ঘটেছিল এবং ভিকারের সাথে তার দ্বন্দ্ব সম্পর্কে বলেছিলেন। জর্জ মুকেন বলেছিলেন যে তিনি এবং পার্বতী আগের রবিবার গির্জায় যাননি কারণ দুজনেই তাদের মেয়ে অনুপমার সাথে বেঙ্গালুরুতে ছিলেন।

জর্জ মুকেন অবিলম্বে পুরোহিতের সাথে দেখা করেছিলেন এবং তাকে বলেছিলেন যে তার কাজগুলি ভুল ছিল এবং তাকে ক্ষমা চাইতে হবে। তিনি ঈসা মসিহের কাছ থেকে শেখার জন্য পুরোহিতের কাছে পর্বতে উপদেশটি পুনর্নির্মাণ করেছিলেন। পুরোহিত জর্জ মুকেনকে দেখে হেসেছিলেন এবং তাকে তার ব্যবসায় মন দিতে বলেছিলেন। মুকেন ধর্মগুরুকে মনে করিয়ে দিয়েছিলেন যে প্রেম এবং সহানুভূতি খ্রিস্টীয় জীবনের মূল মূল্যবোধ, কিন্তু তার অভাব ছিল।

পার্বতী এবং জর্জ মুকেন এমিলিকে দেখতে গেলেন। পার্বতী তার বন্ধুকে জড়িয়ে ধরে তাকে বলেছিল যে সে তার মেয়ের সাথে এক সপ্তাহের জন্য দূরে ছিল এবং এমিলির কষ্টগুলি জানে না। তিনি এমিলিকে আশ্বস্ত করেছিলেন যে সে তার সাথে থাকবে এবং তাকে

সমর্থন করবে, কারণ সে এমিলিকে তার সেরা বন্ধু বলে মনে করেছিল।

পার্বতী প্রতিদিন এমিলির সাথে দেখা করতেন এবং তার সাথে দীর্ঘ সময় কাটাতেন, তাকে মানসিক এবং মানসিক প্রদান করেন সমর্থন এবং যত্ন। পার্বতী এমিলির কার্যকলাপে ধারাবাহিক সামাজিক প্রত্যাহার লক্ষ্য করেছেন। অন্যদের সাথে কথা বলতে তার বাধা ছিল এবং তার উদ্বেগগুলি ভাগ করতে ভয় পেত।

থোমা কুঞ্জ ব্যক্তিগত স্বাস্থ্যবিধি এবং চেহারা পরিচালনায় অনাগ্রহী হওয়ার পাশাপাশি এমিলির অবিরাম মেজাজের পরিবর্তন লক্ষ্য করেছেন। তার মায়ের অস্বাভাবিকভাবে বেপরোয়া আচরণ, খারাপ ডায়েট, দ্রুত ওজন হ্রাস এবং দীর্ঘ নীরবতা তাকে চিন্তিত করেছিল। দ্রুত মেজাজ পরিবর্তন, দুঃখের লক্ষণ, উদ্বেগ, রাগ এবং আত্ম-মমতা তার মায়ের মধ্যে বিশিষ্ট ছিল। তার চেহারাটি করুণ ছিল, কারণ তার চোখের পাতা উল্লেখযোগ্যভাবে নেমে গেছে, পেশীগুলি ঝুলে গেছে, মাথা ঝুলছে, ঠোঁট নিচু হয়ে গেছে, গাল এবং চোয়াল নিচের দিকে ডুবে গেছে এবং বুক সংকুচিত হয়েছে।

এমিলির মুখের কোণগুলি নীচের দিকে ডুবে গিয়েছিল এবং সে অনেক দিন ধরে স্থির এবং নিষ্ক্রিয় ছিল। থমা কুঞ্জ পার্বতীর সাথে

সমস্যাটি নিয়ে আলোচনা করেছিলেন, এবং তিনি পরামর্শ দিয়েছিলেন যে অপমানের গভীর অনুভূতি কাটিয়ে উঠতে এমিলিকে তার পুরানো আত্ম ফিরে পেতে সাইকোথেরাপির প্রয়োজন হতে পারে। থমা কুঞ্জের সম্মতিতে পার্বতী চাইলেন এমিলিকে এক মাসের জন্য সাইকোথেরাপির জন্য ব্যাঙ্গালোরে নিয়ে যান।

এমিলি অনেক দিন ধরে চুপচাপ ছিল এবং নারকেল কুড়াতে ব্যস্ত ছিল। থমা কুঞ্জ ভাবলেন কেন তার মা অস্বাভাবিকভাবে নীরব। তিনি বুঝতে পেরেছিলেন যে তার মধ্যে কিছু জ্বলছে, কিন্তু সে আগ্নেয়গিরির বিশালতা বুঝতে ব্যর্থ হয়েছে। থমা কুঞ্জ তার মায়ের পাশে বসলেন এবং তাকে কথা বলতে বাধ্য করলেন। এমিলি তার দিকে তাকাল, এবং তার চোখ শুকনো ছিল; তারা তাদের উজ্জ্বলতা, দীপ্তি, তেজ এবং অস্পষ্টতা হারিয়েছিল।

পার্বতী পরের রবিবার এমিলির সঙ্গে বেঙ্গালুরু যাওয়ার ব্যবস্থা করে দিল। তিনি একটি কাউন্সেলিং সেন্টারে একদল সাইকোথেরাপিস্টের সাথে যোগাযোগ করেছিলেন যাতে এমিলিকে তার স্বাভাবিক মানসিকতা এবং ব্যক্তিত্ব ফিরে পেতে সাহায্য করা হয়; এইভাবে, তিনি মনোনিবেশ করতে পারেন এবং মানসিক, মানসিক এবং সামাজিক সমস্যার মুখোমুখি হতে এবং দূর করার জন্য তার ইচ্ছাশক্তি বাড়াতে পারেন। লক্ষ্য ছিল মনকে শক্তিশালী করা এবং তার চেতনাকে প্রসারিত করা যাতে এমিলি তার পূর্ণ মানসিক ক্ষমতা

ব্যবহার করতে সক্ষম হয়, মানসিক তৃপ্তি এবং সামাজিক সুস্থতা আনয়ন করে। পার্বতী পুরো অধিবেশন জুড়ে এমিলির সাথে থাকবেন যতক্ষণ না সে তার সমস্যা থেকে পুরোপুরি সেরে ওঠে।

খুব ভোরে বৃষ্টি হচ্ছিল। যথারীতি, সেক্সটন গির্জায় পৌঁছায় ছয়টায় ঘণ্টা বাজানোর জন্য এবং রবিবারের সেবার জন্য প্রস্তুত হতে; বেল টাওয়ারটি গির্জার ডান দিকে ছিল। দেখল একটা লম্বা সাদা কাপড় ক্রুশ থেকে ঝুলছে। সে ভেবেছিল খাড়া থেকে একটা সাদা পর্দার কাপড় বাতাসে পড়ে থাকতে পারে। ভোরের ফাটলটা তখনো অন্ধকার ছোপ দিয়ে আবদ্ধ ছিল, আর সে ক্রুশের পায়ের নিচে গিয়ে উপরে তাকাল।

"যীশু," তিনি হাঁপালেন।

ক্রুশ থেকে ঝুলে থাকা একজন মহিলা নগ্ন যীশুকে জড়িয়ে ধরেছিলেন। তার সাদা শাড়ি পড়ে গিয়েছিল, তার ব্লাউজ ছিঁড়ে গিয়েছিল, তার কাঁধ উন্মুক্ত ছিল এবং সে প্রায় নগ্ন ছিল।

সেক্সটন দৌড়ে বেল টাওয়ারে গেল এবং ননস্টপ বেল বাজল। প্রথম যারা সেখানে পৌঁছেছিল তারা আশেপাশের কনভেন্টের সন্ন্যাসী ছিল। আশেপাশের লোকেরা গির্জার দিকে ছুটে গেল কী হয়েছিল তা

দেখার জন্য, এবং দশ মিনিটের মধ্যেই সেখানে প্রচুর ভিড় হয়েছিল। তারপর ভিকার হাজির।

কেউ ছুটে গেল থানার দিকে, আর অন্যরা তাদের মোবাইল ফোনে পুলিশকে ফোন করে।

একটা গভীর নীরবতা কিছুক্ষণের জন্য ভিড় করে। কেউ তাদের চোখকে বিশ্বাস করতে পারছে না। তারপর ধীরে ধীরে ফিসফিস, গসিপ আর জোরে কথা বলা শুরু হল। লোকটি কে, তার নাম জানার কৌতূহল ছিল।

শীঘ্রই পুলিশ ভ্যান হাজির, আলো জ্বলছে। অফিসার তার কনস্টেবলদের মৃতদেহটি ক্রুশ থেকে নামানোর নির্দেশ দেন। পুলিশ উপরে উঠতে একটি মই ব্যবহার করেছিল। থোমা কুঞ্জ তাদের উদ্বিগ্নতার সাথে দেখেছিল কারণ সে উঠতে গিয়ে মাকে খুঁজে পায়নি। সারা ঘর জুড়ে তাকে খুঁজছিল। চার্চের দিকে ছুটে যাওয়ার সময়, তিনি তাকে রাস্তায় সন্ধান করেছিলেন। ক্রুশের ওপরের শাড়িটা দেখতে ওর মায়ের মতো। থোমা কুঞ্জের চারপাশে দাঁড়িয়ে থাকা অবস্থায় পার্বতী তার হাত রাখল।

পুলিশ মৃতদেহটিকে নামিয়ে সেই প্ল্যাটফর্মে রাখল যেখানে ক্রসটি দাঁড়িয়ে ছিল।

"এটি এমিলি," ভিড়ের মধ্যে কেউ চিৎকার করে উঠল।

"এমিলি, এমিলি, এমিলি," নামটি দাবানলের মতো ছড়িয়ে পড়ে।

থোমা কুঞ্জ ভেঙে পড়ে। জর্জ মুকেন তাকে বহন করে তার গাড়িতে বসায়।

পরে ময়নাতদন্ত, তৃতীয় দিনে লাশ ফেরত দেওয়া হয়। থমা কুঞ্জ মাত্র চৌদ্দ বছর বয়সে জর্জ মুকেন করোনার অফিস এবং থানায় কাগজপত্রে স্বাক্ষর করেন। ভিকার কবরস্থানে মৃতদের জন্য একটি কবর বরাদ্দ করতে অস্বীকার করেছিলেন, নিয়ম বইয়ের উদ্ধৃতি দিয়ে যে আত্মহত্যার শিকার ব্যক্তির দেহ পবিত্র স্থানে দাফন করা যাবে না।

“তিনি একজন পাপী ছিলেন; আত্মহত্যার মাধ্যমে তার পাপ দ্বিগুণ হয়ে গেছে,” ভিকার জর্জ মুকেনকে বলেছিলেন।

জর্জ মুকেন একজন বিধবাকে করুণা দেখানোর জন্য যাজকের কাছে অনুরোধ করেছিলেন যে আর নেই। ভিকার তাকে

তার চেম্বারে তার সাথে দেখা করতে বলেছিল এবং মুকেন তার কথার অর্থ বুঝতে পেরেছিল। সে বাড়ি ফিরে হাজার টাকার নোটের পাঁচ বান্ডিল নিয়ে তার ঘরে পুরোহিতের সাথে দেখা করল। সন্ধ্যা ছয়টার আগে, পুরোহিত জর্জ মুকেনকে থেমাদি কুঝিতে এমিলিকে কবর দেওয়ার অনুমতি দিয়েছিলেন, কবরস্থানের একটি কোণার অংশ যেখানে পাপীদের কবর দেওয়া হয়েছিল।

দাফনের জন্য থমা কুঞ্জ, পার্বতী, জর্জ মুকেন এবং কিছু খামারকর্মী উপস্থিত ছিলেন। মৃতদের জন্য কোন প্রার্থনা করা হয়নি। সেক্সটন শেষকৃত্যের তত্ত্বাবধান করেন। লাশটি একটি কালো কফিনে ছিল। মায়ের কপালে চুমু খেয়ে থোমা কুঞ্জ তার মায়ের শরীর কালো কাপড় দিয়ে ঢেকে দেন। পার্বতী কালো কাপড়ের উপর গোলাপ, লিলি এবং জুঁই ফুলের বান্ডিল রেখে নীরবে কেঁদে ফেলল।

থোমা কুঞ্জ কাঁদতে অস্বীকার করলেন, কিন্তু তিনি নীরব ছিলেন। পার্বতী এবং জর্জ মুকেন তাকে তাদের বাড়িতে ঘুমানোর অনুরোধ করেন। পার্বতী তাকে তার পুত্র হিসাবে গ্রহণ করতে প্রস্তুত ছিল; যাইহোক, থমা কুঞ্জ জোর দিয়েছিলেন যে তিনি বাড়িতে যান, একা থাকেন এবং বাড়িতে তার খাবার রান্না করেন। পরের দিন, তিনি যীশুর পবিত্র হৃদয়, ভার্জিন মেরি, সমস্ত সাধু, জপমালা এবং বিভিন্ন আকার এবং আকৃতির ক্রুশের সমস্ত ছবি বান্ডিল করে এমিলি বছরের পর বছর ধরে জড়ো করেছিলেন এবং সেগুলিকে তার উঠানে পুড়িয়ে

দিয়েছিলেন। তিনি একটি প্লাস্টিকের ব্যাগে ছাই তুলেছিলেন এবং পিগস্টির সাথে সংযুক্ত প্রস্রাবের গর্তে ফেলে দেন।

থমা কুঞ্জ চৌদ্দ বছর বয়সে অনাথ হয়ে পড়েন। তার বাবা তিন বছর আগে মারা গেছেন, কিন্তু তার মা তাকে যত্ন করেছেন এবং তাকে এমনভাবে ভালোবাসতেন যেন কিছুই হয়নি। কুরিয়ান একজন স্নেহময় পিতা ছিলেন; থমা কুঞ্জ সবসময় তার সঙ্গ পছন্দ করতেন। কুরিয়েনের মৃত্যুর পর এমিলির আর্থিক সমস্যা ছিল; ঝাড়ুদার হিসেবে সে স্কুল থেকে যে বেতন পেত তা সংসার চালানোর জন্য অপর্যাপ্ত ছিল। জর্জ মুকেন এবং পার্বতী কুরিয়েনের মৃত্যুর জন্য যে ক্ষতিপূরণ দিয়েছেন তা তিনি তার পড়াশোনার জন্য থমা কুঞ্জের নামে একটি ব্যাঙ্কে জমা করেছিলেন। কুরিয়েন যখন জীবিত ছিলেন, এমিলি তার ছেলের প্রতিদিনের উপস্থিতিতে আনন্দ করতেন। কুরিয়েন তাকে থমা বলে ডাকতেন, আর এমিলি, কুঞ্জ মন। স্কুলে তিনি ছিলেন টমাস এমিলি কুরিয়েন। তিনি তার সাথে খেলতেন, তার সাথে নাচতেন, গান গেয়েছিলেন এবং তাকে আগের বছরের গল্প বলেছিলেন, তার বারো বছর বয়স পর্যন্ত সবকিছু নিজের কাছে রেখেছিলেন।

তার প্রাথমিক বিদ্যালয়টি প্রায় পাঁচ মিনিটের পথ ছিল; থমা কুঞ্জ একা যেতে যথেষ্ট আত্মবিশ্বাসী ছিল। তিনি তাকে মালায়ালম এবং ইংরেজি বর্ণমালা শিখিয়েছিলেন এবং তিনি উভয় ভাষাই অনায়াসে শিখেছিলেন।

ভর্গীস বী দেবস্য

এমিলি লক্ষ্য করেছেন যে তার ছেলে বাচ্চা হিসাবে কথাবার্তা বলেছিল; প্রথম চার বছর স্কুলে তার অনেক বন্ধু ছিল। তিনি তাদের সাথে খেলেছেন এবং তাদের শৈশব উদযাপন করেছেন। থোমা কুঞ্জ তাদের গল্প শোনাতেন যা মা বর্ণনা করেছিলেন শয়নকাল তিনি সবসময় বন্ধুদের দলে ছিলেন; তারা একসাথে হাঁটা, খেলা, পড়াশুনা এবং খাওয়া.

তারপরে তার বন্ধুরা তাকে নিয়ে গসিপ করতে শুরু করে এবং এটি তাকে কষ্ট দেয়। তিনি ধীরে ধীরে ছাত্র, শিক্ষক এবং অন্যদের কাছ থেকে সরে আসতে শুরু করেন যারা তাকে খারাপ কথা বলে। সে তার মাকে স্কুলে যা ঘটেছিল সব বলেছিল এবং সে তাকে সান্ত্বনা দেয় এবং তাকে সবকিছু ভুলে যেতে বলে, কারণ তারা ঈর্ষান্বিত ছিল।

মা একবার বললেন, "কী ভালো তা দেখার জন্য চশমা পরুন।

এবং থোমা কুঞ্জ একটি মানসিক গ্লাস পরতেন, শুধুমাত্র ভাল দেখার জন্য তার চোখ ঢেকে রেখেছিলেন; তিনি কারও সম্পর্কে খারাপ কথা বলতে ভুলে গিয়েছিলেন এবং কাউকে আঘাত করতে বা নিজেকে রক্ষা করতে অস্বীকার করেছিলেন। মা মারা গেলে, থোমা কুঞ্জ রক্ষাহীন হয়ে পড়ে।

ফাঁসির মঞ্চে যাওয়ার পথে, জেলর তার মাথার উপর মুখোশ দিয়ে থমা কুঞ্জ ঢেকে দেয়। এটি একটি কালো মুখোশ ছিল, রাতের মতো অন্ধকার। তিনি অন্ধ হয়ে ফাঁসির মঞ্চের দিকে অগ্রসর হন, না জেনে দেশ স্বাধীনতার পর থেকে এরই মধ্যে সাড়ে সাতশত দণ্ডিত বন্দিকে ফাঁসি দিয়েছে। আরো কয়েক ডজন চেতনা প্রভাবিত নাও হতে পারে হামুরাবি এবং বেন্থামের সন্তান। কণ্ঠহীন, নিরক্ষর এবং প্রত্যাখ্যাতদের ভয় দেখানোর জন্য রাজনৈতিক অভিজাত ও আমলাদের ফাঁদের প্রয়োজন ছিল। থমা কুঞ্জের গলায় লুপটি তরুণ শিক্ষামন্ত্রীকে রক্ষা করেছিল।

হঠাৎ তিনি ফাঁসির মঞ্চে ছিলেন, এবং থোমা কুঞ্জ একটি ছোট জনতাকে টের পেয়েছিলেন, জেলা ম্যাজিস্ট্রেট, গবেষক এবং কারা কর্মী সহ নির্বাচিত কয়েকজন। তিনি তাদের দেখতে পাননি কারণ তাকে তাদের দেখতে দেওয়া হয়নি, ফাঁসির ফাঁসি দিয়ে ফাঁসির মঞ্চে যেতে নিষেধ করা হয়েছিল। দাফনের আগে কালো কাপড়ে ঢাকা থাকায় মা কাউকে দেখতে পাননি। তিনি বাইশ বছর ধরে কবরে ছিলেন যখন থমা কুঞ্জকে এগারো বছর কারাগারের পর ফাঁসির মঞ্চে নিয়ে যাওয়া হয়েছিল।

পঞ্চম অধ্যায় : ফাঁসি

ফাঁসির মঞ্চ দুটি মাথাবিহীন তালগাছের মতো দাঁড়িয়ে ছিল একটি ক্রসবার দ্বারা সংযুক্ত। থোমা কুঞ্জ এর ভয়ঙ্কর নৈকট্য অনুভব করেছিলেন এবং গভীর অন্ধকারে, তিনি পার্থক্য করতে পেরেছিলেন যে এটি কোথায় উত্তোলন করেছে, এটি কত বড় এবং কীভাবে তিনি তার স্তম্ভের মাঝখানে দাঁড়াবেন তার গলায় ফাঁস পেতে। এটি ছিল একটি অনুষ্ঠান, যেমন আদিলের খৎনা, রাজাককে নির্বাসন, সরকারি মহিলা হোস্টেলে নাবালিকাকে ধর্ষণ বা যিশুর ক্রুশবিদ্ধ করা।

ফাঁসির মঞ্চ স্বাধীনতাকে অস্বীকার করেছিল এবং থমা কুঞ্জের অ-স্বাধীনতা থেকে রেহাই ছিল না, কারণ এটি ছিল অনিবার্য। জন্ম থেকে আত্মনিয়ন্ত্রণ, মৃত্যু থেকে পালানো এবং জন্ম ও মৃত্যুর মধ্যবর্তী অন্যান্য লক্ষাধিক ঘটনা থেকে স্বায়ত্তশাসনের মতো ভারা থেকে কোনো প্রস্থান কখনোই বিদ্যমান ছিল না। জীবন সংকল্পের একটি বিশাল চাকাতে সংঘটিত হয়েছিল, একটি বিশাল খেলার মাঠে ফুটবল খেলার মতো যেখানে নির্দেশিকা ভঙ্গ করার কোনও স্বাধীনতা ছিল না। যে নিয়মের বাইরে খেলে তাকে সীমানা ছাড়িয়ে বের করে দেওয়া হয়।

কারাবাস ছিল স্বাধীনতার বিরোধী; একটি ছিল এর মধ্যে কোন বিকল্প নেই। বন্দিত্ব হারানো কুমারীত্বের উপর বিরক্তির মতো ছিল। ধর্ষণে স্বাধীনতা ছিল না, মৃত্যু থেকে মুক্তি ছিল না।

মৃত্যুই ছিল চূড়ান্ত পরাজয়। থমা কুঞ্জ মৃত্যুকে প্রতিহত করতে পারেনি; শোক চূড়ান্ত বিজয়ী হবে. কারাবাস ছিল একজনের ব্যক্তিত্বের ছায়ার মতো- ক্ষতিকর, বিপজ্জনক, পুনরাবৃত্তিমূলক এবং দুর্বল।

এমনকি মালাবারে বর্ষাও মুক্ত ছিল না; এটা তার ইচ্ছা মত আসা এবং যেতে পারে না. বজ্রপাত এবং বজ্রপাত, বৃষ্টি এবং বন্যা ছিল, এবং মনে হচ্ছে পৃথিবী সিদ্ধান্ত নেওয়ার স্বাধীনতা উদযাপন করেছে।

এমনকি ফাঁসির মঞ্চেও কোনো স্বাধীনতা ছিল না।

স্বাধীনতা ছিল একটি মিথ; তার পিতামাতা আনন্দের জন্য থমা কুঞ্জ তৈরি করেছিলেন। যখন তিনি তাকে গর্ভপাত করার সিদ্ধান্ত নেন তখন তার জৈবিক পিতা তাকে জিজ্ঞাসা করেননি। তাকে বাঁচানোর জন্য তার মায়ের কোন স্বাধীনতা ছিল না; সে জানত না

ভর্গীস বী দেবস্য

কিভাবে তাকে রক্ষা করতে হবে বা প্রসবের জন্য কোথায় যেতে হবে। কুরিয়েন তাকে তার খালার জায়গায় নিয়ে গিয়েছিলেন, এবং নার্সের কাজ বাতিল করা নয় বলে এমিলিকে প্রত্যাখ্যান করার কোনো স্বাধীনতা ছিল না মারিয়ামের; সে মানবতাকে ভালবাসত। থমা কুঞ্জের জন্য জীবন ছিল একটি উপকথা; কর্ণাটক পুলিশ জিজ্ঞাসা করেনি বুনো শুয়োরের মতো হিংস্রভাবে মেরে ফেলার আগে তাকে মারতে কুরিয়েনের অনুমতি। থমা কুঞ্জ তার বাবাকে হারিয়েছেন, যিনি তাকে তার ছেলের মতো ভালোবাসতেন, যদিও তিনি তার পিতা ছিলেন না। রাজাক চেয়েছিলেন থমা কুঞ্জ তার সাথে পোন্নানীতে তার জীবন কাটাতে, কিন্তু থোমা কুঞ্জের পোন্নানীতে গিয়ে ফাঁসির মঞ্চ প্রত্যাখ্যান করার স্বাধীনতা ছিল না। রাজাক একটি পুত্র চেয়েছিলেন, কিন্তু আকিম তার মাশরাবিয়ায় তার হুরীদের রক্ষা করার জন্য তাকে নির্বাসন দিয়েছিলেন। রাজাক, একজন মুসলিম, আল্লাহকে পরিত্যাগ করেছিলেন এবং থমা কুঞ্জকে দত্তক নিতে চেয়েছিলেন, একজন ক্যাথলিক যিনি দুর্নীতিগ্রস্ত চার্চকে প্রত্যাখ্যান করেছিলেন, তার ঈশ্বরের ছবি পুড়িয়েছিলেন এবং শূকরের মূত্রের গর্তে ছাই পুড়িয়েছিলেন।

এমিলি নগ্ন যীশুকে আলিঙ্গন করে নিজেকে ক্রুশে ঝুলানোর জন্য থমা কুঞ্জের অনুমোদন চাননি; এমিলির নিজেকে ঝুলিয়ে রাখার কোনো বিকল্প ছিল না; ভিকার তার উপর জোর করে, তাকে পতিতা বলে ডাকে। কিন্তু একটি ক্রস বা গাছের ডাল বেছে নেওয়ার স্বাধীনতা

ছিল তার। থমা কুঞ্জ তার মাকে পতিতা বলার জন্য অপুকে মুখে আঘাত করায় তার পড়াশোনা বন্ধ করতে হয়েছিল। আপু হয়তো তার বন্ধুদের কাছ থেকে শুনেছেন প্যারিসের পুরোহিত এমিলিকে তার সানডে হোমলিতে ভেশ্যা বলে ডাকে। ভিকারকে আশ্বস্ত করা হয়েছিল যে তার ধর্মোপদেশের সময় কাউকে খোঁচা দেওয়ার সম্পূর্ণ স্বাধীনতা ছিল। স্কুল থেকে বরখাস্ত হলে, থমা কুঞ্জ অন্য স্কুলে যেতে পারেনি। এমিলির মৃত্যুর পর, তাকে জীবিকার জন্য কাজ করতে হয়েছিল, যদিও জর্জ মুকেন এবং পার্বতী তাকে তাদের পুত্র হিসাবে গ্রহণ করতে প্রস্তুত ছিল। কিন্তু থোমা কুঞ্জ কারও উপর নির্ভর না করা বেছে নিয়েছিলেন, কারণ তাদের আমন্ত্রণে হ্যাঁ বলার অভ্যন্তরীণ স্বাধীনতা ছিল না। তিনি শূকরকে পছন্দ করতেন কারণ তার বাবা কুরিয়েন প্রতিদিন সন্ধ্যায় বাড়িতে নিয়ে আসা গন্ধ পছন্দ করতেন এবং থমা কুঞ্জ কুরিয়েনের শূকরের গন্ধ পছন্দ করতেন, যাকে তিনি পাপা বলে ডাকতেন।

কুরিয়েন এবং এমিলির মৃত্যুর পর, থমা কুঞ্জ নিঃসঙ্গ জীবনযাপন করার সিদ্ধান্ত নিয়েছিলেন এবং তার বিশেষাধিকার ছিল জর্জ মুকেনের শূকর খামারে শূকরগুলিকে নির্মূল করা। থোমা কুঞ্জের জর্জ মুকেনকে না বলার স্বাধীনতা ছিল না, লিকিং পাইপলাইন মেরামত করতে হোস্টেলে যেতে অস্বীকার করেছিলেন। জর্জ মুকেনের হোস্টেল ওয়ার্ডেনকে না বলার কোনো জায়গা ছিল না এবং হোস্টেলের ওয়ার্ডেনকে বিধায়ককে বলার স্বাধীনতা ছিল না যে সে

তাকে বাঁচাতে পারবে না। ধর্ষণ ও খুনের অভিযোগ থেকে ছেলে, কারণ সে একজন শক্তিশালী মানুষ যে তার বিরুদ্ধে বিরূপ সিদ্ধান্ত নিতে পারে। তার ছেলে একজন যুবক যে একদিন একজন সফল রাজনীতিবিদ এবং রাজ্যের একজন মন্ত্রী হবে। হোস্টেলের ওয়ার্ডেন থমা কুঞ্জে আটকা পড়ে; বিধায়ক খুশি ছিলেন, এবং তার ছেলে আনন্দিত ছিল, যদিও তারা সকলেই অপরাধবোধের বোঝা বহন করেছিল। দশ বছরের মধ্যে, ছেলে একজন মন্ত্রী হয়েছিলেন যিনি মেয়েদের স্কুল এবং কলেজ পরিদর্শন করেছিলেন, ছাত্রদের যৌন শিকারীদের থেকে নিজেদের রক্ষা করার পরামর্শ দিয়েছিলেন।

থমা কুঞ্জের আত্মরক্ষার কোনো স্বাধীনতা ছিল না, কারণ তিনি বিশ্বাস করতেন যে শান্তিপূর্ণ জীবনযাপনের জন্য আত্মরক্ষা অপরিহার্য নয়। তিনি অনুভব করেছিলেন যে সমাজে প্রত্যেককে রক্ষা করার জন্য প্রত্যেকের প্রয়োজন, এবং কাউকে নাবালিকা মেয়েটিকে ধর্ষণ ও হত্যার অপরাধ স্বীকার করতে হবে। থোমা কুঞ্জ নীরব ছিল কারণ সে জানে সে অপরাধ করেনি। বাঘের বাচ্চা খাওয়ার অভিযোগে খরগোশের মতো, তার বিরুদ্ধে একটি নাবালিকা মেয়েকে ধর্ষণ এবং তাকে হত্যা করার অভিযোগ আনা হয়েছিল কিন্তু তিনি জানতেন না যে একটি হায়েনা বাঘের বাচ্চাকে খেয়েছে। থমা কুঞ্জ এমিলি, রাজাক এবং দ্যা মত চুপ করে রইল জর্জ মুকেনের কবরখানায় শূকর। যদিও তিনি কখনও একটি শূকরকে গিলোটিন করেননি, তবুও তিনি এর ব্যথা, দুঃখ এবং অশ্রু অনুভব করতে পারেন এবং কখনও কখনও,

তিনি শূকরকে বাঁচানোর জন্য নিজেকে গিলোটিন করার কথা ভাবতেন। তিনি শুয়োরগুলিকে নিক্ষেপ করেছিলেন এবং এর জন্য দুঃখিত ছিলেন এবং প্রতিবার নির্বাসনের আগে, তিনি একজন জল্লাদ যেমন দোষী সাব্যস্ত ব্যক্তির ক্ষমা চেয়েছিলেন তার মতো ক্ষমা চেয়েছিলেন। থোমা কুঞ্জ যখন শূকরগুলোকে নিক্ষেপ করে তখন চুপ করে রইলো, কিন্তু আকিম রাজাককে নিক্ষেপ করলে আদিল জোরে কেঁদেছিল। মাশরাবিয়ার উপপত্নীরা যখন এক হাতে মিশরীয়র মাথা এবং অন্য হাতে তরবারি ধরে রাজাককে খুঁজছিল তখন মাশরাবিয়ার উপপত্নীরা মুখ থুবড়ে পড়েছিল। হারেমের ওই মহিলারা রাজাকের জন্য কেঁদেছিল, তাদের সহ-উপপত্নীর জন্য নয়। আকিমের কোন স্বাধীনতা ছিল না কারণ তাকে তার হারেম চালাতে হয়েছিল। সে তার যৌন আনন্দের দাস হয়ে উঠেছিল এবং সেরাগ্লিওর মধ্যে তার আইন বজায় রাখতে হয়েছিল। রাজাকের পাদাচন তার শত্রুদের বিরুদ্ধে লড়াই করার, তাদের মাথা কেটে ফেলার পুরস্কার হিসাবে জান্নাতে একজন বিশ্বস্ত বিশ্বাসীর জন্য বাহাত্তর বছরের হুরিস তৈরি করেছিল। হুদার পূর্ণ হলো খুদার যৌন-ক্ষুধার্ত বিশ্বস্ত বিশ্বাসীদের আশা এবং সাহস দেওয়ার প্রতিশ্রুতি দিন, রাতের অন্ধকারে মরুভূমির মরুদ্যান জুড়ে ছড়িয়ে ছিটিয়ে থাকা সমস্ত রাত ঈশ্বরের সাথে কুস্তিকারীর ছোট ছোট সম্প্রদায়ের শিশুদের আক্রমণ করতে তাদের অনুপ্রাণিত করুন। তরবারি যোদ্ধারা স্বর্গে হাউরিগুলিকে শোধ হিসাবে পেত যদি তারা দ্রুত সংঘর্ষের সময় মারা যেত যা ঘুমন্ত লোকেরা কখনই আশা করেনি। বাহাত্তর ঘন্টা ছিল একজনের নিজের হারিয়ে যাওয়া জীবনের একটি আকর্ষণীয় ক্ষতিপূরণ। তারা সফল

হলে বিধবা ও লুণ্ঠিত ধন-সম্পদ তাদের পুরস্কার হয়ে যেত এবং যখন তারা জান্নাতে পৌঁছে, তখন হুরিস।

পরম করুণাময় কখনই হুরীদের স্বাধীনতার কথা ভাবেননি, কারণ অসহায় নারীদেরকে পৃথিবীতে উপপত্নী এবং স্বর্গে হাউরিদের নিন্দা করা হয়েছিল।

থমা কুঞ্জ তার এগারো বছরের কারাগারে তার দাসত্ব নিয়ে চিন্তা করেননি; একজন নাবালিকা মেয়েকে ধর্ষণ ও হত্যার জন্য কাউকে কারাদণ্ড এবং সম্ভাব্য মৃত্যুদণ্ড ভোগ করতে হয়েছিল বলে তিনি এটি গ্রহণ করেছিলেন। তিনি ফাঁসির মঞ্চের কথা ভেবেছিলেন কিন্তু নেই তাদের দেখার সুযোগ; একজন ভাগ্যবান বন্দিকে ফাঁসির মঞ্চে কোনো কাজ দেওয়া হয়নি। কিন্তু থোমা কুঞ্জ একবার আজীবন বন্দীদের ফাঁসির মঞ্চটিকে দুটি বিশাল উঁচু উঁচু খাড়া খুঁটির সাথে সংযুক্ত একটি বিশাল মৃত্যুর মরীচি হিসাবে বর্ণনা করতে শুনেছিলেন। দণ্ডিত বন্দিকে ফাঁসিতে ফাঁসিতে ভারাটির কোনো বক্তব্য ছিল না; জান্নাতে বিশ্বস্ত বিশ্বাসীকে যৌন আনন্দ প্রদান করা ছিল হুরীর দায়িত্ব হিসেবে।

কারাগারের সূচনা থেকে, সেগুন কাঠের তৈরি একটি ভারা ব্যবহার করা হয়েছিল এবং তাতে স্কোরগুলি ঝুলানো হয়েছিল। স্বাধীন

ভারতের প্রাথমিক বছরগুলিতে, ফাঁসি ছিল একজন অপরাধীকে নির্মূল করার সবচেয়ে সহজ উপায়; এটি একটি বিনামূল্যের খেলা ছিল। চাষাবাদ, ক্ষুধা ও দারিদ্র্য দূর করতে, তাদের সন্তানদের শিক্ষিত করতে এবং স্কুল, গীর্জা, হাসপাতাল এবং কমিউনিটি সেন্টার স্থাপনের জন্য জমির সন্ধানে ত্রাভাঙ্কোর থেকে মালাবারে স্বল্প আয়ের পরিবারগুলিকে স্থানান্তরিত করা প্রকৃতি এবং মানুষের সাথে অন্তহীন দ্বন্দ্ব তৈরি করে। মৃত্যুদণ্ড বেড়েছে, ফাঁসি সাধারণ হয়ে উঠেছে এবং অনেক নিরপরাধ প্রাণ হারিয়েছে ফাঁসি তাদের গল্প লেখার জন্য কেউ ছিল না, এবং কেউ একজন মৃত ব্যক্তির প্রতি আগ্রহী ছিল না। সেগুন কাঠের ফাঁসির মঞ্চটি ভালাপত্তনম সেতুর মতোই শক্তিশালী ছিল এবং একজন নিন্দিত আসামির গলায় ফাঁস বাঁধা বিশেষভাবে ভারতের ম্যানচেস্টার কোয়েম্বাটোর থেকে অর্ডার করা হয়েছিল। কয়েক বছর আগে, একটি ইস্পাত ফ্রেম কাঠামো তার গুণমানের জন্য পরিচিত একটি ইস্পাত কারখানা দ্বারা নির্মিত হয়েছিল। ফাঁসির মঞ্চটি ধনী ও ক্ষমতাবান, রাজনীতিবিদ, বিচারক ও মন্ত্রী, পুরোহিত, পণ্ডিত, মৌলভী এবং ব্যবসায়ীদের রক্ষা করত।

বৃটিশ আমলে অপরাধীর জন্য কোন করুণা ছিল না। স্কটল্যান্ড, ওয়েলস, ইংল্যান্ড এবং আয়ারল্যান্ড থেকে শত শত অর্ধ-শিক্ষিত রফিয়ান ব্রিটিশ প্রশাসনিক পরিষেবায় যোগদান করে, বিশেষ করে পুলিশ এবং কারাগারে, আইন ভঙ্গের নির্মম দমনকে উৎসাহিত করে। তারা চেয়েছিল একটি শক্তিশালী ব্রিটিশ সাম্রাজ্য যাতে প্রচণ্ড শীতের

সময় তাদের চুল গরম করতে পারে। প্রতিটি ফাঁসি ইস্ট ইন্ডিয়া কোম্পানির শেয়ার মূল্যকে মসৃণভাবে আরোহণ করতে ঠেলে দেয়। ব্রিটিশদের জন্য, ফৌজদারি বিচারের কেন্দ্রীয় দর্শন সিস্টেম প্রতিরোধ এবং প্রতিশোধ অন্তর্ভুক্ত. আইনজীবী এবং বিচারকরা যারা অ্যাংলো-স্যাক্সন আইনী ব্যবস্থা শিখেছিলেন তারা দ্রুত হামুরাবি এবং জেরেমি বেন্থামের শিষ্য হয়ে ওঠেন, ফাঁসির জন্য একটি অসাধারণ ক্ষুধা দেখিয়েছিলেন। বাংলায় ইস্ট ইন্ডিয়া কোম্পানির কর সংগ্রাহক মহারাজা নন্দকুমারের ফাঁসি কার্যকর হওয়ার পর থেকে হাজার হাজার লোককে ফাঁসি দেওয়া হয়েছিল। স্বাধীন ভারত আনন্দের সাথে ব্রিটিশ বর্বরতা অনুসরণ করেছিল। রাশা রঘুরাজ সিং, যে বছর জব্বলপুর সেন্ট্রাল জেলে দেশটি তার স্বাধীনতা লাভ করে, সেই বছরের নয়ই সেপ্টেম্বরে ফাঁসি কার্যকর করা হয়েছিল, স্বাধীন ভারতে প্রথম ফাঁসিতে ঝুলানো হয়েছিল।

থোমা কুঞ্জ সেই ফাঁসির মঞ্চের দিকে হেঁটে গিয়েছিলেন যা গর্ভগৃহের মতো দাঁড়িয়ে ছিল, ফাঁসির দেবতা, এক একর জমির মাঝখানে উঁচু প্রাচীরের মধ্যে সুরক্ষিত, একশো একর সুরক্ষিত কারাগারের মধ্যে গ্রানাইট দিয়ে টালি করা। জল্লাদ ছিলেন এর পুরোহিত, কারাগারের কর্মচারীরা উপাসক, জেলা ম্যাজিস্ট্রেট কোরিস্টার এবং চিয়ারলিডাররা ছিলেন মনস্তাত্ত্বিক এবং মানব আচরণের সমাজবিজ্ঞানী।

তার মাথা এবং মুখ ঢেকে কালো মুখোশ সমগ্র বিশ্বের অন্ধকার

যোগ করেছে, এবং থমা কুঞ্জ আড়াআড়ি, শক্ত, ডিম্বাকৃতি এবং নিন্দিতদের ওজন সহ্য করতে সক্ষম ফাঁসটিকে কল্পনা করতে পারে। দুই দোষী সাব্যস্ত বন্দীর জন্য একই অনুভূমিক মরীচি থেকে দুটি লুপ কারা কর্তৃপক্ষের কাজের চাপকে উল্লেখযোগ্যভাবে হ্রাস করেছে। একজন অপরাধীকে ফাঁসি দেওয়ার জন্য কয়েক মাস, মাঝে মাঝে, বছরের পর বছর লেগেছিল, যেমন হাইকোর্ট, সুপ্রিম কোর্টে আপিল করা হয়েছিল এবং রাষ্ট্রপতি অনেক বছর ধরে মৃত্যুদণ্ড স্থগিত করেছিলেন। এমনকি চূড়ান্ত আপিল প্রত্যাখ্যান করার পরেও, কয়েক মাস প্রস্তুতি নেওয়া হয়েছিল এবং একজন জল্লাদ পাওয়া কঠিন ছিল।

ফাঁসির মঞ্চ ছিল মানুষের আত্মাকে দমন করার জন্য মানুষের উদ্ভাবিত সবচেয়ে শক্তিশালী যন্ত্র। এটির জীবন কেড়ে নেওয়ার ক্ষমতা ছিল, একটি ক্রসবারের সাথে সংযুক্ত ফাঁদ থেকে একজন ব্যক্তিকে মৃত্যু পর্যন্ত ঝুলিয়ে রাখার একটি হাতিয়ার। যে একাধিক ফাঁদ একই সাথে পরিচালিত হয়েছিল তা বিচার বিভাগ, সরকার এবং কারাগারের কর্মীদের জন্য একটি আশীর্বাদ ছিল। সরকার বিপুল তহবিল ব্যবহার করেছে একজন অপরাধীকে আজীবন কারাগারে রাখার জন্য মোট প্রয়োজনের অন্তত দশগুণ বেশি ফাঁসি।

কারাগারে, একজন অপরাধী কাজ করতে পারে, জীবিকা অর্জন করতে পারে, তার পরিবারকে সমর্থন করতে পারে এবং দেশের উন্নয়নের জন্য প্রচেষ্টা করতে পারে।

কিন্তু আত্মহত্যা ছিল ভিন্ন; এটি একজন ব্যক্তির পছন্দ ছিল এবং এমিলি তার মৃত্যুকে বেছে নিয়েছিল।

এমিলি ক্রুশে মারা যান।

ক্রুশে মারা যাওয়ার ধর্মীয় গৌরব এবং আধ্যাত্মিক প্রতিশ্রুতি ছিল। কিন্তু শিকারকে ফাঁসিতে ঝুলতে হয়েছিল, নাজারেথের যিশুর মতো। এমিলি নিজেকে ফাঁসিতে ঝুলিয়ে তার গৌরব এবং প্রতিশ্রুতি হারিয়েছে। ভিকার তাকে কবরস্থানে দাফন করতে অস্বীকার করেছিল এবং জর্জ মুকেন ভিকারকে এক টুকরো মাটির জন্য ঘুষ দিয়েছিল। পুরোহিত এটি থেমাদি কুঝি, পাপীর কোণে বরাদ্দ করেছিলেন এবং এমিলিকে একটি কালো কাপড় দিয়ে কবর দেওয়া হয়েছিল কারণ তার সাদা চাদর দিয়ে ঢেকে রাখার অধিকার ছিল না। যারা সাদা চাদরে আবৃত তারা সরাসরি স্বর্গে যাবে এবং যারা কালো থেকে শোধনকারী তারা শুদ্ধ হবে বা অনন্ত আগুনে নরকে যাবে। ইহুদি এবং খ্রিস্টানদের ঈশ্বর, ইয়াহোয়া, সাদা পছন্দ করতেন এবং আল্লাহর হুরীরা সাদা পোশাক পরতেন আবয়াস। উভয়েই কালো অপছন্দ করত, লুসিফার বা ইবলিস রঙ। ইব্রাহিমের ছেলেরা সাদা, ফেরেশতা, মালাক এবং হুরিস রঙের মূল্যবান।

কালো চাদরে আবৃত এমিলির দেহ পাপীর কোণে কবরস্থানে দাফন করা হয়েছিল।

জন্মের সময় পাপী নন, এমিলি ছিলেন থিরুভাল্লার এক শিক্ষিকা দম্পতির একমাত্র সন্তান যিনি আদ্দিস আবাবায় ইংরেজি এবং গণিত পড়াতেন। এলিজাবেথ এবং জ্যাকব সন্তান হওয়া অপছন্দ করেন, কিন্তু যখন 38, এলিজাবেথ গর্ভবতী হন এবং প্রসবের জন্য থিরুভাল্লায় রাহেলের বাড়িতে পৌঁছেন। সন্তানের জন্মের একদিনের মধ্যে, এলিজাবেথ তার স্বামীর সাথে থাকতে ইথিওপিয়ায় ফিরে আসেন, এমনকি তার মাকে নবজাতককে লালন-পালন করতে বলেনি। র‍্যাচেল জানতেন যে এলিজাবেথ তার শিশুকে পরিত্যাগ করেছে এবং শিশুটিকে দেখতে ফিরে আসবে না।

তার দিদিমা এমিলিকে বড় করে তুলেছিলেন এবং প্রথম দিন থেকেই তাকে রানীর ইংরেজি বলতে শিখিয়েছিলেন। এমিলির বয়স যখন চার বছর, রাচেল তাকে মালায়ালম এবং ইংরেজিতে বর্ণমালা লিখতে শিখিয়েছিলেন। এমিলি তাকে "মা" বলে ডাকে।

কয়েক বছর ধরে, রাহেল আ বার্মিংহামের শল্যচিকিৎসক, হালকা মানসিক বিকারগ্রস্ততায় ভুগছিলেন এবং তার স্বামী ডেভিডের সাথে প্রতিদিনের দ্বন্দ্ব ছিল, যার সাথে তিনি ভেলোর মেডিকেল

কলেজে পড়ার সময় দেখা করেছিলেন। যুক্তরাজ্যের একজন মনোরোগ বিশেষজ্ঞ, ডাঃ ডেভিড, বিয়ের দশ বছর পর রাচেলকে তালাক দিয়েছিলেন এবং একজন শ্বেতাঙ্গ মহিলা মার্গারেটকে বিয়ে করেছিলেন, একজন ব্যর্থ মডেল এবং অভিনেতা। মানসিক চিকিৎসার জন্য তিনি নিয়মিত ডেভিডের কাছে যেতেন।

তার একমাত্র মেয়ে এলিজাবেথের সাথে, র‍্যাচেল লন্ডনে চলে যান এবং তার প্রাক্তন স্বামী এবং তার নতুন স্ত্রীর প্রতি তার গোপন আত্মার প্রতি ঘৃণা পোষণ করে তার অনুশীলন চালিয়ে যান। তিনি অন্ধকারকে ভয় পেয়েছিলেন এবং ভেবেছিলেন যে তার তালাকপ্রাপ্ত স্বামী এবং স্ত্রী আলোহীন রাতে তাকে শ্বাসরোধ করবে। রাহেলা রাতে আলো নিভিয়ে দেয়নি। হ্যালুসিনেশন তার মনকে কাবু করেছিল এবং সে ডেভিড, মার্গারেট এবং অন্যান্য কল্পিত শত্রুদের সাথে কুস্তি করেছিল।

লন্ডনে, র‍্যাচেল তার অনুশীলন থেকে প্রচুর সম্পদ অর্জন করেন এবং পঁয়ষট্টি বছর বয়সে তিরুভাল্লায় চলে যান। এক বছরের মধ্যে, এলিজাবেথ আসেন, এবং এমিলি জন্মগ্রহণ করেন।

এমিলি একটি একাকী শিশু ছিল এবং নিঃসঙ্গ শিশু হিসাবে বড় হয়েছি।

তিনি তার ঠাকুরমার চিৎকার এবং চিৎকার শুনে বড় হয়েছেন, বিশেষ করে সূর্যাস্তের পরে। মামা তার তালাকপ্রাপ্ত স্বামী, ডঃ ডেভিড এবং তার ইংরেজ স্ত্রী মার্গারেটের সাথে প্রতি রাতে ঝগড়া করতেন, ভাবতেন যে তিনি এখনও বার্মিংহামে আছেন, কারণ তিনি প্রায়শই তাকে তার ক্লিনিকে তার ক্লায়েন্টকে আলিঙ্গন করতে দেখেছিলেন।

কখনও কখনও, র‍্যাচেল ভ্রমণের সময়, বিশেষ করে হোটেল এবং রিসর্টগুলিতে অপরিচিতদের প্রতি আগ্রাসন দেখায়। তিনি অভিনেতা এবং মডেলদের অপছন্দ করতেন এবং ভেবেছিলেন তারা সবাই ডেভিডের প্রেমে পড়েছেন। তার প্রতিক্রিয়ায় আবেগপ্রবণ, তিনি কয়েকদিন একসাথে দূরে ছিলেন, ভুলে গিয়েছিলেন যে এমিলি তার সাথে ছিল। ঠাকুমা মাঝে মাঝে অসামাজিক আচরণ প্রকাশ করতেন এবং এমিলি চরম ভয় অনুভব করতেন। রাচেল উচ্চ শ্রেণীর সমাজের মহিলাদের ঘৃণা করতেন যারা ফ্যাশনেবল পোশাক এবং গয়না পরতেন। কিন্তু রাচেল তার সাথে পরামর্শ না করেই এমিলির জন্য দামী পোশাক এবং হীরা কিনেছিলেন। প্রতিদিন, র‍্যাচেল তার বেডরুমে রাখা ডক্টর ডেভিড এবং তার স্ত্রীর দৈত্যাকার রাবারাইজড পুতুলগুলিকে আক্রমণ করে। তাদের মুখে লাথি মারার পর, তিনি তাদের উপর বসলেন কুস্তিগীরের মতো বুকে বারবার ঘুষি মারেন।

"ডেভিড, আমি তোমাকে ঘৃণা করি," সে চিৎকার করে বলল।

"আমি তোমাকে ঘৃণা করি, ডেভিড। তুমি সেই কুত্তাকে বিয়ে করেছ। আমি তোমাকে কখনই ক্ষমা করব না," চিৎকার আরও জোরে হবে।

"এটা তোমারই মানসিক চিকিৎসা দরকার, তুমি রক্তাক্ত বোকা," অপমানকারীরা চালিয়ে গেল।

এমিলির নিজের একটি শয়নকক্ষ ছিল এবং হৈচৈ ও চিৎকারের সময় এমিলি তার বালিশের নিচে লুকিয়ে ছিল, ভয়ে কাঁপছিল। কৌতূহল নিয়ে, এমিলি তার দাদীকে আধা ডজন বার লক করা দরজাগুলো পরীক্ষা করতে দেখেছে, বিশেষ করে রাতে। সে মধ্যরাতে উঠে সেন্ট্রাল দরজার তালা অক্ষত আছে কিনা তা যাচাই করে। ভয় এবং ক্রোধের তীব্র অযৌক্তিক অবিরাম অনুভূতিগুলি প্রতি কয়েক ঘন্টার মধ্যে তার উদ্ভব হয়েছিল, যা তাকে কাল্পনিক সমালোচনার প্রতি যুক্তিবাদী এবং আত্মরক্ষামূলক করে তুলেছিল। প্রায়শই এমিলি তার ঘরেই থেকে যায়, তার মায়ের সামনে উপস্থিত হয় না।

রাচেল তার প্রাক্তন স্বামী এবং তার অভিনেত্রী স্ত্রীকে কখনই ক্ষমা করেননি।

দিনের বেলা, র‍্যাচেল কথাবার্তা বলছিলেন এবং এমিলিকে একটি গল্পের বই থেকে একটি প্যাসেজ জোরে জোরে পড়তে বলেছিলেন। দাদি এমিলিকে উৎসাহিত করলেন স্পষ্টভাবে পড়ুন এবং তার উচ্চারণ সংশোধন করুন.

র‍্যাচেল একটি অভিজাত পরিবারের একজন মহিলার পোশাক পরে, লন্ডনের সাম্প্রতিক ফ্যাশন প্রবণতাগুলি সাবধানতার সাথে অনুসরণ করে, পশ্চিমা খাবার রান্না করেছিল, একজন ব্রিটিশ অভিজাতের মতো কাজ করেছিল এবং রানীর ইংরেজিতে কথা বলেছিল। তিনি তার গাড়ি চালিয়েছিলেন, এমিলির সাথে কোচি, আলাপ্পুঝা, কোট্টায়াম, মুন্নার, ত্রিভান্দ্রম এবং কন্যাকুমারীতে গিয়েছিলেন এবং সেরা হোটেলগুলিতে থাকতেন।

যখন তার বয়স পাঁচ বছর, তখন এমিলিকে কোডাইকানালের একটি গার্লস বোর্ডিং স্কুলে পাঠানো হয়, যেখানে তিনি পরিবেশ পছন্দ করেননি। তার কোন বন্ধু ছিল না, কারণ সে অন্য ছাত্রদের সাথে কথা বলতে ভয় পেত। ভাইবোন এবং বাবা-মা ছাড়া একা বেড়ে ওঠার কারণে এমিলি কাকে গ্রহণ করবেন তা জানতেন না। এমিলি একজন বয়স্ক মহিলার সাথে বেড়ে ওঠেন যিনি প্যারানিয়া, সিজয়েড এবং মানসিক ভারসাম্যহীনতায় ভুগছিলেন। যদিও তার শিক্ষকরা ভালবাসা এবং যত্নের সাথে আচরণ করেছিল, এমিলি তাদের থেকে দূরত্ব বজায় রেখেছিল। তার দাদি প্রতি মাসে, বড়দিনের প্রাক্কালে

এবং গ্রীষ্মের মধ্যবর্তী ছুটিতে স্কুলে যেতেন। তার পরিশীলিত আচরণ সবসময় আলোচনার মধ্যে ছিল এমিলি তার ম্যাট্রিকুলেশন শেষ না হওয়া পর্যন্ত স্কুলের শিক্ষক এবং র‍্যাচেলের সফর অব্যাহত ছিল।

এমিলি তার পড়াশোনায় ভালো ছিল। যদিও তিনি একাকী ছিলেন, তিনি একজন বাধ্যতামূলক বক্তা ছিলেন এবং আন্তঃ এবং আন্তঃবিদ্যালয় প্রতিযোগিতায় অংশগ্রহণ করতেন। প্রতি বছর, এমিলি তার সহপাঠীদের সাথে একটি অধ্যয়ন সফরে যান এবং ভারত, নেপাল, ভুটান এবং শ্রীলঙ্কার উল্লেখযোগ্য পর্যটন স্পট পরিদর্শন করেন, কিন্তু কারো সাথে মিশতেন না।

তিনি তার বাবা-মায়ের সাথে দেখা করেছিলেন যখন তিনি নয় বছর বয়সে, প্রথমবারের মতো তিরুভাল্লায় বড়দিনের ছুটিতে তার ঠাকুরমার সাথে। একদিন বিকেলে, এমিলি দুজন অপরিচিত লোককে, একজন পুরুষ এবং একজন মহিলা, তাদের বাড়ির সামনে একটি ট্যাক্সি থেকে নামতে দেখেছিল। এমিলি অবাক হয়েছিলেন কারণ তারা একটি সদ্য বিবাহিত দম্পতির মতো আচরণ করেছিল। রাহেল তাদের প্রতি তুলনামূলকভাবে উদাসীন ছিল। তারা এমিলির সাথে কথা বলেনি বা তার প্রতি কোনো আগ্রহ দেখায়নি যেন সে কখনোই ছিল না এবং এমিলি জানে না তারা কারা।

"এমিলি, তোমার বাবা-মায়ের সাথে দেখা করো, ইথিওপিয়ার জারজদের সাথে," রাচেল বসার ঘর থেকে চিৎকার করে বললো।

একটি দীর্ঘ ছিল নীরবতা

"আপনি আমার সম্পত্তি দখল করতে চান, কিন্তু আপনি এটি শুধুমাত্র আমার মৃতদেহের উপরেই পাবেন," বসার ঘর থেকে ঠাকুমা বললেন।

এলিজাবেথ এবং জ্যাকব আধ ঘন্টার মধ্যে চলে গেলেন।

"জাহান্নামে যাও, আর ফিরে আসবে না। আমার বয়স ইতিমধ্যে পঁচাত্তর। আমাকে একটু শান্তি দিতে দিন," তারা বাইরে যাওয়ার সময় রাহেল গর্জে উঠল।

মামা সারা সন্ধ্যা চিৎকার করতে থাকে; সে উত্তেজিত ছিল তিনি ডেভিড এবং মার্গারেটের পুতুলকে লাথি মেরেছিলেন। চিৎকার এবং বিস্ফোরণ বাতাসে ভরে গেল, ক্যারলগুলিকে ডুবিয়ে দিল।

এমিলি ছিল একাকী শিশু। আশেপাশে তার কোন বন্ধু ছিল না।

ভর্গীস বী দেবস্য

কৈশোরে তার একাকীত্ব তীব্র হয়ে ওঠে। হঠাৎ আমার মুখে ব্রণের দাগ দেখা গেল। তার বয়স যখন বারো বছর তখন মাসিক শুরু হয়। এমিলি এটা জানত না এবং কথা বলার কেউ ছিল না। তার শরীরের মধ্যে ভয়ানক কিছু ঘটেছে এমন উপলব্ধি সহ বারবার কষ্টদায়ক অনুভূতি তার আবেগ এবং আরামকে চূর্ণ করে দেয়। তার নাইটড্রেস রক্তে ভিজে গেছে, এবং সে এটা মেনে নিতে পারেনি কারণ সে জানে না কেন এমন হয়েছে, তার কী হবে এবং নাইটিকে কোথায় ফেলে দিতে হবে। তিনি ডাইনিং হল এবং শ্রেণীকক্ষে অন্যান্য ছাত্রদের থেকে লুকিয়ে থাকতেন এবং সাধারণ সমাবেশে দাঁড়াতে ভয় পেতেন বা শ্রেণীকক্ষ তার মাসিক ছয় দিন ধরে চলতে থাকে এবং তাকে মানসিকভাবে সহজ করে দেয়; একটা লজ্জা তার মাথার নিচের পেটে ব্যাথা নিয়ে ভেসে গেল। বমি বমি ভাব, ক্র্যাম্প এবং ফোলা অনুভূতি তাকে উত্তেজিত করে, বিশেষ করে তার স্তন। স্তনবৃন্তে জ্বলন্ত সংবেদন ছিল, এবং সে বারবার সেগুলি টিপেছিল। এমিলি ক্লান্ত, দুর্বল এবং অলস অনুভব করেছিল।

মেজাজ পরিবর্তন এমিলি রাগান্বিত এবং হারিয়ে; দুশ্চিন্তা তাকে ক্রমাগত নিপীড়িত করেছিল যেন সে একটি টানেলের মধ্য দিয়ে যাচ্ছিল, এর কোন শেষ নেই, বা অন্য দিকে কোন খোলা নেই। তিনি একটি পাহাড়ের চূড়ায় দাঁড়িয়ে থাকতে দেখেছিলেন, এবং নিচে ওঠার কোন উপায় ছিল না; ক্লিফগুলি খুব খাড়া এবং বিপজ্জনক ছিল। এমিলি রাগান্বিত ছিল, এবং মনে মনে সে তার শিক্ষক, তার বাবা-

মা, তার ঠাকুরমা এবং পুরো বিশ্বের দিকে চিৎকার করে।

পরবর্তী মাসিক চক্র ছিল চার মাস পর। এমিলি তার দাদীর সাথে বাড়িতে ছিলেন, যিনি অনাকাঙ্ক্ষিত ছিলেন, কারণ তিনি ডেভিড এবং মার্গারেটকে কয়েকদিন ধরে অভিশাপ দিয়েছিলেন। জৈবিক এবং মানসিক বিষয়ে মামার সাথে কথা বলার সুযোগ এমিলি কখনোই পায়নি পরিবর্তন তৃতীয় দিন, প্রাতঃরাশের পরে, রাচেল ডাইনিং হলের মেঝেতে রক্তের ফোঁটা দেখতে পান এবং এমিলির জীবনে প্রথমবারের মতো, দিদিমা তাকে উদ্বেগের সাথে জড়িয়ে ধরেন এবং তাকে বলেছিলেন যে তিনি একজন মহিলা হয়ে গেছেন। দাদি এমিলিকে খুব সোজা কথায় বুঝিয়ে দিলেন, মাসিকের রহস্য, মাসিক সময়, শরীর পরিষ্কার রাখার প্রয়োজনীয়তা, কীভাবে প্যাড ব্যবহার করতে হয় এবং এটি পরিচালনা করার জন্য প্রয়োজনীয় মানসিক ও মানসিক প্রস্তুতি সম্পর্কে।

পরের কয়েক সপ্তাহ ধরে, প্রতিদিন, দিদিমা এমিলিকে তার ডিম্বাশয়ে ডিম্বাণু তৈরি হওয়া, নিষিক্ত ডিম্বাণু প্রত্যাখ্যান, পুরুষের অণ্ডকোষে শুক্রাণু তৈরি হওয়া, একটি মহিলা এবং একজন পুরুষের মধ্যে যৌন মিলন, এর জৈবিক ও মনস্তাত্ত্বিক আন্ডারকারেন্টস সম্পর্কে ব্যাখ্যা করতেন। যৌন সম্পর্কের মানব পরিপূর্ণতা, এবং কীভাবে অবাঞ্ছিত গর্ভধারণ এড়ানো যায়। রাহেল একটি মেয়ে এবং ছেলের মধ্যে যৌনতা একটি পাপ ছিল না মতামত; এটি কোনোভাবেই

মানবজীবনের মর্যাদাকে হ্রাস করেনি বরং বৃদ্ধি করেছে। যৌন সম্পর্ক নির্দিষ্ট সামাজিক-মনস্তাত্ত্বিক প্রভাব ছিল এবং ব্যক্তিগত এবং সামাজিক প্রভাব। যদিও বিবাহপূর্ব যৌনতায় কোনো ভুল ছিল না, ঠাকুমা স্পষ্টভাবে এমিলিকে বলেছিলেন যে কীভাবে অবাঞ্ছিত গর্ভধারণ প্রতিরোধ করা যায়, একটি ছেলেকে শিকারী যৌন সম্পর্ক থেকে নিরুৎসাহিত করে। মায়ের জন্য, যৌনতা ছিল একটি প্রাকৃতিক জৈবিক ঘটনা যা একজন ব্যক্তির মানসিক এবং মানসিক চাহিদা এবং বৃদ্ধির সাথে জড়িত। এমিলিকে একজন পুরুষের সাথে যৌন মিলন গড়ে তোলার ক্ষেত্রে বিচক্ষণ হতে হবে।

"যৌনতার সাথে ধর্ম ও ঈশ্বরের কোনো সম্পর্ক নেই। ধর্ম একটি সামাজিক গঠন, এবং ঈশ্বর একটি মিথ; তারা মানবিক বিষয়ে হস্তক্ষেপ করতে পারে না। দুজনকেই ফেলে দাও। যৌনতা মনস্তাত্ত্বিক, মানসিক এবং সামাজিক পরিণতি সহ সম্পূর্ণরূপে জৈবিক, এবং আপনার শরীর, মন এবং ভবিষ্যতের জন্য আপনাকে দায়ী করা উচিত। পুরুষদের সাথে আচরণে বিচক্ষণ হোন, "ঠাকুমা বললেন, এমিলির দিকে তাকিয়ে।

"মা, আপনি যা বলেছেন আমি তা পালন করব," এমিলি জবাব দিল।

"আমি তোমাকে জোর করব না, এমিলি; আপনি আপনার কর্মের জন্য দায়ী," Rachel বলেন.

আমি বুঝতে পারছি, মা।"

"যদি কোন ঈশ্বর না থাকে, মানুষ তাদের জন্য দায়ী কর্ম," রাচেল বলেন.

দিদিমা প্রথমবার সেক্স আর ঈশ্বরের কথা বলছিলেন। জৈবিক নারীত্ব এবং ঈশ্বরের কাছ থেকে স্বাধীনতার অর্থ বোঝার জন্য এমিলি তার কাছে কৃতজ্ঞ বোধ করেছিল।

এমিলি তার দশম শ্রেণী শেষ করার পর ত্রিভান্দ্রমের একটি স্কুলে তার দুই বছরের সিনিয়র সেকেন্ডারির জন্য যোগ দিয়েছিলেন; সে পনেরো ছিল। স্কুলটি ছেলে এবং মেয়ে উভয়ের জন্যই ছিল এবং এমিলির জন্য ছেলেদের সাথে মিশে যাওয়ার প্রথম সুযোগ ছিল, কিন্তু সে তাদের সাথে বন্ধুত্ব গড়ে তুলতে অনিচ্ছুক ছিল। কোন ছেলের সাথে কথা বলার সুযোগ হয়নি তার। ঠাকুরমার বাড়িতে, এমিলি একা অনুভব করে, আশেপাশের কোনও ছেলের সাথে কখনও দেখা করেনি। তার বোর্ডিং স্কুল ছিল মেয়েদের জন্য, এবং সমস্ত শিক্ষক

এবং প্রশাসনিক কর্মী ছিলেন মহিলা। যদিও সে ছেলেদের সম্পর্কে কৌতূহলী ছিল, তার কখনোই তাদের সাথে মিশতে পারেনি। এমিলি একটি ছেলের নগ্ন শরীর দেখার স্বপ্ন দেখেছিল; তিনি একটি লিঙ্গ দেখতে চেয়েছিলেন, এটি স্পর্শ করতে চেয়েছিলেন, অনুভব করতে চেয়েছিলেন, এটি কীভাবে আচরণ করে তা জানতে চেয়েছিলেন, যেমনটি তিনি একবারও দেখেননি। এমিলি অনেক সপ্তাহ ধরে এটি সম্পর্কে চিন্তা করেছিল এবং এর সাথে খেলার বিভ্রম হয়েছিল প্রেমিকের যৌনাঙ্গ।

তিনি বারবার বিরক্তিকর অনুভূতি তৈরি করেছিলেন এবং এই উপলব্ধিটি তৈরি করেছিলেন যে শিশু হিসাবে তার সামাজিক এবং মানসিক চাহিদাগুলি তার ইচ্ছামতো পূরণ হয়নি। একাকীত্ব, ছেলেদের থেকে দূরে থাকার জন্য তিনি দুঃখিত ছিলেন। ছোঁয়া ও আদর করার জন্য তার সাথে ছেলেদের না থাকা তাকে দুঃখিত করেছিল কারণ ক্লাসের ছেলেরা তার কাছে অপরিচিত ছিল, কিন্তু তারা দেখতে সুদর্শন এবং শক্তিশালী ছিল। কিন্তু একটি ছেলের অনুসরণ করার কল্পনা তাকে ভয় পেত, এবং সে সবসময় তার যৌন আকাঙ্ক্ষা নিয়ে চাপে থাকত এবং পুরুষ সঙ্গীর কথা ভেবে ঘুমহীন রাত কাটিয়ে দিত। হতাশা এবং উদ্বেগ তাকে নিপীড়িত করেছিল।

স্কুলে, তিনি অন্যান্য ছাত্র এবং শিক্ষকদের সাথে সংযোগ স্থাপন

করতে পারেননি, কারণ তার একজন সেরা বন্ধুর অভাব ছিল যার সাথে সে তার গভীর চিন্তাগুলি ভাগ করতে পারে, যা তাকে আত্ম-সন্দেহ এবং স্ব-মূল্যের অভাব দূর করতে সাহায্য করেছিল।

বাড়িতে, ছুটির সময়, তার বেশিরভাগ সময় প্রেমিকের সাথে কাটিয়ে দেওয়া হত। মামার বয়স আশির উপরে, সে এমিলির পরিবর্তন নিয়ে মাথা ঘামাতে পারেনি। ক্রমাগত খালি বোধ, একটি ছিল কেউ তাকে আলিঙ্গন করতে, তার সাথে যৌন মিলন করতে এবং তার যত্ন নেওয়ার জন্য লুকানো আকাঙ্ক্ষা। তিনি নির্জন থাকতে বেছে নিয়েছিলেন কিন্তু তার একাকীত্ব নিয়ে অসন্তুষ্ট ছিলেন, তার ইচ্ছা ছিল একজন প্রেমময় পুরুষ যিনি তাকে একজন বন্ধুর মতো যত্ন করতেন, যার সাথে তিনি সারা বিশ্বে ভ্রমণ করতে পারেন, সূর্যের নীচে যে কোনও বিষয়ে কথা বলতে পারেন এবং দীর্ঘস্থায়ী অন্তরঙ্গ মুহূর্ত থাকতে পারেন।

যৌন আকাঙ্ক্ষা টিনের ওপরের খুপরিতে বৃষ্টির মতো তার মাথা ঢাকছে; সে তার রুম বন্ধ করে ভিতরেই রয়ে গেল, অপর্যাপ্ত বোধ করছিল, ভিতরে এবং একা থাকতে পেরে দুঃখিত। টেবিলে তার ঠাকুরমার সাথে কথা বলার কিছু ছিল না; কাঁটাচামচ এবং ছুরি ধরে থাকা বয়স্ক মহিলার সাথে যে তার হাত নাড়ছিল তার সাথে ভাগ করে নেওয়ার জন্য সে দুঃখজনক বোধ করেছিল। বিভিন্ন আবেগ এমিলিকে নিপীড়িত করেছিল কারণ সে তার নানীকে ভালবাসত এবং

তাকে শিশুর মতো দেখাশোনা করার জন্য তাকে ঘৃণা করত, কারণ তার জন্মের সাথে সাথে তাকে শ্বাসরোধ করা ভাল ছিল।

ঠাকুমাকে পুতুল মারতে দেখে এমিলি ভয় পেয়েছিলেন। বৃদ্ধ মহিলা বারবার তাদের ঘুষি মারলে ডেভিড এবং মার্গারেট হয়তো ব্যথা অনুভব করেছিল।

এমিলির জন্য, তার মাধ্যমিক বিদ্যালয় খালি ছিল, যদিও ছাত্রদের সাথে জীবিত। বক্তৃতা প্রতিযোগিতার সময়, তিনি ভেবেছিলেন যে কেউ তার কথা শুনবে না যদিও হলটি এমন শ্রোতাদের দ্বারা উপচে পড়েছিল যারা তার ভদ্র, যুক্তিযুক্ত এবং বিশ্বাসযোগ্যভাবে কথা বলার ক্ষমতার প্রশংসা করেছিল। সে তার একাকীত্ব দূর করতে কথা বলতে শুরু করে এবং তার একাকীত্ব দূর করার জন্য পুরস্কার জিতে নেয়।

বিচ্ছিন্ন অবস্থায়, এমিলি যৌন ক্ষুধার্ত অনুভব করেছিল; মাঝে মাঝে, আকাঙ্ক্ষা ছিল অনিয়ন্ত্রিত, যা তাকে ভাবতে বাধ্য করেছিল এবং চিন্তাভাবনা আরও একাকীত্বের দিকে পরিচালিত করেছিল, একজন বন্ধুকে কেন্দ্র করে যে তার যৌন চাহিদা দূর করতে পারে। তবে তার অনুভূতিগুলি পরিস্থিতির বাস্তবতার সাথে যুক্ত ছিল না কারণ তারা প্রায়শই বিপথগামী মেঘের মতো ক্ষণস্থায়ী, উদ্দেশ্যহীন

এবং লক্ষ্যহীন ছিল, তবে তার জীবনের সাথে এমনভাবে বাঁধা ছিল যে সে এটি থেকে পালানোর চেষ্টা করেছিল।

প্রায়শই, তিনি অন্যান্য ছাত্রদের প্রতি ঈর্ষান্বিত বোধ করেন কারণ তারা তাদের বন্ধুদের সঙ্গ উপভোগ করতেন। বিপরীতে, এমিলির সাথে তার আবেগ এবং আকাঙ্ক্ষা ভাগ করে নেওয়ার মতো কেউ ছিল না, কারণ সে অপর্যাপ্তভাবে অন্যদের সাথে মিত্র ছিল। সে ভেবেছিল তার অবস্থা কখনই শেষ হবে না কারণ সে অবাঞ্ছিত হবে, প্রেমহীন, অনিরাপদ এবং পরিত্যক্ত। একটি দীর্ঘস্থায়ী দুঃখের উদ্ভব হয়েছিল যে সে সংজ্ঞায়িত করতে ব্যর্থ হয়েছিল, তবে এটি তাকে ভালবাসার জন্য একজন ব্যক্তির অভাবের কারণে এবং সে সেই ভালবাসা ফিরিয়ে দিতে চেয়েছিল। এটি একটি যত্নশীল, অন্তর্নির্মিত কিছু অন্তরঙ্গের প্রয়োজনের গভীর উপলব্ধি হবে।

এমিলি অন্তর্গত হতে চেয়েছিল কিন্তু স্বত্বের ভয় ছিল।

তার আবেগ তার গভীর-অনুভূত প্রয়োজন অর্জনের উপর নিবদ্ধ ছিল। তিনি একজন পুরুষকে তার সাথে থাকতে, তার মধ্যে শ্বাস নিতে, তার সাথে অনুভব করার এবং সীমাহীন আবেগময় আনন্দ তৈরি করার জন্য অনুসন্ধান করেছিলেন।

তার বাবা-মায়ের থেকে বাদ দিয়ে, এমিলি একজন বাবা, প্রেমিক এবং প্রেমিকের মতো একজন ব্যক্তির সন্ধান করেছিল। তার বাবা-মা সম্পূর্ণ অপরিচিত ছিলেন যাদের সাথে তিনি কখনও কথা বলেননি এবং তিনি এমনকি পিতামাতা কী তা জানতেন না। এটি তার জীবনে একটি অপূরণীয় ব্যবধান তৈরি করেছিল এবং শুধুমাত্র একজন মানুষ এটি পূরণ করতে পারে। পিতার ধারণাটি তার মধ্যে একটি শূন্যতা, একটি অবিরাম প্রান্তর, অন্ধকারের একটি বিশাল সমুদ্র, তার সম্পূর্ণতায় ভালবাসার শূন্যতাকে রূপ দিয়েছে।

তার জন্য একজন বাবার অস্তিত্ব ছিল না।

এমিলিকে তার বাবার যত্ন থেকে বাদ দেওয়া হয়েছিল এবং প্রায়ই সে তাকে গ্রহণ করতে পারে এমন একজন ব্যক্তি খুঁজে পেতে অত্যন্ত অনুপ্রাণিত বোধ করে।

নীরবতা তাকে আবিষ্ট করে, এবং ভয় তাকে আচ্ছন্ন করে, তার হৃদয় ও মনকে শূন্যতা এবং সীমানা ছাড়াই অন্ধকারে পূর্ণ করে। কখনও কখনও তিনি অস্পষ্ট ব্যক্তিত্ব হয়ে ওঠে; চিন্তা করার এবং আশা করার কিছুই ছিল না, কারো জন্য একটি শক্তিশালী আকাঙ্ক্ষা,

একজন পুরুষ। আশা ছাড়াই শূন্যতায় সব শেষ হয়ে গেল; কোথাও যাওয়ার জায়গা ছিল না, যাতায়াত করার জন্য কোন যানবাহন ছিল না এবং নেতৃত্ব দেওয়ার জন্য কোন রাস্তা ছিল না। এটি মরুভূমিতে একটি মরীচিকার মতো ছিল এবং এমিলি সঙ্গীহীন ছিল। তিনি কান্নাকাটি অপছন্দ করতেন এবং দুঃখবোধকে ঘৃণা করতেন, কারণ তার জীবন নারকেলের খোসার মতো খালি ছিল।

যখন তিনি তার সিনিয়র সেকেন্ডারি স্কুল শেষ করেন, তখন এমিলি স্নাতকের জন্য এর্নাকুলামের একটি মহিলা কলেজে যোগ দেন; তার বয়স আঠারো এবং ডিগ্রীর জন্য ইংরেজি, তার প্রিয় বিষয়, একটি তিন বছরের কোর্স বেছে নেন। র‍্যাচেলের বয়স চুরাশি বছর এবং আর্থিক বোঝা ছাড়াই তার পড়াশোনা শেষ করার জন্য বিশ লাখ টাকা প্রাথমিক জমা দিয়ে এমিলির জন্য একটি সেভিংস ব্যাঙ্ক অ্যাকাউন্ট খোলেন।

এমিলি হোস্টেলে থাকতে শুরু করে এবং মাসে একবার তার মায়ের সাথে দেখা করতেন, বয়সের সাথে সাথে অনেক নরম হয়ে গেলেও এখনও রানী, মেজাজ এবং নীরব।

কলেজে, এমিলি পাবলিক স্পিকিং ফোরামের সদস্য ছিলেন এবং ফোরাম কর্তৃক আয়োজিত বিভিন্ন অনুষ্ঠানে সভাপতিত্ব করার জন্য অতিথিদের আমন্ত্রণ জানানোর জন্য দায়ী ছিলেন। একটি অনুষ্ঠানে,

তিনি একজন তরুণ আইনজীবী মোহনকে অনুরোধ করেছিলেন, একজন গতিশীল বক্তা যিনি আইন ও সাহিত্যকে সংক্ষিপ্তভাবে ফিউজ করতে পারেন। শীঘ্রই, এমিলি মোহনকে পছন্দ ও প্রশংসা করতে শুরু করে, তার অফিসে গিয়ে দীর্ঘ আলোচনায় লিপ্ত হয়। দ্রুত, এমিলিকে পুরুষ নৈকট্য, উষ্ণতা এবং গন্ধের একটি নতুন জগতে নিয়ে যাওয়া হয়েছিল এবং তিনি এটিকে শ্রদ্ধা করেছিলেন, তার কৈশোর থেকে তার স্বপ্ন পূরণ. এমিলি মোহন, তার চেহারা, অবিরাম শব্দ প্রবাহ, সাধারণ জ্ঞান, উদ্বেগ এবং এমিলির প্রতি শ্রদ্ধাকে আদর করেছিল। অনেক সন্ধ্যায়, সে তার কাছে বসে তার চোখের দিকে তাকাল যেন তার পুরুষ শক্তি, শক্তি এবং জাদু দ্বারা আবিষ্ট।

সপ্তাহান্তে, এমিলি এবং মোহন কোচির সেরা রেস্তোরাঁগুলি ঘুরে দেখেন এবং একে অপরের সাথে দীর্ঘ সময় কাটান। তার পার্স থেকে নগদ টাকা বেরিয়ে গেল, এবং মোহনকে সন্তুষ্ট ও উত্তেজিত রাখার জন্য তাকে টাকা দিতে সে সন্তুষ্ট ছিল। প্রতি সন্ধ্যায়, তিনি একটি দামী হুইস্কির বোতল বেছে নিয়েছিলেন এবং আনন্দিত হয়েছিলেন যে এমিলি আনন্দের সাথে এটির জন্য অর্থ প্রদান করেছিলেন। প্রথমবারের মতো, এমিলি একজন পুরুষের সাথে ঘনিষ্ঠভাবে যোগাযোগ করেছিল এবং মোহনের চেহারা এবং গন্ধ সহ তার আচরণের সবকিছুই সে পছন্দ করেছিল। তিনি তাকে তার হৃদয়ের কাছাকাছি রেখে তাকে আলিঙ্গন করতে চেয়েছিলেন। একজন পুরুষের সাথে থাকা, তাকে তার বাহুতে আলিঙ্গন করা এমিলির জন্য

একটি অভিনবত্ব ছিল। তার মধ্যে একতাবদ্ধতার নতুন ধারণার শক্তি ফুটে উঠল।

তারা নিয়মিত আনন্দ যাত্রার জন্য একটি নৌকা নিয়ে আলাপ্পুঝা, চাঙ্গানাসেরি পর্যন্ত ভ্রমণ করত। কুমারাকম। মোহনের সাথে সময় কাটানো ছিল এমিলির জন্য এক স্বর্গীয় অভিজ্ঞতা।

আবেগের পরমানন্দ তাকে বাকরুদ্ধ করে তুলেছিল; তার আবেগ বিস্ফোরিত হয় কারণ সে অনুভব করতে পারে তার পেটে স্বপ্নগুলো নাচছে।

এমিলি দুঃসাহসিক মনে করেছিল, মোহনকে খুশি করার জন্য কিছু করে, তার প্রতিক্রিয়া এবং চেহারা সম্পর্কে কৌতূহলী ছিল। একসাথে থাকার বিষয়ে নতুন ধারণা নিয়ে, তিনি তাকে অসংখ্য গল্প বলেছিলেন, তার অন্যান্য অগ্রাধিকারের কথা ভুলে গিয়েছিলেন, যৌন কামনা করেছিলেন এবং মোহনের সাথে নগ্ন থাকতে মানসিকভাবে উপভোগ করেছিলেন। তার ক্রিয়াকলাপ এবং মিথস্ক্রিয়ায় শারীরিক এবং মানসিক প্রতিক্রিয়ার একটি ঝুড়ি তাকে তার উপর একটি আসক্তি নির্ভরতা এবং প্রেম করার জন্য একটি শক্তিশালী আকাঙ্ক্ষায় বাধ্য করেছিল। যখন সে তার সাথে ছিল তখন সে তার দ্বারা পিষ্ট হতে পছন্দ করত।

মোহনের জন্য একটি অত্যাবশ্যক উদ্বেগ তার হৃদয়ে আবির্ভূত হয়েছিল, তার অস্তিত্বের প্রতিটি মুহূর্তকে তার জীবনকে সর্বশেষ গ্যাজেটগুলির সাথে সহজ করার আকাঙ্ক্ষায় পূর্ণ করে, তাকে দামি জিনিস উপহার দেয় যা তাকে হাসাতে পারে। তার পছন্দ এবং অপছন্দের উপর ভিত্তি করে তার সিদ্ধান্তগুলিকে অগ্রাধিকার দিয়ে, তিনি তাকে সদ্য গর্ভবতী মহিলার মতো ক্রমাগত নিজের মধ্যে নিয়ে যান তার জাইগোট রক্ষা করা।

তিনি তার অফিসে প্রথমবার তার সাথে বারবার দেখা করার কথা মনে করেছিলেন, একটি অপ্রতিরোধ্য অভিজ্ঞতা, তার কাছাকাছি দাঁড়ানো এবং একটি দৃঢ় শারীরিক এবং মানসিক আকর্ষণ এবং সংযুক্তির অঙ্কুরোদগম। এমনকি প্রথম দিনে, তিনি তাকে নগ্ন অবস্থায় দেখতে চেয়েছিলেন, সংক্ষিপ্তভাবে সন্দেহ করেছিলেন যে তিনি তার স্বচ্ছতা, সম্মতি হারিয়েছেন কিনা।

দিনের পর দিন, এমিলি বিকশিত হচ্ছিল, সম্পূর্ণ নতুন ব্যক্তি, শারীরিক পরিবর্তনের সাথে আবেগ অনুভব করছিল; মাঝে মাঝে উচ্চ ধড়ফড় এবং অবসেসিভ চিন্তাভাবনা ছিল। তার প্রতিক্রিয়াগুলি তাৎক্ষণিক ছিল কিন্তু নার্ভাসনে পরিবেষ্টিত ছিল, অবিশ্বাসের সাথে মিলিত আনন্দের একটি তীক্ষ্ণ অনুভূতি কারণ সে এটি এত দৃঢ়ভাবে অনুভব করেছিল। অনুভূতি এবং প্রতিক্রিয়াগুলি দৃঢ় এবং দ্রুত উন্নত

ছিল, যার ফলে বিচারের ক্ষতি এবং পাগলাটে সিদ্ধান্তগুলি যৌক্তিক ফলাফলের অভাবের দিকে পরিচালিত করে।

মোহন ভেম্বনাদ হ্রদ উপেক্ষা করা একটি বাড়িতে একা থাকতেন এবং এক সন্ধ্যায় তিনি এমিলিকে তার বাড়িতে নিয়ে যান। এটি একটি ছোট বসার ঘর এবং একটি ছোট রান্নাঘর সহ একটি এক বেডরুমের ফ্ল্যাট ছিল এবং তিনি এটি পছন্দ করেছিলেন তিনি এটিকে আরামদায়ক এবং কমপ্যাক্ট খুঁজে পেয়েছেন, যেখানে এমিলি এমন একজন ব্যক্তির সাথে একা ছিলেন যা তিনি প্রশংসিত এবং ভালোবাসেন। তারা পৌঁছানোর সাথে সাথে সে প্রথমবার সেক্স করেছিল; সে মোহনের নগ্ন শরীর পছন্দ করত, যেভাবে সে তাকে জড়িয়ে ধরে, জামা খুলে চুমু দেয়। সবকিছুর সতেজতা তাকে উদ্বেলিত করেছিল, এবং যৌন মিলনের কারণে সৃষ্ট সামান্য ব্যথা ছিল একটি মনোরম অভিজ্ঞতা; যৌনতার প্রতি তার আবেশ তীব্র হয়েছে। পরের দিন, এমিলি তার হোস্টেল থেকে মোহনের জায়গায় চলে যায়।

এমিলি মোহনকে ভালোবাসত। তার কবজ তাকে মুগ্ধ করেছিল এবং সে পছন্দ করেছিল যে সে কীভাবে সবকিছু করছে। প্রেম করা তার পুরুষ-মহিলা সম্পর্কের ধারণাকে চ্যালেঞ্জ করেছিল এবং এমিলি ভেবেছিলেন যে মোহনের মতো একজন বন্ধু পেয়ে তিনি কতটা ভাগ্যবান, যিনি তাকে এত মূল্যবান এবং যত্ন করেছিলেন। মোহন

তাকে যে স্বর্গীয় সুখ দিয়েছেন তার জন্য কীভাবে তাকে ধন্যবাদ জানাবেন সে ভাবছিল।

পরের দিন, এমিলি মোহনকে একটি গাড়ির শোরুমে নিয়ে যায় এবং একটি গাড়ি উপস্থাপন করে যেখানে সে তার খুব কাছের অনুভব করেছিল। মোহন আনন্দে তাকে জড়িয়ে ধরে ঠোঁটে চুমু খেল। তারা নিয়মিত মহীশূর, ব্যাঙ্গালোর, গোয়া, উটি, কোডাইকানাল এবং চেন্নাই ভ্রমণ করতেন। এবং এমিলি তার প্রিয় বয়ফ্রেন্ডের জন্য যে কোনও পরিমাণ খরচ করতে পেরে খুশি হয়েছিল।

তিনি মায়ের কাছ থেকে শুনে রোমাঞ্চিত হয়েছিলেন যে তিনি উপহার হিসাবে তার অ্যাকাউন্টে আরও দশ লক্ষ টাকা জমা দিয়েছেন, এবং এমিলি মোহনের সাথে উত্তেজনাপূর্ণ খবর শেয়ার করেছেন এবং তাকে বলেছিলেন যে তিনি তার প্রয়োজনে তার ব্যাঙ্ক পরিচালনা করতে পারবেন।

মোহন দুই মাসের জন্য বর্ধিত ছুটি নিয়েছিলেন, এমিলিকে বলেছিলেন যে তিনি ঘনিষ্ঠতার প্রথম দিনগুলিতে তার সাথে থাকতে পছন্দ করেন। তাদের অবিচ্ছেদ্যতার উচ্ছ্বাস প্রশমিত হলে তিনি আইন অনুশীলন শুরু করবেন। এমিলি তাকে জড়িয়ে ধরে তার উদ্বেগের জন্য তাকে চুম্বন করে।

মোহন এমিলি এবং তার জন্য জাভা, বালি, কুয়ালালামপুর, ব্যাংকক, আঙ্কর ওয়াট এবং সাইগনের জন্য একটি বিদেশ সফরের পরিকল্পনা করেছিলেন। সফরটি ছিল চার সপ্তাহের।

কোচি থেকে মামাকে না জানিয়েই, এমিলি এবং মোহন কুয়ালালামপুরে সরাসরি ফ্লাইট নিয়েছিলেন, যেখানে তারা প্রায় সমস্ত বিশিষ্ট পর্যটক আকর্ষণে চার দিন কাটিয়েছিলেন। এমিলি সবকিছুর উদ্ভাবন পছন্দ করতেন। বালিতে, তাদের সুন্দর দিনগুলি ছিল, এবং এমিলি একটি ছোট শিশুর মতো সমুদ্র সৈকতে মোহনের সাথে খেলেছিল। ব্যাংকক তাকে মন্ত্রমুগ্ধ করেছে, বিশেষ করে তার রাতের জীবন। হাজার হাজার সাদা মানুষ ন্যূনতম পোশাক পরে হাঁটছে এমিলিকে, এবং সে মোহনকে বলেছিল যে তারা তাদের গোপনীয়তার মধ্যে বাড়ি ফিরলে তাদের অবশ্যই সেই পর্যটকদের মতো হতে হবে। আঙ্কর ওয়াটের মহিমা তাকে মুগ্ধ করেছিল এবং সাইগন তাকে বিমোহিত করেছিল।

এমিলি মোহনের অধিকারী স্বভাব পছন্দ করতেন; তিনি একজন তরুণ পিতার মত ছিলেন।

ভারতে ফিরে তারা সরাসরি মোহনের বাড়িতে যান। তার ব্যাঙ্ক অ্যাকাউন্ট চেক করার সময়, রাচেল আরও পাঁচ লাখ জমা করায়

এমিলি আনন্দিত হয়ে ওঠে। যদিও সে ইতিমধ্যেই প্রায় আঠারো লাখ টাকা খরচ করেছে, তার ব্যাঙ্কে সতেরো লাখ টাকা ব্যালেন্স ছিল।

শনিবার, তিনি কোচি থেকে তিরুভাল্লার বাসে উঠেছিলেন মায়ের সাথে দেখা করতে। বাড়িতে পৌঁছে এমিলি দেখতে পান অন্য একটি পরিবার বাড়িতে অবস্থান করছে। তারা বলেছে যে তার ঠাকুমা মারা গেছেন দুই সপ্তাহ আগে, এবং এলিজাবেথ এবং জ্যাকব বাড়িটি বর্তমান বাসিন্দাদের কাছে বিক্রি করেছেন। নতুন মালিকরা এমিলিকে ঘরে ঢুকতে দেয়নি; সে বাইরে দাঁড়িয়ে মাকে স্মরণ করে কেঁদে ফেলল।

মোহনের বাড়ি ছাড়া এমিলির আর যাওয়ার জায়গা ছিল না, ও ফিরে এসে সে পুরো ঘটনা খুলে বলল। মোহন একটা কথাও বলল না। অনেক দিন বাড়িতে নীরবতা ছিল। এমিলিকে কিছু না বলে তিনি গাড়িতে করে কোর্টে গিয়ে আবার অনুশীলন শুরু করেন। এমিলি কলেজে পড়া শুরু করে, এবং যখন সে ফিরে আসে, সে বাড়িতে একা ছিল এবং তার সাথে কথা বলার কেউ ছিল না। পনের দিনের মধ্যে, সে অস্বস্তি বোধ করে এবং মোহনকে তার সাথে একজন ডাক্তারের কাছে যেতে বলে। কিন্তু মোহন তার অপারগতা প্রকাশ করেছিলেন কারণ সেদিন তার একটি জটিল মামলা ছিল এবং তিনি তার সাথে যাবেন না।

এমিলি একা গেল।

বিস্তারিত ডায়াগনস্টিক পরীক্ষার পর, মহিলার চিকিৎসক এমিলিকে বলেছিলেন যে তিনি গর্ভবতী। এমিলি পরমানন্দ অনুভব করেছেন; এখন, সবকিছু বদলে গেছে, একটি নতুন অর্থ, রং এবং দায়িত্ব। তিনি মোহনের ফিরে আসার জন্য অপেক্ষা করতে লাগলেন, এবং সন্ধ্যা ছয়টার দিকে তিনি আসার সাথে সাথে এমিলি তাকে হাসিমুখে জানান যে তিনি গর্ভবতী। সে আশা করেছিল মোহন তাকে জড়িয়ে ধরে আনন্দে চুমু দেবে। কিন্তু তিনি কোনো প্রতিক্রিয়া দেখালেন না, কিছু বললেন না; এক গভীর নীরবতা ঘরের সব কোণে ছড়িয়ে পড়ে, মোহনের প্রতি তার আস্থা ভেঙে পড়ে।

দ্য পরের দিন সকালে, মোহন এমিলিকে না জানিয়ে তার অফিসে চলে যায়, এবং এমিলি অদ্ভুত অনুভব করে; সে তার কলেজে বাসে উঠল। এমিলি যখন তার সেমিস্টার ফি পরিশোধের জন্য একটি পরিমাণ স্থানান্তর করার চেষ্টা করেছিল, সে তার অ্যাকাউন্টে মাত্র পঞ্চাশ হাজার টাকা খুঁজে পেয়েছিল। সন্ধ্যায়, যখন সে মোহনকে জানায় তার ব্যাঙ্ক থেকে সাড়ে ষোল লক্ষ টাকা গায়েব হয়ে গেছে, তখন সে বলে যে সে টাকাটা নিয়েছিল কিছু জরুরী প্রয়োজনে এবং এমিলিকে তার সমস্ত প্রয়োজনে দেখাশোনা করার জন্য ছিল।

এমিলি মোহনকে বিশ্বাস করেছিল এবং তার কথায় বিশ্বাস করেছিল।

সেদিন সকালে এমিলি কলেজে যাওয়ার পর, মোহন একটি নতুন তালা দিয়ে ঘরে তালা দিয়ে তার অফিসে চলে যায়। এমিলি যখন সন্ধ্যা ছয়টায় কলেজ থেকে ফিরে আসে, মোহন কোর্ট থেকে ফেরেনি। মূল দরজার চাবি মোহনের কাছে থাকায় সে অপেক্ষা করতে লাগল। অন্ধকার হয়ে গেল, আর এমিলি দশটার বাইরে অপেক্ষা করছিল। মোহনের গাড়ি প্রায় সাড়ে দশটা নাগাদ বাড়ি পৌঁছল। সে দরজা খুলে ভিতরে গেল, আর এমিলি তাকে অনুসরণ করল। অদ্ভুত বোধ করে মোহন এমিলিকে বসার ঘরে ঘুমাতে বলল। ভিতরে বসার ঘরে, সে আরামে ঘুমাতে পারেনি।

পরের দিন, মোহন এমিলিকে বলেছিলেন যে তার সন্তানের গর্ভপাত করা দরকার, এবং তিনি একটি গর্ভপাত ক্লিনিকে সমস্ত ব্যবস্থা করেছিলেন। এমিলি তার কথা বিশ্বাস করতে পারল না।

"আপনার বয়স মাত্র আঠারো, মা হওয়ার জন্য খুব কম বয়স," তিনি বলেছিলেন।

"কিন্তু আমি বাচ্চাকে রাখতে চাই," সে জবাব দিল।

মোহন বলেন, "আমরা এখন সন্তান নিতে পারছি না।

"আপনার একটি ভাল অনুশীলন আছে এবং যথেষ্ট ভাল উপার্জন করছেন," এমিলি যুক্তি দিয়েছিলেন।

"আমার একটা বাড়ি কেনার জন্য টাকা দরকার," সে বলল।

এমিলি সতর্ক দৃষ্টিতে মোহনের দিকে তাকাল।

"আপনি আমাকে বলেছিলেন যে এই বাড়িটি আপনারই," এমিলি জবাব দিল।

"আমাকে প্রশ্ন করো না," মোহন চিৎকার করে বললো, এবং তার কথার মধ্যে নিহিত হুমকি তার কানে প্রতিধ্বনিত হয়েছিল এবং তার একাকীত্ব এবং নীরবতার সাথে মিলিত হয়েছিল।

এটি একটি সতর্কতা ছিল; এমিলি ভীত হয়ে পড়ল এবং ভয়ে আঁকড়ে ধরল; মোহন একজন পরিবর্তিত মানুষ, নাকি সে তার আসল স্বভাব দেখাতে শুরু করেছে।

এমিলি চুপ করে রইল। কিন্তু তিনি বিরক্ত ছিলেন এবং যেকোনো মূল্যে শিশুটিকে বাঁচাতে চেয়েছিলেন। সে মোহনের কাছ থেকে পালানোর চেষ্টা করেছিল; তবুও, তার কোন বিকল্প ছিল না। তার ব্যাঙ্ক ব্যালেন্স প্রায় শূন্য, এবং জীবিকা উপার্জনের কোন সম্ভাবনা ছিল না; যাওয়ার কোন জায়গা ছিল না এবং কোন আত্মীয় ছিল না। সে অসহায় বোধ করলো; হঠাৎ, পৃথিবী বদলে গেল, এবং সে অনুভব করল আতঙ্কিত

পরের দিন, মোহন তাকে বলেছিল যে তারা দুই দিনের মধ্যে একটি নতুন বাড়িতে স্থানান্তরিত হবে, এবং তার আগে তার গর্ভপাত করা দরকার। এমিলি চুপ করে রইল।

"বলো," কণ্ঠ তুলল মোহন।

"আমি আমার বাচ্চাকে গর্ভপাত করতে চাই না," সে বিড়বিড় করে বলল।

"আমি যা বলি তা পালন কর," সে তাকে দুবার চড় মারার সময় চিৎকার করে উঠল।

সেগুলি ছিল ভারী আঘাত; তার নাক থেকে রক্ত বেরিয়েছে। কয়েক সেকেন্ডের জন্য অন্ধকার ছিল; সে অনুভব করল যেন সে মাটিতে পড়ে যাচ্ছে। ব্যথা অসহ্য ছিল; এটি প্রথমবারের মতো কেউ তাকে আঘাত করেছিল। কলের নীচে মুখ ধুতে গিয়ে এমিলি রক্তের স্বাদ পেল। তিনি একটি রুমাল দিয়ে তার নাক ঢেকেছিলেন, যা কয়েক মিনিটের মধ্যে রক্তে পুঙ্খানুপুঙ্খভাবে ভিজে গিয়েছিল। এমিলি জোরে কেঁদে উঠল, কিন্তু মোহন বধিরতার কথা বলল।

সে বসার ঘরে গিয়ে শুয়ে পড়ার চেষ্টা করল; ভয়ানক ব্যথা এবং রক্তপাত তাকে অস্বস্তিকর করে তুলেছিল এবং সত্যের সাথে লড়াই করার সময় তিনি কয়েক মিনিটের জন্য জ্ঞান হারিয়েছিলেন।

সেদিন এমিলি কলেজে না গেলেও মোহন কোর্টে চলে যায়।

বিকেলে, আ সুগঠিত মহিলা এমিলিকে দেখতে এসেছেন। তিনি মোহনের গাড়ি চালান এবং এমিলি মোহনকে বলেছিলেন যে তিনি এমিলিকে তাদের নতুন বাড়িতে নিয়ে যেতে বলেছেন, যেখানে তিনি তাদের জন্য অপেক্ষা করবেন। এমিলি একটি দীর্ঘস্থায়ী সন্দেহ ছিল কিন্তু তার সাথে গিয়েছিলাম. পথিমধ্যে দুজনেই কথা বলেনি। মহিলাটি একটি জনাকীর্ণ এলাকা, একটি বাজারের মধ্য দিয়ে গাড়ি চালাচ্ছিলেন এবং আধা ঘন্টা পরে সেখানে যানজট ছিল। আরো আধা

ঘন্টা গাড়ি থামলো। মহিলাটি অধৈর্য হয়ে গাড়ি থেকে নামলেন, এই বলে যে একটি দুর্ঘটনা ঘটেছে, এবং তিনি গাড়ি চালাতে পারবেন কিনা তা খুঁজে বের করার জন্য এগিয়ে গেলেন।

এমিলি জানালা দিয়ে তাকাল। দুই পাশে ছিল শতাধিক দোকানপাট ও অন্যান্য স্থাপনা। এটি একটি আবাসিক এলাকা ছিল না, এবং তিনি নিশ্চিত ছিলেন যে মহিলাটি তাকে অন্য কোথাও নিয়ে যাচ্ছে। তিনি প্রায় দুইশ মিটার সামনে লাল পটভূমি সহ একটি বড় বোর্ড দেখতে পান, লেখা ছিল: "গর্ভপাত ক্লিনিক"। এমিলি তার মেরুদণ্ড দিয়ে একটি কাঁপুনি পেয়েছিলাম; এটি তার সারা শরীরে ছড়িয়ে পড়ে, তার মায়াকে ভেঙে দেয়। বেশি কিছু না ভেবে সে দরজা খুলে অদৃশ্য হয়ে গেল ভিড়।

তার হ্যান্ডব্যাগ ছাড়া, এমিলি তার সাথে কিছুই ছিল না। সে দ্রুত হেঁটে একটা পকেট রাস্তা ধরল, পুরনো কোচির একটা অংশ। তিনি এক ঘন্টার জন্য দৌড়েছিলেন এবং ইতিমধ্যেই সমুদ্রতীরে ছিলেন। রাস্তার দুই পাশে মাটিতে বসে মাছ বিক্রি করছিলেন শত শত জেলে। এর বাইরে ছিল বড় বড় চীনা জাল; সূর্য জ্বলছিল, আর্দ্র বাতাস ছিল এবং সমুদ্র অদ্ভুতভাবে শান্ত ছিল। নারকেল তেলে ভাজা মাছের গন্ধ বাতাসে ভরে উঠল। সে তার দোপাট্টা দিয়ে মাথা ঢেকে দ্রুত হাঁটল, কিন্তু কোথায় যাবে বা কী করবে বুঝতে পারছিল না।

সে কখনো ওই এলাকায় যায়নি।

দলবদ্ধ ভিড়ের মধ্যে এমিলি একা ছিল, বিপথগামী বিড়ালের মতো একা, ভীত এবং ভীতু, এবং পৃথিবীতে তার কেউ ছিল না এবং তার নিজের বলার মতো কোনো জায়গা ছিল না। তার নাক থেকে রক্ত ঝরতে থাকে; নাক মোছার সময় তার আঙ্গুলগুলো রক্তে সামান্য ভিজে গিয়েছিল। তার চোখে অন্ধকার বিকশিত হচ্ছিল; তার মাথা ভারী ছিল; তিনি রাস্তার পাশে বসেছিলেন যেখানে একজন মধ্যবয়সী মহিলা মাছ বিক্রি করছিলেন। সে সেখানে অনেকক্ষণ বসে থাকে যেন সে পারে নড়াচড়া না করা, মাথা ঘোরা এবং অসুস্থ বোধ করা। কিছু গ্রাহক ছিল; মহিলা ব্যস্ত ছিল ওজন, পরিষ্কার, কাটা এবং প্যাকিং, সম্পূর্ণরূপে তার কাজে নিযুক্ত. তার মেয়ে তাদের জাত, আকার এবং রঙ অনুসারে মাছ সাজিয়েছে। আরও বেশি সংখ্যক গ্রাহক এসেছে, মাছ কিনল এবং চলে গেল, কেউ একা, কেউ ছোট দলে, দম্পতি; সবসময় দর কষাকষি ছিল। সবাই ব্যস্ত থাকায় তাদের দেখা আকর্ষণীয় ছিল, এবং প্রত্যেকেরই ফিরে যাওয়ার জায়গা ছিল, কেউ কারও জন্য অপেক্ষা করছে। ধীরে ধীরে গ্রাহকের সংখ্যা কমতে থাকে, দীর্ঘ ব্যবধানে দু-একজন আসে, তারপর কেউ থাকে না। এমিলি সেখানে বসে মা ও মেয়েকে দেখল, এক সুখী যুগল, তাদের কাজে পুরোপুরি নিয়োজিত। তারা প্রায় সবকিছু বিক্রি করে ফেলেছিল, এবং তাদের দোকান প্রায় খালি ছিল, মাত্র কয়েক টুকরো

ছোট মাছ বাকি ছিল।

"মা, চল যাই; আর কোন খদ্দের নেই," প্রায় বারো বছর বয়সী মেয়েটি একটি ছোট ঝুড়িতে অবশিষ্টাংশ সংগ্রহ করার সময় বলল।

'এখন কটা বাজে?" মহিলাটি মেয়েটিকে জিজ্ঞাসা করলেন।

"সাড়ে দশটা বেজে গেছে," মেয়েটি উত্তর

রাস্তাটি এখন কার্যত খালি ছিল; কয়েক জেলে মহিলা বাকি; তারাও তাদের ঝুড়িতে স্ক্র্যাপ সংগ্রহ করছিল এবং প্লাস্টিকের চাদর ভাঁজ করছিল যার উপর তারা বিক্রি করা মাছ প্রদর্শন করত।

"আপনি এখানে বসে আছেন কেন? তুমি কি কোন মাছ কিনিনি?" মহিলাটি এমিলিকে জিজ্ঞাসা করলেন।

"না, আমি কোন কিনিনি," এমিলি বলল।

"তাহলে তুমি এখানে কেন?" মহিলাকে জিজ্ঞাসা করলেন।

এমিলি মহিলার দিকে তাকাল; তার বয়স প্রায় চল্লিশ, ভারীভাবে নির্মিত এবং তার হাঁটু পর্যন্ত ঢিলেঢালা পোশাক পরা। তার চোখ বড় এবং কালো, একটি বিশিষ্ট নাক এবং বড় ঠোঁট ছিল। কথা বলার সময় তার দাঁত স্পষ্ট দেখা যাচ্ছিল।

"আমার কোথাও যাওয়ার নেই," এমিলি বলল।

মহিলাটি এমিলির কথা এবং চেহারা মূল্যায়ন করার জন্য কয়েক সেকেন্ডের জন্য এমিলির দিকে তাকাল।

"তোমার সাথে কি হল? আমি আপনার নাক থেকে রক্ত পড়তে দেখতে পাচ্ছি," মহিলা জিজ্ঞাসা করলেন।

"আমি একটি পতন ছিল," এমিলি উত্তর.

এতক্ষণে মেয়েটি তার কাজ শেষ করেছে; ঝুড়িগুলি অক্ষত ছিল, প্লাস্টিকের চাদরগুলি ভাঁজ করা হয়েছিল এবং ছুরিগুলি

সাবধানে একটি চামড়ার থলিতে প্যাক করা হয়েছিল এবং নিরাপদে বেঁধে রাখা হয়েছিল।

"যদি তোমার কোন জায়গা নেই, তুমি কোথায় ঘুমাবে," মেয়েটি এমিলির দিকে তাকিয়ে জিজ্ঞেস করল। তার কণ্ঠে উদ্বেগ ছিল।

"রাতে এখানে থেকো না; এটা নিরাপদ নয়," মহিলা বললেন।

এমিলি কিছু বলল না।

"মা, ওকে আমাদের সাথে আসতে দাও। তিনি আমাদের বাড়িতে ঘুমাতে পারেন," মেয়েটি বলল।

মহিলাটি আবার এমিলির দিকে তাকাল।

"আমাদের সাথে আসুন," মহিলাটি বলল।

সে এমিলিকে উঠতে সাহায্য করেছিল। যদিও তার হাত ঠান্ডা ছিল, তার স্পর্শ উষ্ণ এবং দৃঢ় ছিল. মেয়েটি হাঁটতে শুরু করল,

যেখানে সে চামড়ার ব্যাগ রেখেছিল সেই ঝুড়িগুলো নিয়ে। সে তার ডান হাতে দুটি বালতি ধরেছিল; তাদের মধ্যে অবিক্রীত মাছ। মহিলা তার মাথায় ভাঁজ করা প্লাস্টিকের চাদরটি নিলেন।

"আমাকে বালতি দাও; আমি তাদের ধরে রাখতে পারি," এমিলি মেয়েটিকে বলল।

মেয়েটি এমিলির দিকে তাকাল।

"প্রতিদিন, আমি এটা করি। স্কুলের পরে, আমি সন্ধ্যা ছয়টার দিকে এখানে আসি এবং সাড়ে দশটা পর্যন্ত মায়ের সাথে বসে থাকি," মেয়েটি বলল।

"কিন্তু আজ, আমি এটা ধরে রাখতে পারি," এমিলি বলল।

মেয়েটি মাছের সাথে বালতিটি এমিলিকে দিয়েছিল এবং এমিলিকে ভাল লাগছিল, যেন সে পরিবারের একটি অংশ হয়ে গেছে। তারা প্রায় পনের মিনিট ধরে সমুদ্রতীর দিয়ে হেঁটে গিয়ে লম্বা শেডের একটি গুচ্ছে পৌঁছেছে, যার মধ্যে ছয়টি; প্রতিটি আশ্রয়কেন্দ্রে দশটি

ঘর ছিল এবং মা ও মেয়ে পঞ্চম ঘরে থাকত খুপরি, দ্বিতীয় ঘর। বাড়িটি সাদা রঙ করা হয়েছিল, পরিষ্কার রাখা হয়েছিল এবং একটি বসার ঘর, একটি শোবার ঘর, একটি রান্নাঘর এবং একটি কোণে একটি টয়লেট ছিল।

মহিলার স্বামী শয্যাশায়ী ছিলেন; তিনি একজন ট্রাক চালক ছিলেন এবং একবার বর্ষাকালে পশ্চিমঘাটে আরোহণের সময় তার ট্রাক একটি গিরিখাদে পড়ে যায়। তার মেরুদণ্ডের কর্ড ভেঙে গিয়েছিল এবং তিনি আট বছর ধরে অক্ষম ছিলেন। মেয়েটি নার্সের মতো বাবার দেখাশোনা করত। মহিলাটি তার স্বামীর প্রতি বিবেচক এবং প্রেমময় ছিল।

মহিলাটি এমিলিকে বাথরুম দেখালেন। এমিলি তার জামাকাপড় ধুয়ে, গরম জলে স্নান করে এবং মেয়েটির দেওয়া নাইটি পরেছিল। মধ্যরাতের দিকে, তারা একসাথে রাতের খাবার খেয়েছিল, গরম ভাত, ভাজা মাছ এবং সবজি দিয়ে। এমিলি বসার ঘরের মেঝেতে তুলোর চাদর দিয়ে ঢাকা গদিতে শুয়েছিল। রাতে ঠান্ডা ছিল, এবং সে নিজেকে একটি পাতলা কম্বল দিয়ে ঢেকেছিল। এমিলি ভালো ঘুমিয়েছে। সকাল ছটার দিকে যখন ঘুম থেকে ওঠেন, তখন মহিলা রান্নাঘরে ব্যস্ত, আর মেয়ে পড়াশুনা করছিল। সাতটা নাগাদ তারা সকালের নাস্তা করে ফেলল—পুট্টু, কাদালা তরকারি, কলা এবং

ফিল্টার কফি। মহিলাটি এমিলিকে বলেছিলেন যে সকাল আটটার মধ্যে, তিনি মাছ কিনতে সমুদ্রের তীরে যাবেন এবং ঘরে ঘরে বিক্রি করতে যাবেন এবং বিকেলের মধ্যে ফিরে আসবেন, খাবার রান্না করবেন, তার স্বামীকে খাওয়াবেন এবং আবার তিনজন মাছ ক্রয় করে মাছ-রাস্তায় গিয়ে বিক্রি করে রাত সাড়ে দশটা পর্যন্ত। মেয়েটি নয়টার দিকে স্কুলে যেত এবং সন্ধ্যা চারটার মধ্যে ফিরত। সে ছয় থেকে তার মাকে সাহায্য করবে।

মহিলাটি সাদা কাগজে ঢাকা একটি কাগজের লাঞ্চবক্সে দুটি খাবারের প্যাকেট তৈরি করেছিলেন।

"অনুগ্রহ করে এটি গ্রহণ করুন; আপনি ক্ষুধার্ত বোধ করতে পারেন; আপনার পথে, আপনি যেখানেই যান, আপনি এটি খেতে পারেন," তিনি বলেছিলেন।

"তোমাকে অনেক ধন্যবাদ. আমি কি বলবো বুঝতে পারছি না," এমিলি বলল।

"আমি ব্যাগের মধ্যে পঞ্চাশ টাকা রেখেছি; আপনার বাসের চার্জ ছাড়াও এটি আপনার দুই দিনের খরচের জন্য যথেষ্ট হবে,"

মহিলাটি তাকে কিছু তাজা কাপড় এবং দুটি জলের বোতল সহ একটি ছোট কাঁধের ব্যাগ দেওয়ার সময় বলেছিলেন।

এমিলি কেঁদে ফেলল। তার মন কৃতজ্ঞতায় ভরে গেল।

"বাই," মেয়েটি বলেছেন

"ভালো সময় কাটুক," মহিলাটি কামনা করলেন।

এমিলি হেঁটে তেপান্ন কিলোমিটার দূরে আলাপ্পুঝা যাওয়ার কথা ভাবল। তিনি শহরের মধ্যে একটি বাস নিতে চান না, তাই তিনি একটি ছোট ট্রাক দক্ষিণে যাচ্ছে. এক ঘণ্টার মধ্যে, তিনি জীবিত হাঁসগুলোকে শহরে ফিরিয়ে আনার জন্য কুত্তানাদ থেকে আলাপ্পুঝা যাওয়ার আরেকটি ট্রাক পেয়েছিলেন। ড্রাইভারের পাশের সিটটি খালি ছিল এবং তিনি কোনও ফি না নিয়েই এমিলির কাছে এটি অফার করেছিলেন। এক ঘণ্টার মধ্যে তারা আলাপুজায় পৌঁছে যায় এবং এমিলি দশ থেকে পনেরো কিলোমিটার হাঁসের খামারে যাওয়ার কথা ভাবল।

কুত্তানাদে শত শত হাঁস চাষি ছিল। এমিলি ড্রাইভারের সাথে ছয়টি হাঁস দেখতে গিয়েছিলেন, যেখানে চালক চারশো হাঁস কিনেছিলেন। কৃষকের প্রায় পাঁচ শতাধিক হাঁসের বাচ্চা ছাড়াও পনের শতাধিক হাঁস ছিল। এমিলি তাকে জিজ্ঞেস করেছিল যে সে তাকে চাকরি দিতে পারবে কিনা।

কৃষক, তার স্ত্রী এবং তাদের দুই সন্তান হাঁস পালনে সক্রিয় ছিলেন এবং দুইজন সার্বক্ষণিক শ্রমিক দিনের বেলা বিভিন্ন ধান ক্ষেতে হাঁস নিয়ে যান। একসময় ডিম ফুটে ও হাঁসের বাচ্চা বের হয়ে গেছে, তারা ক্রমাগত বারো মাস ধরে এক ধান ক্ষেত থেকে অন্য ক্ষেতে চলে গেছে। অনেক হাঁস ক্ষেতে ডিম পাড়ে, শ্রমিকরা ঝুড়িতে করে সংগ্রহ করত। সন্ধ্যায় তারা হাঁসসহ ডিমগুলো উঠানে নিয়ে আসে। কিছু হাঁস উঠোনে ডিম পাড়ে। বারো মাসের বেশি বয়সের হাঁস বিক্রি করা হতো মাংসের জন্য।

তার স্ত্রীর সাথে পরামর্শ করার পর, কৃষক এমিলিকে পাঁচশ টাকা মাসিক পারিশ্রমিকে হাঁসের উঠানের সাথে সংযুক্ত একটি কুঁড়েঘরে থাকার ব্যবস্থা করার প্রস্তাব দেন, যেখানে একটি ঘর, রান্নার জন্য একটি প্লাটফর্ম এবং একটি ছোট টয়লেট ছিল। এমিলি কাজের প্রস্তাব পেয়ে খুশি হয়েছিল, এবং তার কাজের মধ্যে ডিমবাক্সে ডিম প্যাক করা এবং সেই নির্দিষ্ট খামারের নামে সেগুলি সিল করা ছিল। প্রতিদিন প্রায় সাতশ' থেকে আটশ' ডিম হতো। এমিলিকে ডিম এবং বিভিন্ন সংস্থার কাছে বিক্রি করা জীবন্ত পাখি, প্রাপ্ত অর্থ, বেতন দেওয়া, কেনা ফিড এবং অন্যান্য খরচের হিসাব বই বজায় রাখতে হয়েছিল।

কুত্তানাদের ধান চাষিরা হাঁস চাষকে উৎসাহিত করেছেন এটা লাভজনক ছিল। হাঁসের বসার জায়গার প্রয়োজন ছিল না, তবে

তাদের একটি ঘেরা জায়গায় রাখা হয়েছিল যা হাঁসের উঠান নামে পরিচিত, ধানক্ষেতের সংলগ্ন এবং বাড়ির কাছাকাছি, শিকারীদের থেকে সুরক্ষিত। এমিলি কাজটি পছন্দ করেছিল এবং সে সারাদিন ব্যস্ত ছিল। কৃষকের স্ত্রী ছিল বন্ধুসুলভ; তিনি প্রায় প্রতিদিন এমিলিকে রান্না করা খাবার, হাঁসের তরকারি, ভাজা মাছ এবং বিভিন্ন ভাত দিয়েছিলেন। একবার তিনি জানতে পারলেন যে এমিলি গর্ভবতী, তিনি তাকে নিয়মিত একজন স্ত্রীরোগ বিশেষজ্ঞের কাছে পরামর্শ এবং চিকিৎসা সহায়তার জন্য নিয়ে যান।

হঠাৎ করে, কুত্তানাদে বার্ড ফ্লু ছড়িয়ে পড়ে যখন এমিলি কৃষক পরিবারে সাত মাস পূর্ণ করে। এটি দ্রুত ছড়িয়ে পড়ে এবং প্রতিদিন হাজার হাজার হাঁস মারা যায়। সরকার ক্ষতিগ্রস্থ এলাকায় পাখি শিকারে স্বেচ্ছাসেবক পাঠিয়েছে। এমিলির খামারে, কার্যত সমস্ত হাঁস তিন দিনের মধ্যে মারা হয়েছিল এবং তাদের মৃতদেহ মাঠে পুড়িয়ে দেওয়া হয়েছিল। শীঘ্রই, এমিলি বেকার হয়ে পড়ে এবং কৃষক লক্ষ লক্ষ টাকা হারায়। কৃষকের স্ত্রী এমিলিকে বলেছিলেন যে সে তার সাথে থাকতে পারে এবং তারা সবার সাথে দেখা করবে তার প্রসবের জন্য খরচ। কিন্তু এমিলি তাদের বোঝা করতে চায়নি এবং পরের দিন তাড়াতাড়ি তাদের ছেড়ে চলে যায়।

কাজের সন্ধানে তিনি একটি নৌকা নিয়ে কুমারকোমে

গিয়েছিলেন, কারণ সেখানে অনেক হাউসবোট এবং রেস্তোরাঁ ছিল; বিদেশ থেকে এবং ভারতের বিভিন্ন রাজ্য থেকে শত শত পর্যটক কুত্তানাদের ব্যাক ওয়াটারের আশেপাশের পর্যটন স্পটগুলি পরিদর্শন করেছিলেন। যেহেতু তিনি গর্ভবতী ছিলেন, অনেক হাউসবোট এবং রেস্তোরাঁ তার চাকরির আবেদন প্রত্যাখ্যান করেছিল। এমিলি সন্ধ্যা পর্যন্ত চাকরির খোঁজে রাস্তায় ঘুরে বেড়ায়। যখন অন্ধকার হয়ে গেল, তখন সে রাস্তার ধারে খেজুর পাতা দিয়ে খোঁড়া একটি রেস্তোরাঁ দেখতে পেল, যেটি একজন মহিলা এবং তার স্বামী চালান। তারা দুজনই বাঙালি ছিলেন। তাদের দুটি বাচ্চা ছিল। এমিলি তাদের জিজ্ঞাসা করেছিল যে সে তাদের সাথে গ্রাহকদের চা এবং খাবার পরিবেশন করতে পারে, যার মধ্যে বাসন ধোয়া এবং পরিষ্কার করা সহ। দম্পতি সদয় ছিল এবং তাকে বলেছিল যে তারা তাকে চাকরি দিতে প্রস্তুত, এবং সে সেখানে খেতে এবং ঘুমাতে পারে।

রেস্টুরেন্টটি ছিল মূলত বাঙালি খাবারের জন্য; বেশিরভাগ গ্রাহক ছিলেন বাংলা, ওড়িশা এবং আসামের শ্রমিক, যারা প্রাতঃরাশ, দুপুরের খাবারের জন্য এসেছিলেন এবং রাতের খাবার। ভাত, বিভিন্ন মাছের প্রস্তুতি, বিভিন্ন ধরনের মিষ্টি এবং চা ছিল মেনুতে প্রধান আইটেম। এমিলির কাজ ছিল মহিলার রান্না করা খাবার পরিবেশন করা। তার স্বামী রেস্টুরেন্ট পরিষ্কার করেছেন, বাসনপত্র ধুয়েছেন এবং কেনাকাটা করেছেন। এমিলি দম্পতির সাথে খেয়ে মেঝেতে শুয়েছিলেন। তাদের সাথে এমিলির দিনগুলি আনন্দের ছিল কারণ

তার নিয়োগকর্তারা তার সাথে সম্মান এবং উদ্বেগের সাথে আচরণ করেছিলেন।

তখন পুলিশের স্কোয়াড আসে; তারা ছিল নির্মম। রেস্তোরাঁটি রাস্তার পাশে, পোরোমপোক্কু, সরকারি জমিতে নির্মিত হওয়ায় পুলিশ দশ মিনিটের মধ্যে শেডটি ভেঙে পুড়িয়ে দেয়। কিছুই অবশিষ্ট ছিল না; এমনকি বাসনপত্রও ধ্বংস হয়ে গেছে। বাঙালি দম্পতি সব হারিয়েছে; তাদের ছেলেমেয়েরা রাস্তায় দাঁড়িয়ে কাঁদছিল।

মহিলাটি এমিলিকে জড়িয়ে ধরে কেঁদেছিল এবং দুই মাসের কাজের জন্য তাকে পাঁচশ টাকা দিয়েছিল।

এমিলি কোট্টায়ামে হেঁটে গেলেন, প্রায় পনেরো কিলোমিটার দূরে। তার পার্সে নয়শ পঞ্চাশ টাকা ছিল এবং নিজেকে সেখানে একটি প্রসূতি হাসপাতালে ভর্তি করার কথা ভেবেছিল। প্রায় পরে পাঁচ কিলোমিটার, একটি গাড়ি তার সামনে থামল; গাড়িতে থাকা একজন মহিলা এমিলিকে জিজ্ঞাসা করলেন তিনি কোথায় যাচ্ছেন এবং তিনি উত্তর দিয়েছিলেন যে তিনি কোট্টায়ামের জুবিলি পার্কে যাচ্ছেন, কারণ তিনি জানতেন কাছাকাছি কয়েকটি প্রসূতি হাসপাতাল রয়েছে। মহিলাটি তাকে গাড়িতে ঢুকতে সাহায্য করেছিল এবং পনের মিনিটের মধ্যে জুবিলি পার্কে ছিল। গাড়ি থেকে বের হয়ে এমিলি

ক্লান্ত বোধ করলো; সে আবার বসতে চেয়েছিল। সে পার্কে পায়চারি করে ঘণ্টার পর ঘণ্টা একটা বেঞ্চে বসে থাকে। যখন কুরিয়েন, একজন অন্ধকার, খাটো মানুষ, তার সামনে দাঁড়াল, সে জানত কেউ তাকে সাহায্য করবে। কুরিয়েনের সহানুভূতি পূর্ণ হৃদয় ছিল। কর্ণাটক পুলিশ যখন কুরিয়েনকে লাঞ্ছিত করে এবং তাকে হত্যা করে, তখন তারা একটি প্রাণবন্ত হাব দেখতে পায়নি যেটি এমিলি এবং থমা কুঞ্জকে ভালবাসত; তাদের জন্য, একটি পরিবারের প্রতি ভালবাসা ছিল অমূলক এবং অস্তিত্বহীন। তার মুখ, বুকে এবং পেটে প্রতিটি আঘাতের সাথে, তারা এমিলির জন্য ফাঁসির মঞ্চ তৈরি করেছিল এবং তার ভারাটি একটি ক্রস ছিল যা আয়ানকুন্নুতে তার গির্জার সামনে দাঁড়িয়ে ছিল। থমা কুঞ্জ তাকে নগ্ন যীশুর উপর ঝুলতে দেখেছিলেন, যিনি দুই হাজার বছর আগে মারা গিয়েছিলেন জেরুজালেমের উপকণ্ঠে। কুরিয়েন মহীশূর কান্নুর হাইওয়েতে মক্কুট্টমের কাছে বনের মধ্যে মারা যান এবং এমিলি খ্রিস্টের বিশ্বাসীদের সামনে ছিলেন।

স্বাধীন ভারতে থোমা কুঞ্জের ফাঁসির মঞ্চ তৈরি করা হয়েছিল, যেখানে কণ্ঠহীন খুনের দোষীদের ফাঁসি দেওয়া হয়েছিল, কিন্তু সোচ্চাররা রাজনীতিবিদ এবং মন্ত্রী হয়েছিলেন। ফাঁসির মঞ্চ সেখানে দাঁড়িয়েছিল হাম্মুরাবি, বেন্থাম ও মোহনের নামে। ফাঁসির মঞ্চে দুই আসামির জন্য দুটি ফাঁস ছিল; থমা কুঞ্জ এটা জানতে পেরেছিলেন যখন তিনি জীবনীদের এটি সম্পর্কে কথা বলতে শুনেছিলেন। সরকার তার নাগরিকদের বিরুদ্ধে ফাঁসির মঞ্চ ব্যবহার করেছে, যেমন জর্জ মুকেনের কবরখানায় শূকরের জন্য গিলোটিন। কিন্তু ফাঁসির মঞ্চে মানুষ ছিল শূকর।

ষষ্ঠ অধ্যায় : ফাঁসির জন্য দড়ি

ওডিসিয়াস এবং তার পুত্র টেলিমাকাস ফাঁসির মঞ্চে বারোজন দাসীকে ফাঁসির মঞ্চে ঝুলিয়েছিলেন, কারণ তারা ভেবেছিল যে তাদের দাসরা তার অনুপস্থিতিতে ওডিসিয়াসের প্রতি অবিশ্বাসী ছিল। শিক্ষক নবম শ্রেণিতে ওডিসি থেকে একটি অনুচ্ছেদ ব্যাখ্যা করেছিলেন এবং থমা কুঞ্জ মনোযোগী ছিলেন।

"ওডিসির লেখক কে এবং তিনি কোন ভাষায় লিখেছেন?" শিক্ষক অম্বিকাকে জিজ্ঞেস করলেন।

"ওডিসির লেখক হোমার, এবং তিনি গ্রীক ভাষায় লিখেছেন," অম্বিকা উত্তর দিল।

ওডিসি কি ধরনের সাহিত্য?" প্রশ্নটা করা হলো অপুকে।

আপু এদিক ওদিক তাকালো, তার কাছে কোনো উত্তর নেই। শিক্ষক প্রশ্নটি পুনরাবৃত্তি করলেন এবং থমা কুঞ্জকে উত্তর দিতে

বললেন।

"এটি একটি মহাকাব্য," থমা কুঞ্জ বলেছিলেন।

কে বলতে পারে ওডিসির কেন্দ্রীয় থিম কী ছিল?" সবার দিকে তাকিয়ে প্রশ্ন করলেন শিক্ষক।

"ক্লাসে নীরবতা ছিল যেন ছাত্ররা গভীর ভাবনায় আছে; থমা কুঞ্জ তার ডান হাত তুললেন, এবং শিক্ষক তাকে কথা বলার অনুমতি দিলেন।

"ওডিসিতে তিনটি প্রধান থিম রয়েছে - আতিথেয়তা, আনুগত্য এবং প্রতিশোধ," থমা কুঞ্জ ব্যাখ্যা করেছেন।

"আপনি ভাল উত্তর দিয়েছেন; তুমি কোথায় শিখলে?" অভিনন্দন জানাতে গিয়ে শিক্ষক জিজ্ঞাসা করলেন।

"আমার মা আমাকে অনেক মহাকাব্যের গল্প বলেছিলেন, মহাভারত, রামায়ণ, ওডিসি, সিলাপথিকারম, গিলগামেশের মহাকাব্য

এবং প্যারাডাইস লস্ট। তিনি একজন ভাল গল্পকার ছিলেন, এবং আমি তার কাছ থেকে অনেক পাঠ শিখেছি,” থমা কুঞ্জ বর্ণনা করেছেন।

শিক্ষক ও অন্যান্য শিক্ষার্থীরা নীরবে তার কথা শুনলেন। তারা জানত এমিলি এক বছর আগে মারা গেছে, এবং থমা কুঞ্জ বিষণ্ন থাকা সত্ত্বেও তার পড়াশোনা চালিয়ে যায়। সপ্তাহান্তে এবং ছুটির দিনে, তিনি জর্জ মুকেনের পিগস্টিতে কাজ করতেন, যদিও জর্জ মুকেন এবং পার্বতী তাকে দত্তক নেওয়ার জন্য তাদের প্রস্তুতি প্রকাশ করেছিলেন। কিন্তু থোমা কুঞ্জ স্বাধীনভাবে বেঁচে থাকার জন্য এবং জীবিকা নির্বাহের জন্য কাজ করার জন্য জোর দিয়েছিলেন।

ইথাকার রাজা ওডিসিয়াসের গল্প শোনালেন এমিলি। মহাকাব্যগুলি ট্রোজান যুদ্ধের পরে দেশে ফেরার জন্য তার সংগ্রাম এবং তার বীরত্বের কথা পুনর্ব্যক্ত করে যখন তিনি তার স্ত্রী পেনেলোপ এবং পুত্র টেলিমাকাসের সাথে পুনরায় মিলিত হন। হোমার ভাগ্যের ধারণা দ্বারা প্রভাবিত ছিলেন, দেবতা, এবং স্বাধীন ইচ্ছা। মানুষ স্বাধীন ইচ্ছার অধিকারী ছিল এবং তাদের কর্মের জন্য দায়ী ছিল, যা মহাকাব্যের কেন্দ্রীয় দর্শন ছিল। স্বাধীন ইচ্ছার ধারণাটি ছিল গ্রীক চিন্তাধারার কেন্দ্রীয় স্তম্ভ যা মানুষের স্বাধীনতার উপর পশ্চিমা ধারণাগুলিকে প্রভাবিত করেছিল। ধর্ম, দর্শন, সাহিত্য, আইন এবং

রাজনীতি স্বাধীন ইচ্ছার ভিত্তিতে বিকশিত এবং বিকাশ লাভ করেছে। তা ছাড়া, কিছু স্বতন্ত্র শক্তি মানুষের জীবনকে গঠন করেছিল, যেমন ধর্মপরায়ণতা, রীতিনীতি, ন্যায়বিচার, স্মৃতি, শোক, গৌরব এবং সম্মান, কিন্তু তারা স্বাধীন ইচ্ছার অধীন ছিল। এমিলির গল্প শোনার জন্য এটি খুব সুন্দর ছিল এবং থমা কুঞ্জ তার পাশে বসে তার কথায় মগ্ন ছিল।

"আমরা আমাদের কর্মের জন্য অনেকাংশে দায়ী, কিন্তু সম্পূর্ণরূপে নয়," এমিলি বলেন।

"কেন আমরা দায়ী নই?" থমা কুঞ্জ প্রশ্ন তুলেছেন।

"আমরা প্রকৃতি এবং লালনপালনের পণ্য। আমাদের ভিতরে এবং চারপাশের কিছু জিনিস আমাদের গঠন করে; আমরা তাদের পরিবর্তন করতে পারি না, শুধুমাত্র তাদের গ্রহণ করি। আমাদের জীবনের কিছু ক্ষেত্রে, আমরাই স্রষ্টা, তাই আমরা পরিবর্তন করতে পারি এবং হতে পারি এই ক্রিয়াকলাপের জন্য দায়ী," এমিলি ব্যাখ্যা করেছেন।

থমা কুঞ্জের ভিন্ন মত ছিল।

স্বাধীন ইচ্ছা ছিল একটি দ্বন্দ্ব। মানুষ যদি স্বাধীন হতো, তবে তারা মুক্ত হতে দৃঢ়সংকল্পবদ্ধ, এবং তারা স্বাধীন হতে পারবে না। মানুষ স্বাধীন না হলে, তারা স্বাধীন হতে বাধ্য না, এবং স্বাধীন ইচ্ছা থাকতে পারে না। মানুষ ছিল জর্জ মুকেনের শূকরের পশুর মতো; তারা কখনই জন্মগ্রহণ করতে বলেনি, জাতিবিশেষ হতে আগ্রহী ছিল না এবং কখনও গিলোটিন হতে চায়নি। পৃথিবী ছিল ঈশ্বরের সৃষ্ট একটি বিশাল কবরখানা, এবং প্রতিটি মানুষই স্বর্গে প্রবেশের জন্য একটি শূকর ছিল। ঈশ্বর স্বর্গ এবং পৃথিবী সৃষ্টি করেছেন, থমা কুঞ্জের জন্য একটি রহস্য; স্বর্গ বা পৃথিবী উভয়ই যথেষ্ট ছিল এবং উভয়ই অপ্রয়োজনীয় ছিল। ঈশ্বরের উচিত ছিল স্বর্গ বা নরকে ঠেলে দেওয়ার আগে পৃথিবীতে মানুষকে পরীক্ষা করা থেকে নিজেকে সংযত করা। থোমা কুঞ্জ এই কথা ভাবলেই নিঃশব্দে হেসে ওঠে, বাড়িতে একা।

"আপনি কি স্বর্গ এবং নরকে বিশ্বাস করেন?" থমা কুঞ্জ অম্বিকাকে জিজ্ঞাসা করেছিল, তার সবচেয়ে ভালো বন্ধু, যখন তারা স্কুলে যাচ্ছিল।

না," বলল অম্বিকা।

"কেন?" প্রশ্ন করলেন থমা কুঞ্জ।

"আমার বাবা আমাকে বলেছিলেন সব ধর্মই মিথ্যা গল্পের উপর ভিত্তি করে, ঐতিহাসিক ঘটনা নয়। ওডিসির মতো, প্রতিটি ধর্ম তার লেখক এবং প্রতিষ্ঠাতাদের কল্পনা থেকে বিকশিত হয়েছে, যেমন আমাদের শিক্ষক ক্লাসে ব্যাখ্যা করেছিলেন।"

"তাহলে কি নকল নয়?" থমা কুঞ্জ জিজ্ঞেস করল।

"আমার বাবার জন্য, একা সাম্যবাদ মিথ্যা নয়। এটি সুবিধাবঞ্চিত, নিপীড়িত, শ্রমিকদের কণ্ঠস্বর। অম্বিকা উত্তর দিল।

"আপনি কি আপনার বাবার কথা বিশ্বাস করেন?" থমা কুঞ্জকে জিজ্ঞাসা করলেন।

"অবশ্যই, সে মিথ্যা বলে না," অম্বিকা দৃঢ় প্রত্যয়ের সাথে বলল।

থোমা কুঞ্জ অম্বিকাকে জিজ্ঞাসা করতে চেয়েছিলেন যে কেন তার বাবা এবং তার বন্ধুরা তাদের রাজনৈতিক প্রতিপক্ষের বাড়িতে অভিযান চালিয়েছে, তাদের টুকরো টুকরো টুকরো টুকরো টুকরো টুকরো করে ফেলেছে বা তাদের জায়গায় দেশীয় বোমা নিক্ষেপ করেছে। সমগ্র কেরালায় যুব শাখার দ্বারা অনেক হত্যাকাণ্ড ঘটেছে যেখানে অম্বিকার বাবা সক্রিয় ছিলেন এবং অন্যরা প্রতিশোধ নিয়েছেন বা কখনও কখনও সহিংসতা শুরু করে। কিন্তু থোমা কুঞ্জ অম্বিকাকে জিজ্ঞাসা করেননি কারণ তিনি তাকে আঘাত করতে চাননি।

ভর্গীস বী দেবস্য

অম্বিকার বাবা ছিলেন কান্নুরের নেতৃস্থানীয় দলীয় কর্মী, তার অধীনে শত শত যুবক তার এবং তার কর্তাদের জন্য কিছু করতে পারে। তার অনেক সঙ্গীর কোন কাজ ছিল না কারণ তারা সর্বদা আন্দোলন, বিক্ষোভ, সরকারী সম্পত্তি পুড়িয়ে, সহিংসতা এবং হত্যাকাণ্ডে ব্যস্ত ছিল। ক্ষুদ্র শিল্প, শিক্ষা প্রতিষ্ঠান এবং অন্যান্য রাজনৈতিক দলের যুব শাখা ছিল তাদের লক্ষ্যবস্তু। তাদের প্রচেষ্টার কারণে, অনেক শিল্প কেরালায় তাদের দরজা বন্ধ করে দেয় এবং অম্বিকার বাবা এবং তার অনুসারীরা তাদের বিজয় উদযাপন করে মদ এবং তন্দুরি চিকেন দিয়ে। বেকারত্ব এবং স্বল্প-কর্মসংস্থানের জন্য হতাশ যুবকদের তাদের ভাঁজে তালিকাভুক্ত করা প্রয়োজন ছিল। তারা যুক্তরাষ্ট্রের বিরুদ্ধে উচ্চস্বরে কথা বলে এবং গোপনে যেকোনো মূল্যে গ্রিন কার্ড পাওয়ার চেষ্টা করে। তাদের অভিজাতরা প্রায়ই ব্যবসায়িক এবং বিশেষজ্ঞ চিকিৎসার জন্য সংযুক্ত আরব আমিরাত, ইউরোপীয় দেশ এবং মার্কিন যুক্তরাষ্ট্রে যেতেন। কেউ কেউ মাদক, স্বর্ণ ও বিলাসবহুল সামগ্রীর চোরাচালানে লিপ্ত।

থমা কুঞ্জ দেখেছে নগদ টাকা এবং প্যাকেটজাত খাবার সংগ্রহের জন্য বালতি নিয়ে ঘরে ঘরে ঘুরে বেড়াচ্ছে অসংখ্য যুবক। সন্ধ্যা নাগাদ তাদের বালতি ভরে গেল। টাকা দিতে কোনো বাধ্যবাধকতা ছিল না, কিন্তু যারা দিতে অনিচ্ছুক তারা তরুণ ব্রিগেডদের হাত-পা মোচড়ানো কৌশলের অভিজ্ঞতা লাভ করেছিল।

স্কুলে একসঙ্গে হাঁটার সময় অমিকা থমা কুঞ্জের সঙ্গে তার বাবার অনেক গল্প শেয়ার করেছিলেন। সে তাকে বিশ্বাস করেছিল এবং তাকে ভালবাসত। থমা কুঞ্জ যখন অপুকে আঘাত করেছিল তখন অম্বিকা ক্লাসে ছিল।

থমা কুঞ্জ তার ক্রিয়াকলাপের জন্য দায়ী, স্কুলের প্রধান শিক্ষক ঘোষণা করেছিলেন, তিনি অপুর মুখে আঘাত করলে এবং তার দাঁত পড়ে যায়। থমা কুঞ্জ এই প্রথম এবং শেষবারের মতো কারও সাথে বন্য হয়েছিল। সে নিজেকে নিয়ন্ত্রণ করতে পারেনি; প্রতিক্রিয়া তার প্রত্যাশার বাইরে ছিল। থোমা কুঞ্জ, কোন হিংসাত্মক ইতিহাস ছাড়াই একজন ভাল আচরণকারী যুবককে কী প্ররোচিত করেছিল তা কেউ জিজ্ঞাসা করেনি। কেউ অপুর মুখের কথায় পাত্তা দেয়নি।

শিক্ষক অনুপস্থিত থাকাকালীন ক্লাসে থমা কুঞ্জকে বললেন, “তোমার মা ছিলেন একজন বৈশ্য”। তিনি থমা কুঞ্জের প্রতি ঈর্ষান্বিত ছিলেন, যেহেতু তিনি একজন ভাল ছাত্র ছিলেন, প্রায় সব উত্তর দিয়েছিলেন ক্লাসে প্রশ্ন, এবং ইংরেজিতে বরং ভাল কথা বলত। অপুকে কী প্ররোচিত করেছিল তা হল যে থমা কুঞ্জ শিক্ষকের উত্থাপিত প্রশ্নের উত্তর দিতে পারে, এই বলে যে তার মা বিভিন্ন মহাকাব্যের গল্প বর্ণনা করেছিলেন। ঈর্ষায় জ্বলছিল অপু; তিনি সমস্ত

ছাত্রদের, বিশেষ করে মেয়েদের সামনে থমা কুঞ্জকে অপমান করতে বদ্ধপরিকর ছিলেন। আপু জানতেন অম্বিকার প্রতি থমা কুঞ্জের বিশেষ স্নেহ ছিল, এবং তিনি তার সামনে থমা কুঞ্জকে মর্যাদা দেওয়ার সুযোগের অপেক্ষায় ছিলেন। থমা কুঞ্জের মৃত মাকে নিয়ে খারাপ কথা বলা সবচেয়ে ভালো কাজ। আপ্পু তার বন্ধুর কাছ থেকে শুনেছিলেন যে ভিকার তাকে তার রবিবারের ধর্মোপদেশে ভেশ্যা বলেছেন। অপুর জন্য, থমা কুঞ্জকে অবজ্ঞা করার জন্য এটি ছিল সবচেয়ে উপযুক্ত শব্দ।

থমা কুঞ্জ আপুর চেয়ে লম্বা, পেশীবহুল এবং শক্ত ছিল। কুরিয়েন ছোট ছিলেন, এবং থমা কুঞ্জের বাবা কেন তার মতো দেখতে না তা নিয়ে আপু ইতিমধ্যেই প্রশ্ন তুলেছিলেন। তিনি উচ্চস্বরে হেসেছিলেন, যা থমা কুঞ্জ ঘৃণা করেন, কিন্তু আপুর প্রতি তার কোন অসৎ ইচ্ছা ছিল না।

"থোমা কুঞ্জ, অহংকার করো না; আপনার বাবা এবং মা সম্পর্কে সবাই জানে। এমনকি অম্বিকাও জানতো তোমার মা একজন ভেশ্যা," আপু গর্জে উঠলো, আর পুরো ক্লাস থমা কুঞ্জের দিকে তাকাল। কেউ তার বাবা-মা সম্পর্কে, বিশেষ করে তার মায়ের সম্পর্কে খারাপ কথা বললে তিনি অপছন্দ করতেন। তিনি একটি সোনার হৃদয়ের একজন ভাল মহিলা ছিলেন, তাকে কথার বাইরে

ভালোবাসতেন এবং কেউ তাকে অপমান করবে সে কখনই মেনে নিতে পারে না। সাহসী ব্যক্তিত্ব হিসাবে, তিনি সমাজের মন্দের বিরুদ্ধে লড়াই করেছিলেন, যারা তাকে প্রতারণা করেছিল এবং তাকে আহত করেছিল। থমা কুঞ্জের চোখ রাগে জ্বলছিল। তিনি একটি মুষ্টি মধ্যে তার হাত balled; থমা কুঞ্জ তার সমস্ত শক্তি দিয়ে আপুর মুখে আঘাত করল।

অপ্পু অজ্ঞান হয়ে পড়লে তাৎক্ষণিক প্রাথমিক স্বাস্থ্যসেবা কেন্দ্রে নিয়ে যান শিক্ষকরা। একদিনের মধ্যেই তার বাবা থমা কুঞ্জ, ক্লাস শিক্ষক ও প্রধান শিক্ষকের বিরুদ্ধে থানায় মামলা করেন। অপুকে একদিনের মধ্যে হাসপাতালে স্থানান্তর করা হয় এবং সেখানে দুই সপ্তাহ থাকে। তার দাঁত, মাড়ি ও ঠোঁট সোজা করতে অস্ত্রোপচার করা হয়েছে।

প্রধান শিক্ষক গর্জে উঠলেন; তার চোখ ফুটে উঠল। এই প্রথম থোমা কুঞ্জ তার কেবিনে ছিল। সেখানে আরও কয়েকজন শিক্ষক ছিলেন; কেউই থমা কুঞ্জের প্রতি কোনো সহানুভূতি প্রকাশ করেনি, যেন তার মাকে পতিতা বলা মন্দ নয় এবং এর কোনো পরিণতি নেই। থমা কুঞ্জ শিক্ষকদের দিকে তাকালেন না কারণ তিনি তাদের প্রতিক্রিয়া পড়তে পারেন। সেখানে তার ক্লাস শিক্ষক ছিলেন, যিনি প্রায়ই ক্লাসে এবং পরীক্ষায় থমা কুঞ্জের পারফরম্যান্সের প্রশংসা করতেন। কিন্তু ক্লাস টিচারও নীরব।

"আপুকে মারলে কেন?" প্রধান শিক্ষক বজ্রপাত করলেন।

আপ্পু তার মৃত মাকে গালিগালাজ করেছিলেন এবং তাকে পতিতা বলে অভিহিত করেছিলেন উত্তর ছিল, এবং থমা কুঞ্জ মনে করেছিলেন যে এটি একটি কঠিন উত্তর, তার অপরাধ মুছে ফেলার জন্য যথেষ্ট। আপু ছিলেন উন্নত পরিবার থেকে; তার কল্যাণের তদারকি করার জন্য তার বাবা-মা ছিল। কিন্তু থোমা কুঞ্জ ছিল অনাথ; পার্বতী এবং জর্জ মুকেন ছাড়া তার আর কেউ ছিল না। যাদের বাবা-মা ছিল তারা শক্তিশালী ছিল; থমা কুঞ্জ তা ভালো করেই জানতেন। এমনকি আয়ানকুন্নু বনে একটি বাঘের বাচ্চাও এতিম জীবন যাপন করতে পারেনি; হায়েনারা তা গ্রাস করার অপেক্ষায় ছিল। কুশলনগরের কাছে দুবারে এলিফ্যান্ট ক্যাম্পে তিনি মা ছাড়া প্রায় ছয় মাস বয়সী একটি হাতি বাছুর দেখেছিলেন। এটা একাকী ছিল এবং অসহায়, বড়পুঝার বন্যার জলে সাঁতার না জানা লোকের মতো। ক্লাসের পরীক্ষায় উজ্জ্বল হওয়া বা উচ্চ গ্রেড স্কোর করা যথেষ্ট ছিল না; কি প্রয়োজন ছিল পিতামাতার সমর্থন এবং সুরক্ষা। থোমা কুঞ্জ নিঃসঙ্গ ছিল, পাই কুকুর বা গিলোটিনে নেওয়া শূকরের মতো।

"নিজেকে রক্ষা করার চেষ্টা করবেন না," প্রধান শিক্ষক চিৎকার করে বললেন।

থমা কুঞ্জ তার দিকে তাকাল। তার ডান হাতে একটি বেত ছিল।

তার পিঠে ও নিতম্বে আঘাতের পর আঘাত লেগেছে। কেউ প্রথমবার থমা কুঞ্জে বেত মারছিল, এবং বেত বারবার তার উপর পড়েছিল যেন তাকে চমকে দেয়। কোন শিক্ষক করুণার আবেদন করেননি, এবং কেউ তার কষ্টের কথা চিন্তা করেননি। অর্ধ ডজন প্রাপ্তবয়স্ক পুরুষ বকবক করছিল এবং হাহাকার করছিল।

থোমা কুঞ্জ আহত বোধ করেছিল কারণ কোনো শিক্ষকই বেত্রাঘাতের বিরুদ্ধে প্রতিক্রিয়া জানায়নি।

"আমাকে মারবেন না," থমা কুঞ্জ অনুরোধ করলেন।

হঠাৎ নিস্তব্ধতা। এটা ছিল বজ্রপাতের পর স্থবিরতার মতো।

"আপনি কি বললেন? স্কুলের হেডমাস্টারকে আদেশ করার সাহস কি করে হয়?" ক্লাস শিক্ষক চিৎকার করে উঠলেন।

ক্লাস টিচার থমাকে বেদনা দিতে থাকে কুঞ্জের কাঁধ ও বুক।

"নিজেকে রক্ষা করবেন না। আপনি যা করেছেন তা একটি গুরুতর অপরাধ," থমা কুঞ্জকে মারধর করার সময় ক্লাস শিক্ষক চিৎকার করেছিলেন।

"নিজেকে রক্ষা করবেন না, নিজেকে রক্ষা করবেন না, নিজেকে রক্ষা করবেন না," থমা কুঞ্জ হাজার বার এর প্রতিধ্বনি শুনেছে। স্কুল ভবনের দেয়াল চক্রাকারে এটি প্রতিধ্বনিত হয়।

"বন্ধ কর!" পার্বতী কেঁদে কেবিনের ভিতরে ছুটে গেল। এটি একটি আদেশ ছিল.

শিক্ষকরা তার দিকে অবিশ্বাসের দৃষ্টিতে তাকালেন, এবং সম্পূর্ণ নীরবতা ছিল।

"তুমি কতটা হৃদয়হীন? তুমি নিষ্ঠুর মানুষ, পাগলা কুকুরের মত বাচ্চাকে মারছো। তিনি কিছু ভুল করেছেন, কিন্তু এর অর্থ এই নয় যে আপনি তাকে মারধর করার জন্য একটি অপরাধী দল গঠন করতে পারেন। তাকে এত নিষ্ঠুরভাবে চামড়া দেওয়ার অধিকার তোমার নেই। সে এতিম; এর মানে এই নয় যে আপনার কাছে তাকে হত্যা করার লাইসেন্স আছে।" পার্বতীর কথাগুলি ছিল অভূতপূর্ব

শক্তির সাথে প্রবল সহ্যাদ্রির বিরুদ্ধে বাতাসের আঘাতের মতো, গাছ উপড়ে ফেলা এবং পাথরগুলিকে কাঁপানো।

পার্বতী থোমা কুঞ্জকে তার জিপে নিয়ে গেল এবং দ্রুত চলে গেল।

একদিনের মধ্যেই কিশোর বিচার আদালতের ম্যাজিস্ট্রেট থমা কুঞ্জকে হেফাজতে নেন। অবিলম্বে, জর্জ মুকেন এবং পার্বতী আদালতে পৌঁছান এবং তার ভাল আচরণের প্রতিশ্রুতি দেন। ম্যাজিস্ট্রেট জর্জ মুকেন এবং পার্বতীর যত্ন ও সুরক্ষায় থমা কুঞ্জকে মুক্তি দেন।

থোমা কুঞ্জ এক মাস শয্যাশায়ী ছিলেন। পার্বতী দিনরাত তার সাথে থাকতেন, তার খাবার রান্না করতেন এবং তাকে খাওয়াতেন এবং যত্ন করতেন। তিনি প্রতিদিন তাকে দেখতে একজন ডাক্তার এবং তার যত্ন নেওয়ার জন্য একজন নার্সের ব্যবস্থা করেছিলেন।

এক মাসের মধ্যে, থমা কুঞ্জ স্কুল থেকে যোগাযোগ পেয়েছিলেন, তাকে গ্রাম্য করে দিয়েছিলেন। শীঘ্রই, জর্জ মুকেন স্কুলে ছুটে গেলেন, কিন্তু প্রধান শিক্ষক অনড় ছিলেন। জর্জ মুকেন প্রধান শিক্ষকের কাছে

থমা কুঞ্জকে অন্য স্কুলে যোগদানের জন্য একটি স্থানান্তর শংসাপত্র দেওয়ার জন্য অনুরোধ করেছিলেন; তা সত্ত্বেও প্রধান শিক্ষক তার আবেদন খারিজ করে দেন।

থমা কুঞ্জের পড়ালেখা শেষ হয়েছিল। তার স্বপ্ন ছিল একজন প্রকৌশলী হওয়ার, এবং সে অনেক দিন কেঁদেছিল। শিক্ষা, জ্ঞান অর্জন এবং পেশাদার ডিগ্রি অর্জন না করে জীবন কল্পনা করা সহজ ছিল না। ক্রমাগত দুর্দশা তাকে ব্যর্থতার অনুভূতি দিয়ে আচ্ছন্ন করেছিল; এটা পাহাড়ের চারপাশে, নারকেল এবং রাবার গাছের উপর ছড়িয়ে থাকা কুয়াশার মতো দিন ধরে আয়ানকুন্নুকে ঢেকে রেখেছিল। থমা কুঞ্জ কাস্টেশনের শিকার একটি শূকরের মতো কেঁদেছিলেন কারণ তিনি বিশ্বাস করতে পারেননি যে তার সবচেয়ে খারাপ ভাগ্য এসেছে। তিনি তাকে উপহাস করতে চেয়েছিলেন এমন বিশাল প্রাণীদের বিরুদ্ধে লড়াইয়ের দুঃস্বপ্ন দেখেছিলেন। তার কর্মের দায়ভার নিয়ে তিনি নিজেকে লজ্জিত বোধ করে ঘুমহীন রাত কাটিয়েছেন। অপমান তাকে পরাভূত করেছিল যেন সে নির্লজ্জ কিছু করেছে, বরং দুষ্ট, যার কোন প্রতিদান ছিল না। কোন পরিত্রাণ ছিল না, এবং জীবনের ভার সর্বব্যাপী, নিপীড়ক এবং বিশাল ছিল বলে তাকে কোন মুক্তি ছাড়াই সারা জীবন কষ্ট ভোগ করতে হয়েছিল।

থোমা কুঞ্জ কোনো আশা ছাড়াই একটি অচলাবস্থার নিচে পিষ্ট

বন্দীদের নীরবতা

অনুভব করেন এবং তার ভাগ্যের জন্য ভীত হয়ে পড়েন। তিনি তার ক্রিয়াকলাপকে রক্ষা করার কথা বিবেচনা করেছিলেন, কিন্তু শ্রেণি শিক্ষকের কথাগুলি তাকে শিলাবৃষ্টির মতো ভেঙে দিয়েছিল, একটি ঘূর্ণিঝড়ের পূর্বসূরি, যা এমনকি নারকেল গাছও উপড়ে ফেলেছিল। মাঝে মাঝে, অপুকে আঘাত করার অনুতাপ তাকে অনেক দিন ধরে এবং থমা কুঞ্জকে জয় করেছিল বারবার নিজের মুখে ঘুষি মেরেছে। যথেষ্ট ভালো না হওয়ার অনুভূতি তাকে পিষ্ট করেছিল এবং সে চিৎকার করে বলেছিল: "আমি কখনই নিজেকে রক্ষা করব না, যাই হোক না কেন।" এটি একটি শপথ ছিল, একটি শপথ তার মায়ের নামে নেওয়া হয়েছিল, এমিলি।

বিষণ্নতা তার চিন্তা কুঁচকানো.

একজন মানুষ নিজেকে রক্ষা করার জন্য নয়, অন্যের জন্য। কিন্তু সে হারিয়ে যাবে অন্যের স্বার্থপরতার জলাবদ্ধতায়। মানুষ স্বার্থপর ছিল এবং নিজেকে বাঁচানোর চেষ্টা করেছিল। এটি একটি কষ্টদায়ক অনুভূতি ছিল, এবং থমা কুঞ্জ তার আবেগ সম্পর্কে সচেতন ছিল, তার বুকে ক্রমাগত কিছু জ্বলছে, একটি আগ্নেয়গিরি যা যে কোনও সময় ফেটে যেতে পারে। তিনি আশ্চর্য হয়েছিলেন যে তার আত্মরক্ষা না করার সিদ্ধান্তটি একটি বিচক্ষণ, একটি যুক্তিযুক্ত পছন্দ কিনা। এটা কি তার ব্যর্থতা এবং কষ্টের প্রতিধ্বনি ছিল? তার সিদ্ধান্ত নিয়ে ক্রমাগত উদ্বেগ তাকে হাজার টুকরো করে ফেলে। তিনি তার

সমস্ত শরীর জুড়ে পেশী টান অনুভব করেছিলেন এবং হাঁটতে, কিছু করতে, এমনকি খাওয়া এবং শুয়ে থাকতে অসুবিধা অনুভব করেছিলেন। পার্বতী তাকে তার দৈনন্দিন রুটিনে মনোনিবেশ করতে এবং তার মনকে মুক্ত রাখতে বলে তার জীবনে ঘটে যাওয়া মর্মান্তিক ঘটনা। থোমা কুঞ্জ পার্বতীর দিকে অনেকক্ষণ তাকিয়ে রইল, কিন্তু তার উদ্বেগ ও উদ্বেগ প্রকাশ করার জন্য তার কাছে কোন শব্দ ছিল না এবং তার মন মাঝে মাঝে অযৌক্তিক ছিল। থমা কুঞ্জ পার্বতীর কাছে বসে শিশুর মতো কেঁদেছিল। তিনি এমিলির কথা ভেবেছিলেন এবং তার উপস্থিতি অনুভব করেছিলেন; তার জন্য, পার্বতী তার মা হয়ে উঠছিল।

থোমা কুঞ্জের তার হতাশা থেকে সেরে উঠতে প্রায় ছয় মাস লেগেছিল এবং তিনি বুঝতে পেরেছিলেন যে পার্বতীর কারণেই তিনি নিজেকে ফিরে পেয়েছেন। থমা কুঞ্জ একজন নতুন মানুষ হয়ে ওঠেন এবং পার্বতী এবং জর্জ মুকেনের কাছে তাদের পিগস্টিতে কাজ করার ইচ্ছা প্রকাশ করেন। শীঘ্রই, থমা কুঞ্জ তার কাজ শুরু করে এবং প্রতি মাসে তাদের প্রায় বিশ থেকে পঁচিশটি শূকরকে ঢালাই করার কৌশল শিখেছিল। বাকি সময়, তিনি জর্জ মুকেনের জন্য প্লাম্বার, ইলেকট্রিশিয়ান এবং হিসাবরক্ষক হিসাবে কাজ করেছিলেন।

থমা কুঞ্জ তার বাড়িটি সংস্কার করেছিলেন, এমিলি এবং

কুরিয়েন তৈরি করেছিলেন। বসার ঘরে, তিনি প্রায় দশ বছর বয়সে তার বাবা-মায়ের সাথে বসে থাকা তার একটি বড় ছবি ঝুলিয়েছিলেন, তার বাবার মৃত্যুর ঠিক আগে। ঘুমাতে যাওয়ার আগে, তিনি তাদের সাথে আগ্রহের সাথে কথা বললেন, সেদিন কী ঘটেছিল তা তাদের বললেন এবং প্রতিটি ঘটনা ব্যাখ্যা করলেন। তিনি তাদের কথা বলতে শুনতে পান, এবং কথোপকথন এক ঘন্টা ধরে চলতে থাকে।

পার্বতী এবং জর্জ মুকেনের সাথে কাজ করা একটি আনন্দের বিষয় ছিল; প্রতি রাতে, থমা কুঞ্জ পরের দিন তাদের সাথে দেখা করার জন্য উন্মুখ। ওনাম এবং ক্রিসমাসের মতো উৎসবের দিনগুলি ছাড়া, তিনি তাদের সাথে না খাওয়া থেকে নিজেকে অজুহাত দেখিয়েছিলেন যদিও তারা প্রতিদিন খাবারের জন্য জোর দিয়েছিল। তিনি স্বাধীন হতে চেয়েছিলেন, তার স্বাধীনতা এবং নীরবতা অনুভব করেছিলেন।

থমা কুঞ্জ তাদের সঙ্গ লালন করতেন কারণ তারা তাকে ভালবাসত, শ্রদ্ধা করত এবং বিশ্বাস করত।

সেটা ছিল রবিবারের সকাল। "থোমা কুঞ্জ," এটি এমন একটি কণ্ঠ ছিল যার জন্য তিনি কয়েক মাস ধরে একসাথে অপেক্ষা

করেছিলেন। উঠানে দাঁড়িয়ে থোমা কুঞ্জের দিকে তাকিয়ে অম্বিকার চোখ খুশিতে ভরে ওঠে।

"আমি এসে দেখতে চেয়েছিলাম। প্রতিদিন আমি তোমার কথা ভাবি, এবং আমি একটি শূন্যতা অনুভব করি। স্কুলে যাওয়ার পথে, অনেক দিন, আমি তোমাকে খুঁজছিলাম। কেন যাওয়া বন্ধ করলেন বিদ্যালয়? অনেক দিন তোমার সাথে দেখা না হওয়ায় মনটা ভারি হয়ে গেল। অনুগ্রহ করে স্কুলে ফিরে আসুন," অম্বিকা অনেক কিছু বলেছিল এবং নিঃশ্বাসের জন্য লড়াই করেছিল, কিন্তু তার মুখে আশা ছিল।

"অম্বিকা, আমি ভালো ছিলাম না। কিন্তু প্রতিদিনই ভাবতাম তোমার কথা। আমি আপনার সাথে দেখা করে খুব খুশি," তিনি উত্তর দিলেন।

"তুমি স্কুলে ফিরছ না কেন?"

"আমাকে বদনাম করা হয়েছে। আমি আর ছাত্র নই। প্রধান শিক্ষক আমাকে অন্য স্কুলে যোগদানের জন্য একটি স্থানান্তর শংসাপত্র দিতে অস্বীকার করেছিলেন," থমা কুঞ্জ বলেছেন। তার কথা

ছিল পরিষ্কার এবং নরম, ঘৃণা বা প্রতিশোধ ছাড়াই।

অম্বিকা অবাক হয়ে তার দিকে তাকাল যেন সে যা শুনেছে তা বিশ্বাস করতে পারছে না। হঠাৎ আবেগে ফেটে পড়ল। সে তার কান্না দেখতে পায়, তার দুঃখ প্রকাশ করে।

"থমা কুঞ্জ, আমি তোমাকে ভালোবাসি। আমি যখন বড় হব, আমি তোমাকে বিয়ে করতে চাই," অম্বিকা তার চোখের দিকে তাকিয়ে বলল। সত্য তার আত্মা থেকে এসেছিল এবং তার হৃদয়ের মতো স্পন্দিত হয়েছিল। প্রথমবারের মতো, তিনি প্রেমের কথা বলেছেন, তাও আনুষ্ঠানিকতা ছাড়াই, সরল ভাষায়।

"আমিও তোমাকে ভালোবাসি, অম্বিকা। আমি প্রায়ই আপনি মনে। দুটোরই স্বপ্ন দেখতাম আমরা একসাথে নদীতে সাঁতার কাটছি।" থমা কুঞ্জ ওর চোখের দিকে তাকিয়ে আস্তে আস্তে বলল।

"আমি তোমার জন্য অপেক্ষা করব, তুমি একা," সে চলে যাওয়ার সময় বলল।

হঠাৎ, কেউ একজন থোমা কুঞ্জকে স্পর্শ করল, এমন একটি হাত যা ছিল সবচেয়ে শক্তিশালী, বলিষ্ঠ এবং একই সময়ে, তার বাবা-মা ছাড়া অন্যদের থেকেও বেশি যত্নশীল। ঈশ্বরের হাত. ফাঁসির মঞ্চের নীচে হাতটি আলতো করে তাকে চূড়ান্ত গন্তব্যে নিয়ে যাওয়ায় তিনি এটি স্পষ্টভাবে অনুভব করেছিলেন। সেই হাতের জন্য সে অপেক্ষায় ছিল বহু বছর, নয় অনন্তকাল ধরে। তার মন এক সেকেন্ডের জন্য আন্দোলিত হয়েছিল, কিন্তু সর্বত্র নিস্তব্ধতা বিরাজ করলেও সে তার চারপাশের কণ্ঠস্বর শোনার চেষ্টা করেছিল। যেন অসীমের আঙুল থেকে বৈদ্যুতিক প্রবাহ প্রবাহিত হয়ে তার শরীরে ফিরে আসছিল। অনন্তকালের সান্নিধ্যে মন্ত্রমুগ্ধ হয়ে, জীবনে একবারের অভিজ্ঞতা, থমা কুঞ্জ নিজের দিকে তাকাল। এটি ছিল সৃষ্টির অভিজ্ঞতা, মহাবিশ্বের সূচনা, কাদামাটি থেকে একটি নতুন আদমের আবির্ভাব, একটি কুম্ভকারের মতো একটি পাত্র তৈরি করা, প্রশান্তিদায়ক, কোমল এবং সর্ব-ব্যাপ্ত ইডেন থেকে কারাগারের অন্ধকারে বহিষ্কৃত ব্যক্তি ছিলেন তিনি। তিনিই ছিলেন নির্দোষ যিনি অপরাধটি তার কাঁধে ক্রুশের মতো ক্যালভারির দিকে নিয়ে গিয়েছিলেন। যে হাতটি তাকে স্পর্শ করেছিল তা জল্লাদের ছিল এবং থমা কুঞ্জ তা জানতেন। ঈশ্বর জল্লাদের মধ্যে বিকশিত হয়েছিলেন, এবং থমা কুঞ্জ ছিলেন খ্রিস্ট, এবং তিনি এগিয়ে গিয়েছিলেন, এবং তার খালি পায়ে ফাঁসির মঞ্চের পাদদেশ অনুধাবন করতে পারে, যা লিভার টানলে গর্তের দিকে খোলা হবে। ভারাটির পা মসৃণ ছিল এবং এর উপর দাঁড়ানো ছিল এগারো বছরের অপেক্ষার পর সর্বোচ্চ অর্জনের মতো। এটি ছিল এক বছরের নির্জন কারাবাসের চূড়ান্ততা,

প্রতিদিন ভোর তিনটা থেকে পাঁচটা পর্যন্ত পদধূলির জন্য অপেক্ষা করা। ফাঁসির মঞ্চ স্পর্শ করার এবং অনুভব করার কৌতূহল ছিল, ফাঁসির রুক্ষতা অনুভব করার এবং কোয়ারির মধ্যে ঝুলে থাকা। জল্লাদ তার পা বেঁধেছিল, এবং সে তার শরীরের ভারীতা অনুভব করতে পেরেছিল কিন্তু মনে হয়েছিল যেন সে এভারেস্টের চূড়ায় রয়েছে। পায়ের চারপাশের লিগ্যাচারটি ছিল অনন্তকালের আলিঙ্গন, মৃদু এবং নরম কিন্তু কঠিন এবং অনিবার্য।

কিন্তু অম্বিকার প্রথম আলিঙ্গনটি আনন্দদায়ক ছিল, যা তার অস্তিত্বের প্রতিটি কোষে প্রচণ্ড বিদ্যুত সৃষ্টি করেছিল, যেন অয়নকুন্নু বন সংলগ্ন পাহাড়ে প্রচণ্ড আগুন ছড়িয়ে পড়ে।

"থমা কুঞ্জ," সে ডাকল। ভয় তার চোখ গ্রাস করছিল।

"আমার বাবা আমার বিয়ে ঠিক করেছেন।" অম্বিকা কাঁপছিল। তার বয়স সবে মাত্র ষোল, দশম শ্রেণীর পরে উচ্চ মাধ্যমিক বিদ্যালয়ে প্রথম বছরে। অম্বিকা তার বাড়ির দরজায় দাঁড়িয়ে থাকতেই তার দিকে ছুটে এল।

সে তাকে শক্ত করে জড়িয়ে ধরে তার মুখের মধ্যে তার ঠোঁট

চেপে ধরল; তার জিহ্বা তার গাল এবং চোয়ালের উপর দিয়ে ছুটে চলেছে একটি শিশু গাভীর মতো স্তনের বোঁটা গলিয়ে নাক দিয়ে মায়ের তল টিপে। তার ঠোঁট, গাল এবং চোয়ালের উপরে তার ভেলাস লোমগুলি এতটা কালো এবং মোটা নয়, তার লালা দিয়ে ভিজে গিয়েছিল।

"ভিতরে আসুন," তাকে ভিতরে টেনে নিয়ে যাওয়ার সময় সে বিড়বিড় করল। এই প্রথম অম্বিকা তার বাড়ির ভিতরে ছিল। সে আবার তাকে শক্ত করে জড়িয়ে ধরে তার গালে চুমু দিল।

প্রচণ্ড মারধরে তার মুখ ও হাত ফুলে গেছে।

"আমার বাবা আমাকে এমন একজনকে বিয়ে করতে বাধ্য করছেন যাকে আমি ঘৃণা করি। তিনি মার্কসবাদী দলের যুব শাখার প্রতিশোধ স্কোয়াডের নেতৃত্ব দেন," অম্বিকা বলেছিল।

"অম্বিকা," থমা কুঞ্জ বারবার তার নাম ধরে ডাকল।

"আমরা এখান থেকে পালিয়ে যাব। আমি তোমাকে নিয়ে বাঁচতে এবং মরতে চাই। আমি শয়তানকে বিয়ে করতে রাজি না হওয়ায় আমার বাবা আমাকে মারধর করেছিলেন; সে আমার জন্য বেছে

নিয়েছে। পুরো এক সপ্তাহের জন্য, আমি একটি ঘরে তালাবদ্ধ ছিলাম।" অম্বিকার কথাগুলি অস্পষ্ট ছিল, কিন্তু সেগুলি সে যে গভীর যন্ত্রণার সম্মুখীন হয়েছিল তা জানিয়েছিল।

"আমি প্রস্তুত, অম্বিকা, চল আমরা বিরাজপেট, গনিকোপ্পল বা মাদিকেরি যাই। সেখানে আমরা সুখী জীবনযাপন করতে পারি। আসুন, আমরা এই জাহান্নাম থেকে বাঁচি। কিন্তু আমাদের দুজনের বয়স মাত্র ষোল এবং বিয়ের জন্য আরও দুই বছর অপেক্ষা করতে হবে," থমা কুঞ্জ তার হাত ধরে তার বুকের পাশে রেখে উত্তর দিল। সে তার বুকের সাথে তার ছোট্ট স্তন অনুভব করতে পারে।

"অম্বিকা!" বাইরে গর্জন হচ্ছিল।

থমা কুঞ্জ একদল পুরুষকে কুপিয়ে ও লাঠি হাতে দেখেছে। দুজন ছুটে গেল ভেতরে। তারা টানল থমা কুঞ্জের হাত থেকে অম্বিকা।

"রক্তা শূকর, তুমি তোমার অপরাধের জন্য ভুগবে," অম্বিকার বাবা তার মেয়েকে টেনে নিয়ে যাওয়ার সময় থমা কুঞ্জে চিৎকার করেছিলেন।

"তুমি তার পিছু নিলে আমরা তোমার মাথা কেটে ফেলব। কিভাবে তার দেখাশোনা করবে? তোমার একটা গোঁফও নেই," থোমা কুঞ্জের ঘাড়ে তার অশোধিত তলোয়ার দেখিয়ে চিৎকার করে বলল এক যুবক।

"থোমা কুঞ্জ," অম্বিকার কান্না ঝড়ের আগে সন্ধ্যায় তেঁতুল পাতার গোঙানির মতো শোনাচ্ছিল।

থোমা কুঞ্জ যখন ফাঁসির মঞ্চের দিকে হেঁটেছিল তখন তরোয়ালধারী যুবকটি কেরালার শিক্ষামন্ত্রী ছিলেন, এবং থমা কুঞ্জ যখন হোস্টেলে পাইপলাইন মেরামত করতে গিয়েছিলেন তখন থমা কুঞ্জ মহিলা হোস্টেলের ঘরে লুকিয়ে ছিলেন তা থমা কুঞ্জ জানত না।

মৃত্যুদণ্ড একটি নাবালিকা মেয়েকে ধর্ষণ ও হত্যার প্রতিশোধের জন্য একটি আইন ছিল; হত্যাকারী যেই হোক না কেন, কাউকে শাস্তি পেতেই হবে। নাকি অম্বিকাকে আলিঙ্গন করা এবং তার ভালবাসা এবং বিশ্বাসের প্রতিদান দেওয়ার জন্য? এটা উভয় জন্য হতে পারে. যেহেতু বন্দী থাকা আবশ্যক ছিল, ফাঁসির মঞ্চে মৃত্যু অনিবার্য ছিল; নির্দোষ পারে অপরাধ, দাগ এবং পাপ মুছে ফেলুন। একটি ফাঁস

থেকে মৃত্যু ধর্ষণ, শ্বাসরোধ এবং হত্যার জন্য খারাপ ক্ষতিপূরণ ছিল, কিন্তু মৃত্যু একটি চূড়ান্ত প্রতিদান ছিল। ঈশ্বরের নিজের দেশের শিক্ষামন্ত্রী হওয়া একজন বিধায়কের ছেলের কিছুই করতে পারেননি থমা কুঞ্জ।

তিনি তার পাশে দাঁড়িয়ে থাকা অন্য একজন আসামির উপস্থিতি অনুভব করেছিলেন এবং তার ভারী শ্বাস অনুভব করতে পেরেছিলেন। হারেমের গন্ধ থোমা কুঞ্জকে গ্রাস করেছে। সেখানে ছিল মাশরাবিয়া, আবায়াসে উপপত্নী, আকিম ডান হাতে একটি স্কিমটার নিয়ে রাজাককে খুঁজছিল এবং বাম হাতে মিশরীয়দের কাটা মাথা।

"এটা কি তুমি, থমা কুঞ্জ?" একটি ক্ষীণ কন্ঠ ছিল. থোমা কুঞ্জ সঙ্গে সঙ্গে কণ্ঠস্বর চিনতে পারলেন।

“রাজাক,” থমা কুঞ্জ ফিসফিস করে বলল।

“আমি আকিমের বর্শার মতো বর্শা দিয়ে তাকে এবং তার প্রেমিকাকে বিদ্ধ করেছি। স্পাইক হৃদয় দিয়ে গিয়েছিলাম; সে চার মাসের অন্তঃসত্ত্বা ছিল,” রাজাকের কণ্ঠ ক্ষীণ।

"কিন্তু..." থমা কুঞ্জ তার বাক্য সম্পূর্ণ করতে পারল না।

"আকিম আমাকে দখল করেছে। এই হত্যাকাণ্ডের একটি যৌন পূর্ণতা ছিল, একটি castrated এর আনন্দ মানুষ. আমি অন্য কারাগারে ছিলাম যেখানে ফাঁসির মঞ্চ ছিল না। আমি গতকাল রাতে এখানে পৌঁছেছি।"

"রাজাক, আমি দুঃখিত," থমা কুঞ্জ ফিসফিস করে বলল।

"এটা আমার জীবনের কৃতিত্ব; আমি তাকে ছাড়া থাকতে পারি Padachon দেখাতে পারেন. আমার বাহাত্তর ঘণ্টার দরকার নেই," বিড়বিড় করে রাজাক।

হঠাৎ, থোমা কুঞ্জ জেলা ম্যাজিস্ট্রেটের কণ্ঠস্বর শুনতে পেলেন; তিনি পরোয়ানা পড়ছিলেন। প্রথমটি রাজাকের, তারপর থমা কুঞ্জের।

কেউ একজন থমা কুঞ্জের কানে ফিসফিস করে বলল: "দুঃখিত ভাই, আমি আমার দায়িত্ব পালন করছি।"

থোমা কুঞ্জ তার ঘাড়ের চারপাশে ফাঁস অনুভব করতে পেরেছিল এবং জল্লাদ কয়েক সেকেন্ডের মধ্যে এটিকে শক্ত করে ফেলেছিল। গিঁটটি তার গলার বিরুদ্ধে ছিল তাই থোমা কুঞ্জ তাৎক্ষণিকভাবে ব্যথা ছাড়াই মারা যেতে পারে, তার মেরুদণ্ড ভেঙে যায়। তিনি একটি শূকর ছিল; তিনি তার ভাইবোন শূকরের চিৎকার শুনেছিলেন যখন জল্লাদ তাদের মাথা ঠেলে দিচ্ছিল কবরখানার মধ্যে, তাদের মধ্যে হাজার হাজার, এবং যেন দেব মইলির কফি বাগানের উপর অন্ধকার বর্ষার মেঘের মুখোমুখি হয়েছিল। সৈনিক জর্জ মুকেনের সামনে শুয়ে দাঁড়িয়েছিল তার ডাবল ব্যারেল বন্দুক নিয়ে মেঝে, তার মেয়ের স্বামীর মাথা ছিন্নভিন্ন করতে প্রস্তুত। মিশরীয় উপপত্নীর রক্তে ঝরে পড়া তলোয়ার ধরে মোহাম্মদ আকিমের ভয়ঙ্কর কান্নার মতো চিৎকার শোনা গেল:

"আল্লাহ, আমি মুলহিদের মাথা কেটে ফেলব।"

তারপর দৃষ্টি ছিল। থমা কুঞ্জের সামনে হাজির হন বিচারক। ষাটের কাছাকাছি, তার ছিল রূপালী চুল। থোমা কুঞ্জের কাছে দাঁড়িয়ে শুদ্ধ করে:

"তুমি আমার ছেলে, আমার একমাত্র ছেলে। আমি তোমার প্রতি সন্তুষ্ট।" ট্রেনের হুইসেলের মতো তার কণ্ঠস্বর।

"না, আপনি আমার বাবা হতে পারবেন না," থমা কুঞ্জ তার হৃদয় খুলে দিল।

"বাছা, আমি তোমাকে অনেক ভালোবাসতাম। আমি আপনাকে পরের জীবনে অনন্ত জীবন পাওয়ার জন্য এই পৃথিবীতে পরীক্ষা করছিলাম," বিচারক তার কর্মকে যুক্তিযুক্ত করে থমা কুঞ্জকে ক্যাজোল করার চেষ্টা করেছিলেন।

"তুমি দুষ্ট; তুমি আমার মাকে নির্যাতন করেছিলে। আপনার জন্য, শুধুমাত্র আপনার জীবন মূল্যবান, আপনি আপনার আনন্দের জন্য সবকিছু করেন, এবং আপনার সিদ্ধান্ত সর্বদা চূড়ান্ত," থমা কুঞ্জ চিৎকার করে বলেছিল। তিনি ভাবলেন বিচারকের মুখোমুখি হওয়ার সাহস কোথায় পেলেন।

"অনুগ্রহ আমাকে আপনার বাবা হিসাবে গ্রহণ করুন," বিচারক আর্জি জানান।

"কুরিয়েন আমার বাবা, এমিলি, আমার মা। চলে যাও, নরকে হারিয়ে যাও," থমা কুঞ্জ চিৎকার করে উঠল। আরব সাগরে ঘূর্ণিঝড়ের মতো তার কণ্ঠ সর্বত্র প্রতিধ্বনিত হয়।

সমস্ত পৃথিবী কেঁপে উঠল যেন বজ্রপাত এবং হাজার বজ্রপাত। থোমা কুঞ্জ আয়ানকুন্নু গির্জার সামনে গ্রানাইট ক্রুশের পতন অনুভব করতে পারে। এটি তিনটি সমান টুকরো হয়ে গেল।

অম্বিকা তার সাথে কথা বলছিল; ব্রহ্মগিরির উপর সকালের কুয়াশার মতো তাকে সুন্দর লাগছিল। তারা কোডগুতে কোথাও ছিল, তাদের কফির বাগানের মধ্যে, এবং অম্বিকা থমা কুঞ্জের সাথে সেগুন কাঠের তৈরি একটি সোফায় বসেছিল। ফিল্টার কফির মনোরম সুবাস ব্যালকনিতে ভেসে উঠল। তিনি এর গন্ধ পছন্দ করতেন এবং তার স্ত্রীর উপস্থিতি উপভোগ করতেন; সে তার দিকে তাকিয়ে হাসল। তাদের ছেলেমেয়েরা উঠানে খেলছিল, তাদের তিনজন, সব মেয়েরা।

স্বর্গে একটি অভ্যুত্থান হয়েছিল। যতদূর সংখ্যায়, হুরীরা স্বর্গকে আল্লাহ এবং বিশ্বস্ত পুরুষ বিশ্বাসীদের কাছ থেকে মুক্ত করে, তাদের ঠেলে দেয় আল-জাহিম যৌন সুখের জন্য নারীদের বঞ্চিত। জান্নাতের প্রস্থান গেটে মুহাম্মদ আকিমের কাটা মাথার সাথে মিশরীয় মহিলা ছিলেন।

অপ্রত্যাশিতভাবে থমা কুঞ্জ শুনতে পেল রাজাকের শেষ কান্না। এটি আরবের মরুভূমিতে একটি প্রচণ্ড বালির ঝড়ের মতো ছিল:

"আমিরা।"

লেখক প্রসঙ্গে

ভর্গীস বী দেবস্য একজন প্রাক্তন অধ্যাপক এবং টাটা ইনস্টিটিউট অফ সোশ্যাল সায়েন্সের ডিন এবং টাটা ইনস্টিটিউট অফ সোশ্যাল সায়েন্সেস তুলজাপুর ক্যাম্পাসের প্রধান। তিনি এমএসএস ইনস্টিটিউট অফ সোশ্যাল ওয়ার্ক, নাগপুর ইউনিভার্সিটি, নাগপুরের অধ্যাপক এবং অধ্যক্ষ ছিলেন।

তিনি মুম্বাইয়ের টাটা ইনস্টিটিউট অফ সোশ্যাল সায়েন্সে ক্রিমিনোলজি এবং কারেকশনাল অ্যাডমিনিস্ট্রেশনে এমএ করার জন্য কেন্দ্রীয় কারাগার কান্নুরের সাথে সংযুক্ত একটি বোর্স্টাল স্কুলে গবেষণা করেন। তার এলএলবি করার জন্য, তিনি ফৌজদারি আইনে মনোনিবেশ করেছিলেন; তার এমফিল থিসিস ছিল অপরাধমূলক হত্যাকাণ্ডের উপর। তিনি ডক্টরেটের জন্য নাগপুর বিশ্ববিদ্যালয়ের কেন্দ্রীয় কারাগার নাগপুরে 220 জন দোষী সাব্যস্ত খুনিদের অধ্যয়ন করেছেন। তিনি ন্যাশনাল স্কুল অফ ইন্ডিয়া ইউনিভার্সিটি, বেঙ্গালুরু থেকে মানবাধিকার আইনে ডিপ্লোমা এবং হার্ভার্ড বিশ্ববিদ্যালয় থেকে ন্যায়বিচারে একটি সার্টিফিকেট অর্জন করেন।

স্বরাষ্ট্র মন্ত্রণালয়, ভারত সরকারের, তার কিছু মৌলিক গবেষণা গবেষণা প্রকাশ করেছে যেমন অপরাধমূলক হত্যাকাণ্ডে পুরুষ কারাগারের বন্দীদের যৌন আচরণ, ভিকটিম অফেন্ডার অপরাধমূলক হত্যাকাণ্ডে অ্যাসোসিয়েশন এবং ইন্টারঅ্যাকশন, এবং তার ভারতীয়

জার্নাল অফ ক্রিমিনোলজি অ্যান্ড ক্রিমিন্যালিস্টিকসে দ্য ফেনোমেনন অফ ক্রিমিনাল হোমিসাইড। তার প্রবন্ধ ভিকটিম অফেন্ডার রিলেশনশিপ ইন এ ফিমেল হোমিসাইড বাই মেল ইন্ডিয়ান জার্নাল অফ সোশ্যাল ওয়ার্ক-এ প্রকাশিত হয়েছে। তিনি ক্রিমিনোলজি, কারেকশনাল অ্যাডমিনিস্ট্রেশন, ভিক্টিমোলজি এবং হিউম্যান রাইটসে প্রায় দশটি একাডেমিক রেফারেন্স বই প্রকাশ করেছেন।

তিনি লন্ডনের অলিম্পিয়া পাবলিশার্স দ্বারা প্রকাশিত ছোটগল্পের একটি সংকলন, আ ওম্যান উইথ লার্জ আইজ রচনা করেছেন। তিনি উকিয়োটো পাবলিশিং কর্তৃক প্রদত্ত বুক সলিউশন ইন্দুলেখা মিডিয়া নেটওয়ার্ক, কোট্টায়াম দ্বারা প্রকাশিত তার প্রথম উপন্যাস, উইমেন অফ গডস ওন কান্ট্রির জন্য ফিকশন পুরস্কারের জন্য বর্ষসেরা লেখকের প্রাপক। Ukiyoto পাবলিশিং তার উপন্যাস, The Celibate এবং Amaya The Buddha প্রকাশ করেছে। তিনি মালবেরি পাবলিশার্স, কালিকট দ্বারা প্রকাশিত একটি মালায়ালাম উপন্যাসের লেখক, ডাইভাথিন্তে মানসুম কুরিশুথাকর্থভাতে কুদাভুম। তিনি কেরালার কোঝিকোড়ে থাকেন।

ইমেইল: vvdevasia@gmail.com

www.ingramcontent.com/pod-product-compliance
Lightning Source LLC
LaVergne TN
LVHW091718070526
838199LV00050B/2445
* 9 7 8 9 3 5 8 4 6 1 8 2 4 *